홍매화

나향원 장편소설

청어

홍매화

나향원 지음

발행처 · 도서출판 청어
발행인 · 이영철
영 업 · 이동호
홍 보 · 최윤영
기 획 · 천성래 | 김흥순
편 집 · 김영신 | 방세화
디자인 · 김바라 | 서경아
제작부장 · 공병한
인 쇄 · 두리터

등 록 · 1999년 5월 3일(제22-1541호)

1판 1쇄 인쇄 · 2013년 7월 5일
1판 1쇄 발행 · 2013년 7월 10일

주소 · 서울 서초구 서초3동 1595-10 봉양빌딩 2층
대표전화 · 586-0477
팩시밀리 · 586-0478

홈페이지 · www.chungeobook.com
E-mail · ppi20@hanmail.net
ISBN · 978-89-97706-60-0 (03810)

홍매화

다섯 장의 붉은 꽃잎으로 청초하고 화려하게 변신한 홍매화를 바라보고 있노라면 애틋한 사랑을 담은 고독한 여인의 삶을 떠올리게 된다.

역사라는 그림 위에 홍일점을 찍듯이, 조선을 끌어안고 몸부림쳤던 여인의 삶과 갈등과 사랑의 아픔을 온몸으로 삭혀내야만 했던 존재가 홍매화다. 그녀에게 초점을 맞춘 이야기를 써내려가면서 마냥 설레는 마음을 억제할 수 없었다.

사실 역사라는 틀을 넘나들며 새로운 이야기를 만들어나가는 픽션은 작가의 상상력을 극대화시켜야만 가능하다. 고정된 역사와 허구의 이야기 사이를 오가며 적잖은 고민을 해야만 했다. 어쩌면 역사 너머에 숨겨진 이야기 속의 주인공들은 현재의 나이고 우리며 다가올 미래의 인물들일지도 모른다. 가만히 돌이켜보면 우리 인생 자체가 끊임없이 진화하는 이야기의 진행형이라고 볼 수 있다.

험난한 인생길에서 맞닥뜨리게 되는 다양한 물음들을 다시금 되짚어보고 답을 구하는 심정으로 하얗게 날밤을 새우다가, 홍매화의 영감을 얻는 순간 이야기의 진화가 드디어 시작되었다. 그때부터 컴퓨터의 모니터와 연결된 자판을 '다다다닥-' 신명나게 두드리며 긴장감을 늦출 수 없었다.

언젠가 경복궁 안으로 들어가 산책을 한 적이 있었다. 정신없이 이곳저곳 돌아다니다 보니 경회루가 나오고 향원정 연못이 보였다. 그러다가 발걸음을 우뚝 멈춘 곳은 건청궁 안에 있는 옥호루였다. 조선 왕비의 침실이었지만, 비극적인 사건이 일어난 곳이었다. 총명하고 담대한 조선의 왕비가 벌거벗겨진 채 일본 자객들에게 죽임을 당한 치욕적인 장소이기도 하다.

하지만 지혜롭고 영특한 왕비가 그곳에서 일본 자객들에게 개죽음을 당했을까, 하는 의문이 들었다. 그 당시 자객들은 왕비의 시신을 찾지 못했다고 한다. 다만 20대로 보이는 젊은 여인이 인형처럼 죽어있는 것을 발견했는데, 얼굴이 희고 아름다웠으며 몸집은 작은 편이었다는 것이다. 그런데 왕비를 자주 알현한 어느 선교사 부인의 기록에 의하면, 왕비는 지혜가 넘치는 아름다운 눈동자가 인상적이었고, '체구도 왜소하지 않고 큰 편'이었다고 한다.

유약한 고종은 타국에서 활약하는 밀정들을 관리했고, 노서아('러시아'의 음역어)를 비롯한 여러 나라의 은행에 막대한 정치자금을 맡겨두었다. 게다가 노서아로 망명하려고 애를 쓰기도 했다. 과연 고종 혼자 그러한 일들을 해낼 수 있었을까, 하는 의문이 들었다.

실종된 왕비 그리고 고종과 노서아 베베르 공사와의 깊은 친분 관계와 손탁호텔 등을 상세하게 조사하면서 이야기의 골격을 탄탄하게 만들어나갔다.

신륵사에서 모습을 드러낸 한 소녀가 경복궁으로 들어가 왕비로 살다가 모스크바로 망명하여 한 여인으로 거듭나게 되는 드라마틱한 이야기를 그린 소설 『홍매화』는 그렇게 탄생하였다.

사진이나 초상화 한 장도 남기지 않고 연기처럼 홀연히 사라져버린 경복궁의 왕비. 그녀를 예리한 작가의 시선으로 상상의 날개를 활짝 펼치고 조선 시대로 돌아가 끈질기게 추적을 해보았다.

조선의 경복궁과 신륵사, 일본, 노서아의 모스크바를 무대로 펼쳐지는 흥미진진한 사건들. 역사의 틀 안에 갇힌 한 여인의 기구한 삶과 암울한 현실을 극복해가는 용기와 가슴을 아리게 하는 운명적인 사랑. 과거와 미래의 희망이자 조선인들의 연인이기도 한 홍매화. 소설을 읽는 동안 내내 조선을 품은 그녀를 마음에 담고 공유할 수 있는, 짧지만 긴 만남과 감동의 시간을 맛볼 수 있게 될 것이다.

비가 내리는 날, 버들치마을 카페 창가에서

나향원

홍매화

홍매화

백조의 호수

　물이 담긴 대야에 새파란 물감을 잔뜩 풀어놓은 듯, 맑은 가을 하늘은 고운 청색으로 빛났다. 구름 한 점 없는 하늘 밑으로 흥에 겨운 풍악소리가 경회루를 울린다. 그곳에는 고종이 베푼 큰 연회가 호화스럽게 벌어지고 있다. 외국 공사들의 점잖은 웃음소리도 간간이 들려오고 음식들을 나르기 위하여 부산하게 움직이는 수라간 궁녀들의 모습들도 보인다.

　경회루 연못 안에는 살이 통통하게 찐 비단잉어들이 떼를 지어 이리저리 노닐며 한가롭고 평화스러운 시간을 만끽하고 있다. 어떤 놈들은 연못 위로 동그란 입을 내밀고 쫑긋거린다. 그 옆으로 바람을 타고 날아온 단풍잎들이 물 위로 사뿐히 내려앉는다. 한가롭기 그지없는 가을의 정취가 느껴지는 오후였다.

경회루의 연회에는 고종과 중전 그리고 노서아 공사 베베르와 미국 서기관 알렌과 영국 공사 힐리어와 덕국('독일'의 음역어) 영사 크리엔과 불란서('프랑스'의 음역어) 공사 르페브르를 비롯하여 외국 공사들이 부인을 동반하여 참석을 했다. 그들 중에는 일본 공사 이노우에와 김홍집 총리대신을 비롯하여 요직에 있는 조선의 관리들도 근엄한 모습으로 자리를 지키고 있었다. 사실 그 연회는 중전의 제안으로 열렸지만, 조선왕실이 외국 공사들과 좋은 관계를 지속적으로 유지해서 일본의 야욕을 은근히 견제하려는 깊은 뜻이 숨겨져 있었던 것이다.

식탁 위에는 한식과 양식이 혼합된 다양하고 먹음직스러운 음식들이 시선을 끌었다. 한식은 수라간 궁녀들이 정성껏 만들어 내왔고, 양식은 덕국에서 온 손탁 부인이 거의 다 담당하여 아름답고 풍성하게 식탁을 꾸몄다. 손탁 부인은 베베르 공사부인과 가까운 사이였고, 주로 궁궐에서 외국인들을 위하여 양식을 만드는 일을 전담했다. 그녀는 베베르 공사 내외가 조선으로 올 때 따라 들어온 덕국인이었는데, 궁궐에서 양식을 만들어 대접하는 일을 하다 보니 자연스럽게 중전과 가까운 사이로 발전하게 되었다.

그 연회가 점차로 무르익어갈 무렵이었다. 특별순서로 노서아에서 데려온 무희들이 연회에 참석한 귀빈들에게 소개되고 공연이 시작되었다. 그 무희들은 십여 명 정도인데, 황금색 축음기에서 흘러나오는 경쾌하고 신비로운 음악소리에 맞춰 발끝으로 그림처럼 서거나 빙글빙글 돌면서 하늘로 날아올라가는 백조처럼 허공으로 높이 치솟아 오르기도 했다. 게다가 보기에 민망할 정도로 착 달라붙는 옷을 입은 젊은 남녀가 서로 끌어안고 입을 맞추는 모습을 연기로 보여주었다.

해괴망측한 춤을 본 고종과 중전은 안면이 약간 일그러지면서 내심 놀라움을 금치 못했다. 이제까지 궁궐에서 본 적이 없는 낯 뜨거운 장면이 펼쳐지고 있어서였다. 어떻게 남녀가 유별한데 많은 외국의 내빈들 앞에서 그토록 과감하게 옷을 벗고 춤을 출 수 있는 건지 도무지 이해할 수가 없었던 탓이다. 젊은 처녀들이 둔부가 생긴 그대로 드러날 만큼 짧은 치마를 입고, 뽀얀 젖가슴도 반이나 보일 만큼 푹 파인 옷을 입은 채 춤을 추고 있는 무희들을 보고 있자니, 기가 막혀 입이 벌어지고 눈이 휘둥그렇게 커졌던 것이다.

"중전마마! 저것은 차이콥스키의 '백조의 호수' 라는 곡을 표현한 노서아의 춤입니다. 발레라고 하지요. 그 내용을 어느 정도 알고 보셔야 이해가 될 것이옵니다. 아마 조선에서 처음으로 관람하시는 노서아의 발레공연이 될 것이옵니다."

노서아의 베베르 공사부인이 당황한 얼굴을 감추지 못하고 중전 곁으로 다가와서 귓속말로 속삭였다. 심란한 얼굴로 시선을 자꾸만 아래로 떨어뜨리는 중전을 보고 가만히 있을 수가 없었던 것이다.

"그래요? 허면, 저 망측스러운 까치발 춤에 얽힌 무슨 이야기라도 있단 말씀입니까?"

"예! 마마! 마법에 걸린 오데트 공주가 낮에는 백조로 살지만, 밤에는 아름다운 공주로 변하게 됩니다. 그러다가 운명처럼 지크프리트 왕자가 나타납니다. 그 왕자는 백조가 된 오데트 공주를 순수한 마음으로 사랑하게 됩니다. 결국 지크프리트 왕자가 공주에게 주술을 걸어놓은 악마를 사랑의 힘으로 이기고, 마침내 마법이 풀린 공주와 결혼하여 행복하게 산다는 아름다운 얘기입니다."

베베르 공사부인이 귓속말을 하듯 한 손으로 자신의 입을 가리고 나지막한 음성으로 입을 열었다.

"아! 참으로 재미있는 우화입니다. 백조가 된 오데트 공주라……. 그런 이야깃거리가 저 까치발 춤에 담겨져 있단 말씀인가요?"

중전이 흥미롭다는 듯이 입가에 엷은 미소를 길게 지어냈다.

"그렇습니다. 마마! 노서아에선 '백조의 호수'를 큰 극장에서 공연을 하곤 합니다. 노서아 폐하께서도 무척 좋아하시는 공연이지요. 예술적으로도 볼만한 대작이 아닐 수 없습니다."

"처음엔 무희들의 의상이 과하다 싶었는데, 볼수록 마음을 끌어당기는 신기한 춤이 아닐 수 없습니다. 전하! 아니 그렇습니까?"

중전이 고개를 돌려 옆 좌석에 앉아있는 고종에게 말했다.

"중전의 말씀이 맞습니다. 처음엔 무희들의 앞가슴이 거의 드러나고 하체도 그대로 보이니 대체 시선을 어디다 둬야 할 것인지 난감했어요. 헌데 보면 볼수록 호수 위에서 춤을 추는 백조들을 연상케 됩니다. 참으로 놀랍고 신비스러운 노서아의 춤입니다."

고종이 나지막한 음성으로 말하고 노서아의 무희들이 입은 짧고 살랑거리는 하얀 치마를 연실 쳐다보면서 신기하다는 듯 빙그레 웃는다.

노서아, 불란서, 덕국, 미국을 비롯한 외국의 공사들은 자연스럽고 편안한 얼굴로 그 공연을 감상하고 있었다. 하지만, 조선의 대신들은 달랐다. 그들은 놀란 사슴처럼 두 눈을 동그랗게 뜨고 다소 난처한 표정으로 공연을 지켜보면서 입꼬리를 내렸다. 고개를 절레절레 흔드는 자들도 눈에 띄었다. 생전 처음 보는 노서아의 춤인데다가 도무지 의상이 기생집의 기녀들보다도 더 난잡하고 심하다는 생각이 자꾸만 들어서였다.

하지만 이미 조선의 전통과 문화 속으로 온갖 외국의 신지식과 문화와 예술이 파고 들어오는 시대라 어쩔 수가 없는 노릇이었다. 옛날 같았으면 어림도 없는 일이었으나, 대원군과는 달리 외국의 새로운 지식과 문화를 과감하게 받아들이려는 중전의 의지로 조선은 신시대를 향해 끊임없이 도약해갔다. 노서아 무희들의 공연이 끝나자 고종과 외국의 공사들은 만족스러운 얼굴로 길게 박수를 쳤다.

그들 가운데 못마땅한 얼굴로 공연이 끝날 때까지 입술을 삐쭉거리던 자는 이노우에 공사다. 중전이 노서아 무희들을 초청한 것이 어쩐지 마음에 들지 않아서였다. 주변의 공사들이 박수를 치자 그도 얼른 안색을 바꾸면서 박수 치는 흉내를 냈다. 허리를 숙여 정중하게 인사를 하는 무희들을 보고 중전도 만면에 웃음이 가득한 얼굴로 가볍게 박수를 쳤다.

중전은 심기가 불편한 이노우에 공사의 얼굴을 슬쩍 훔쳐보면서 흐뭇한 미소를 지어냈다. 외국 공사들을 위한 연회가 일단 성공적이었다고 마음속으로 평가를 했다. 노서아 무희들을 초청해서 공연을 시킨 이유는 왕실을 우습게 여기고 거들먹거리는 일본 공사관에 일침을 가하려는 중전의 전략이었다. 그 공연은 노서아를 은근히 두려워하는 이노우에 공사에게 적잖은 부담감을 안겨주었다.

조선의 여걸

박영효는 김옥균과 홍영식, 서광범 같은 급진개혁파들과 더불어 갑신정변을 일으켰던 인물이었다. 당시 그들은 일본의 도움을 받아 친청수구파를 제거하고 개혁내각을 세워 잠시 권력을 잡을 수 있었다. 하지만 1,300명의 군사들을 끌고 온 청나라의 개입으로 그들은 삼일천하를 마감할 수밖에 없었다.

일본은 청나라의 반격으로 사태가 심각해지자 갑신정변을 일으킨 급진개혁파와 등을 돌리고 갑자기 뒤로 물러나고 말았다. 그로 인해 김옥균과 박영효는 조선개혁의 뜻을 이루지 못했다. 급진개혁파의 세력이 너무 약했고 그들이 동원한 군사들의 숫자도 많지 않았던 것이 실패의 주원인이었다. 일본만 믿고 청나라를 경홀히 여겼기 때문에 그들은 원치 않는 패배를 맛보고 말았다. 김옥균과 박영효는 일본 공사관의 도움을 받아 인천에서 일본 배를 타고 망명길에 오르게 되었던 것이다.

친일파 박영효는 철종의 외동딸이었던 영혜옹주와 혼인을 한 부마였다. 하지만 결혼한 지 석 달 만에 아내가 세상을 떠나자 젊은 나이에 홀아비가 된 인물이기도 했다.

박영효는 갑신정변 이후에 일본에서 10여 년간의 망명생활을 하다가 청일전쟁이 일어나 일본이 우세하게 되자 다시 조선으로 들어왔다. 그는 청일전쟁에서 승리한 일본의 권력을 이용하여 왕실을 약화시키고 나름대로 조선의 자주개혁을 이루려고 했다. 그는 왕실의 권력이 존재하는 한 조선의 자주개혁은 어렵다고 내다봤다. 그런 까닭에 왕실을 배척하는 친일파 인물로 두각을 드러내게 된 존재가 박영효였다. 조선의 개혁을 위하여 헌신했지만, 일본을 등에 업고 있었던 탓에 수구파의 세력들은 그를 반드시 제거해야 할 위험한 인물로 꼽아두고 있었다.

어느 날 박영효가 궁궐을 지키는 군사들을 훈련대로 교체하려는 움직임을 보이자, 고종은 그 점을 심히 못마땅하게 여겼다. 일본의 지시를 받고 그 영향력을 조선에 미치고 있는 훈련대 군사들이 궁궐을 지키게 된다면, 그건 보통 큰일이 아니라고 여겼던 탓이다. 훈련대가 경복궁을 지키게 된다면, 그것은 경복궁 자체를 통째로 일본에게 맡기는 꼴과 다름이 없었다. 무슨 수를 써서라도 훈련대가 궁궐을 수비하게 되는 일은 막아야 한다고 고종은 생각했다.

지난날 박영효가 일본 군사들을 동원하여 김옥균과 더불어 갑신정변을 주도한 인물이었다는 점도 고종의 심기를 늘 불편케 했다. '생선접시를 도둑고양이 앞에 내려놓고 그것을 하루 종일 지키라고 하는 말과 다를 것이 없지 않은가? 그리된다면 일본 공사관에서 언제든지 경복궁을 점령할 수 있을 게야. 솔직히 그럴 가능성이 농후한데, 훈련대로 궁궐을 지키게 하는 일은 도저히 용납할 수가 없는 일이지.' 하고 고종은 길게 탄식하면서 눈을 감았다. 아무리 생각해 봐도 일본을 등에 업고 궁궐을 뒤흔들며 설쳐대는 박영효가 큰 골칫덩어리였던 것이다. 그러한 염려들을 꺼내놓고 심히 고민을 하던 고종은 중전과 더불어 신중하게 의논을 하게 되었다.

"중전! 박영효를 제거하지 않으면 왕실이 위험하게 될지도 모릅니다. 그가 일본을 믿고 이젠 훈련대를 동원해서 아예 궁궐을 지키겠다고 합니다. 그건 있을 수가 없는 일입니다. 합법적으로 경복궁을 빼앗겠다는 말과 뭐가 다르겠소? 어찌하면 좋겠습니까?"

은밀히 곤녕합을 찾아온 고종이 중전에게 나지막한 목소리로 물었다.

"전하! 명분을 만드셔야 합니다. 박영효를 면직시키거나 다시 일본으로 쫓아버릴 수 있는 묘책을 찾아내지 않으면 안 될 것이옵니다."

"중전께선 그 명분이 무엇이라 생각하십니까?"

"왕비독살음모자를 추포하는 일입니다."

"허면 박영효가 왕비를 독살하려는 음모를 꾸몄다고 몰아세우면서, 그 죄를 묻자는 겝니까?"

"그러하옵니다. 그걸 제외하고는 박영효를 궁궐에서 쫓아낼 다른 묘책은 없습니다."

"일본 공사가 그걸 믿고 인정할까요?"

고종이 불안한 눈빛으로 물었다.

"일본 정부에서 큰 기대를 갖고 조선의 개혁자로 내세운 인물이 박영효 내무대신입니다. 그자가 친일파를 밀어내고 노서아 쪽의 인물들을 세우려는 왕비를 죽이려고 음모를 꾸몄다는 주장입니다. 이 사건은 누가 봐도 그럴듯한 일로 여겨져서 별다른 의심을 사지 않게 될 것입니다. 박영효가 누굽니까? 자신이 옳다고 여기면 물불 안 가리고 일을 저지르는 자입니다."

"과연 중전은 그 머릿속에 무궁무진한 지혜의 보고가 숨겨져 있습니다. 그런 묘책을 갖고 계시다니 참으로 대단하십니다. 하하하!"

중전의 지혜에 감탄한 고종이 시원하게 웃음소리를 냈다.

고종은 박영효에게 중전의 몸이 날로 쇠약해져가고 있으니 산삼을 구하여 보내줬으면 좋겠다고 넌지시 부탁을 했다. 중전과 마찰을 일으키지 말고 일을 잘 처리해야 서로 좋을 것 같다는 암시가 담긴 말이었다. 박영효는 고종의 말을 알아듣고 그대로 실천에 옮겼다. 중전의 심기를 건드리지 않고 훈련대 군사들이 궁궐을 지킬 수 있도록 허락을 받아내기 위해서였다.

박영효는 신속하게 산삼을 구하여 '중전마마께 드리세요. 귀한 산삼입니다.' 하고 그것을 제조상궁에게 건네주었다. 하지만 그 산삼을 달여먹은 중전이 갑자기 피를 토하고 쓰러져 며칠 동안 자리에 눕고 말았다. 물론 아무도 모르게 꾸민 중전의 연극이었다.

산삼에 독약이 들어있었다는 소문을 내기 전에 고종은 박영효를 옭아맬 수 있는 그물을 만들었다. 믿을 만한 내관을 시켜서 몰래 독약을 그 산삼에 묻히도록 했던 것이다. 그러고는 독약이 묻어있는 산삼을 증거물로 대신들 앞에 내놓았다.

내관이 그릇에 담긴 산삼 위에 물을 붓고 깨끗한 은수저를 넣자 그

것이 검게 변했다. 고종은 대신들 앞에서 그 산삼을 내관이 준비해온
개에게 먹였다. 그 개는 입에 거품을 물고 쓰러져 버둥거리다가 죽었
다. 틀림없이 독약이 들어있는 산삼으로 판명이 난 셈이었다.

　고종은 산삼을 중전에게 바친 자가 박영효라는 사실을 대신들 앞
에서 밝혔다. 대신들은 놀라움을 금치 못하고 사색이 되었다. 그 즉
시 고종은 박영효를 왕비독살음모자로 공포하고 그를 면직시킨 후
에 추포령을 내렸다.

　박영효는 꾀가 많은 중전이 쳐놓은 그물에 제대로 걸려들었음을
뒤늦게 깨닫고 가슴을 치며 곧바로 일본으로 망명하고 말았다. 그
는 배를 타고 일본으로 가면서 중전이 주도한 손자병법 28계 상옥
추제(上屋抽梯)에 걸려든 자신을 깨닫고 쓴웃음을 삼켰다.

　'상옥추제, 지붕으로 유인하여 사다리를 치운다. 이런, 그걸 내게
쓰신 것이옵니까? 내가 그걸 모르고 우습게 당하다니, 내 꼴이 한심
스럽기만 합니다. 아무튼 내가 교활한 중전마마께 졌소이다. 허나
언젠가는 저도 원수를 갚아야지요.' 하고 박영효는 어이가 없다는
듯 멍하니 하늘을 바라보다가 싱겁게 웃고 만다.

　왕비독살음모자로 낙인이 찍혔으니 일본으로 들어가도 머물 곳
이 마땅치 않을 것만 같아 그는 큰 걱정이 앞섰다. 그는 불안과 절
망 속에서 말없이 고개를 밑으로 숙였다. 그의 시야에 들어온 검푸
른 바닷물이 그의 복잡한 머릿속을 점차 채워가고 있었다.

　이노우에 공사는 일본의 총리였던 이토 히로부미의 부름을 받고
일본으로 갔다. 그는 일본 총리실에서 박영효가 왕비독살음모자로
낙인이 찍혀 다시 일본으로 망명하게 되었다는 사실을 보고했다.

그 말을 듣고 이토 총리의 얼굴이 심하게 일그러졌다. 박영효 추포령이 내려지면서 친일파 대신들이 추풍낙엽처럼 우수수 떨어지고, 친미파나 노서아파 대신들이 등용되었다는 것은 일본의 입장에선 참을 수가 없는 일이었다. 그건 조선을 삼키려는 일본의 야욕이 무참하게 무너지고 짓밟히는 일과 같았다.

"이거야말로 과일이 제대로 익기도 전에 급하게 따서, 먹지도 못하고 버린 꼴이 아닌가? 이노우에 공사는 박영효가 그런 엉뚱한 짓을 하지 못하도록 사전에 막지 않고 무엇을 하고 있었는가?"

이토 총리가 버럭 소리를 질렀다.

"제가 너무 과격하게 나서지 말라고 박영효에게 그렇게 여러 차례 타일렀건만, 제 말을 듣지 않고 제멋대로 저지른 일이었습니다."

"일이 이토록 꼬였으니 정말 큰일이 아닌가? 조선에서 일본의 영향력이 점차로 줄어들고 있어. 이러다간."

"저도 그 점이 마음이 걸립니다. 그게 다 교활한 조선의 왕비 때문입니다."

이노우에 공사가 어두운 표정으로 입을 씰룩거렸다.

이토 총리는 근심염려에 빠져있는 이노우에 공사에게 후임으로 누가 좋을 것인가를 물었다. 이노우에는 이미 생각하고 있었다는 듯 그 말이 떨어지자마자 육군 중장 출신의 미우라 고로를 추천했다. '미우라를 조선으로 보내시면 일본제국의 꿈을 이루는데 적잖은 도움이 될 것입니다. 실제로 그만한 적임자가 없다고 봅니다.' 하고 이노우에가 말했다.

미우라는 단순하면서도 저돌적으로 덤벼드는 공격성을 가진 칼잡이였다. 이노우에가 칼을 품에 숨기고 지략으로 싸운다면, 미우라는 칼을 빼어들고 몸으로 싸우는 전투적인 기질이 있는 자였다. 이노우에의 자리에 미우라를 세워서 조선의 왕비를 시해하고 왕실을 능멸하여 일본제국의 야욕을 채우려는 당찬 계략이 그곳에서 만들어졌던 것이다.

이토 총리는 그래도 조선의 왕비를 일본의 자객들이 시해한다는 것은 국제적으로 지탄을 받을 만한 소지가 있다고 판단하여 쉽게 결정을 하지 못하고 망설였다. 하지만 이노우에 공사는 이토 총리를 설득하려고 애를 썼다. 실제로 일본인들 가운데 이노우에 공사만큼 조선의 정치와 왕실의 사정을 속속들이 꿰뚫어보는 자가 없었다.

조선의 왕비를 제거하지 않는다면 대륙진출이라는 일본제국의 꿈을 이루지 못할 것이고, 노서아가 조선을 삼키게 되면 일본까지 위험해질 수 있다고 하면서 그는 강력하게 자신의 주장을 굽히지 않았다. 청일전쟁에서 이겼어도 조선을 움켜쥐지 못한다면 실패한 거나 다름이 없다고 목소리를 높이자, 이토 총리는 그의 간청을 그대로 받아들이기로 결심을 하기에 이르렀다. 그로 인하여 이노우에 공사가 꾸민 조선왕비 시해계획은 철저한 검토를 거쳐 서서히 준비 단계로 들어갔다.

며칠 후였다. 일본에서 돌아온 이노우에는 자신의 후임으로 데려온 미우라 공사와 함께 강녕전으로 갔다. 고종과 중전에게 마지막 인사도 하고 후임인 미우라 공사를 소개하기 위해서였다.

강녕전에는 고종이 근엄한 모습으로 앉아있는 모습이 보였다. 그 뒤로 얼굴과 몸을 가리는 얇은 발이 내려져 있는데, 그곳엔 중전이 자리를 잡고 앉아 고종의 조언자 노릇을 하고 있었다. 중전은 발을 통해서 고종을 대면하고 있는 대신들의 얼굴을 제대로 눈여겨볼 수 있지만, 강녕전에 들어온 자들의 눈에는 발에 가린 중전의 얼굴이 잘 보이질 않았다.

"전하! 이노우에 공사가 들었사옵니다."

내관이 고종에게 아뢴다.

"들라 하라!"

"대군주전하! 소인 이노우에 공사입니다. 이제 소인은 물러가고 앞으로 제 후임으로 일하게 될 미우라 공사를 소개하고자 강녕전에 들게 되었습니다."

이노우에가 옆에 선 미우라에게 정중하게 인사를 하라고 귓속말로 속삭였다.

"소인 미우라 공사입니다. 부족한 점이 심히 많사오나 대군주전하와 조선을 위하여 헌신할 각오를 하고 먼 일본에서 건너왔습니다. 정식으로 인사를 올리옵니다."

"그래요? 앞으로 짐과 조선을 위해서 큰 도움을 주셨으면 합니다. 이노우에 공사께서도 일본으로 가시면 끝까지 조선을 잊지 마시고 여러 모로 힘을 써주세요."

"알겠습니다. 대군주전하. 조선이 강대국의 그늘에서 벗어나 큰 나라로 성장해갈 수 있도록 이노우에가 이토 히로부미 총리님과 더불어 물심양면으로 조선을 보호하고 돕도록 최선을 다하겠습니다. 조선은 일본제국과 혈맹관계에 있는 나라나 마찬가지니까요. 청일전쟁 때도 조선의 도움이 적지 않았다는 걸 이토 총리께서도 잘 알고 계십니다."

이노우에 공사가 두 눈을 반짝이면서 입을 열었다.

"고맙소. 이노우에 공사!"

"허면, 조선에 상주해있는 일본 군사들과 궁궐 안에 숨겨져 있는 친일파 인물들도 다 데리고 가셔야지요. 노서아와 덕국과 불란서와 그리 약조하신 게 아닙니까?"

발 뒤에서 이노우에 공사를 지켜보던 중전이 던진 뼈있는 말이었다.

"지당하신 말씀입니다. 일본은 자주독립국가인 조선에서 물러나기로 이미 세 나라와 약조를 했습니다. 일본 군사들도 인천에서 본국으로 돌아갈 것이고, 친일파 인물들도 점진적으로 궁궐에서 물러나게 될 것이옵니다."

이노우에가 긴 미소를 일부러 보이면서 차분한 음성으로 말했다.

"조선 속담을 보면, 쇠뿔도 단김에 뽑으라는 말이 있지요. 꾸물꾸물 눈치를 보면서 시간만 끌지 말고, 어서 빨리 일본 군사들을 한 사람도 남기지 말고 자주독립국가인 조선 땅에서 철수시키세요."

중전이 목에 힘이 실린 목소리로 일침을 가했다.

"알겠습니다. 마마! 그리하지요!"

이노우에가 당황하는 얼굴을 감추지 못하고 허리를 굽혔다.

"그래도 일본 군사가 일부 남아있어야 궁궐을 보호해드릴 수 있을 겁니다. 평소에 불만이 많은 훈련대가 폭동이라도 일으키면 큰일이 아닐 수 없습니다. 제 생각엔 점진적으로 일본 군사들을 철수시키는 것이……."

미우라 공사가 발에 가려진 중전의 얼굴을 눈여겨보면서 말끝을 흐렸다.

"미우라 공사! 나는 지금 당신에게 말을 하고 있는 것이 아니라, 전임 이노우에 공사에게 부탁을 하고 있는 겁니다. 이제 막 조선 땅에 발을 들여놓은 미우라 공사께서 조선에 대해 무엇을 아신다고 그리 경솔하게 나서는 겝니까? 오백년의 역사를 가진 조선을 제대로 알려면 족히 삼년은 넘게 걸릴 것입니다."

중전이 미우라 공사에게 의도적으로 핀잔을 주었다.

"자넨 좀 가만히 있게나. 중전마마께서 하신 말씀이 다 옳지 않은가. 그러니 제발 나서지 좀 말게."

이노우에가 미우라 공사에게 나무라듯 말했다.

"중전께서 하신 말씀대로 미우라 공사께선 조선에 관한 연구를 다양하게 충분히 하신 다음에 일을 해도 늦지 않을 것 같습니다. 이제 조선은 자주독립국가입니다."

고종이 중전을 거들면서 여유 있는 얼굴로 슬쩍 웃는다.

미우라는 입을 다물고 발에 가려져 잘 보이지 않는 중전을 힐끔 매서운 눈빛으로 쳐다본다. 미우라는 중전의 얼굴을 기억해두려고 했지만, 윤곽만 보일 뿐 중전의 얼굴이 어떻게 생겼는지 전혀 알 길이 없었다. '조선의 왕비! 어디 한번 두고 봅시다! 누가 먼저 칼자루를 쥐게 될 것인지!' 하고 미우라 공사는 속으로 이를 갈았다.

"대군주전하! 옳으신 말씀입니다. 앞으로 일본인들은 조선 땅에서 전부 철수를 하게 될 것입니다. 그것은 곧 조선이 자주독립국가임을 인정하는 일본 정부의 결정이기도 합니다. 그러하오니 차제에 조선왕실에서도 노서아를 끌어들이지 말고 왕실에서 멀리하셔야 합니다. 그래야 조선이 자주독립국가로 우뚝 설 수 있을 것이옵니다."

이노우에가 고종을 타이르듯이 일장 연설을 했다.

"세상이 변하고 있습니다. 자주독립국가인 조선도 개혁을 위하여 문호를 개방하고 외국의 선진문화와 신지식들을 받아들여야 합니다. 노서아와 불란서와 덕국과 미국 같은 대국과 친선문화교류를 하면서 여러 모로 많은 도움을 받아야지요. 고맙게도 일본 정부에서도 여태껏 우리 조선이 자주독립국가로 성장할 수 있도록 그러한 도움을 주신 것이 아닙니까?”

발 뒤에서 옅은 미소를 짓고 있는 중전의 말이었다.

이노우에와 미우라 공사가 다소 그늘진 얼굴로 미간을 찡그리며 중전의 말을 마음속으로 곱씹었다. 고종은 중전의 말속에 뼈가 들어있음을 깨닫고는 그들을 바라보면서 아무 말도 하지 않고 입가에 잔잔한 웃음을 흘려냈다.

이노우에와 미우라는 남산에 있는 일본 공사관으로 돌아갔다. 그들은 그곳에서 머리를 맞대고 새로운 작전을 짜느라고 정신이 없었다. 조선의 국모가 존재하는 한 일본이 궁궐을 장악하는 일은 불가능하다는 결론을 내린 후에 새로운 전략을 세웠다.

하지만 그것은 이미 이노우에의 머릿속에 오래전부터 각인되어 있었던 계략이었다. 조속히 중전을 제거하지 않는다면, 일본은 조선에서 주도권을 빼앗기고 쇠약해질 수밖에 없다는 것을 이노우에는 절실하게 깨닫고 있었다. 그래서 이노우에는 저돌적이고 배짱이 있는 육군중장 출신의 예비역 장군인 미우라를 후임공사로 추천하여 조선으로 끌어들였던 것이다. 이미 이노우에의 계산에는 조선왕비 시해전략이 숨겨져 있었다.

이제 남은 일은 한 가지뿐이었다. 그것은 거사 일을 잡고 이노우에가 이토 히로부미 총리의 허가를 받는 일이었다. 날짜만 잡히면 혈기 많은 미우라를 앞세워 경복궁으로 들어가 완벽하게 여우사냥을 추진하는 일이었다. ‘여우사냥!’ 하고 이노우에가 입안에서 중얼거렸다.

"조선의 국모를 어떻게 처리하실 겁니까?"

미우라 공사가 물었다.

"꾀 많은 여우는 사냥을 해서 잡아야 제 맛이 나지. 조선 땅 경복궁에서."

"그럼, 조선의 국모를……."

"어쩔 수 없는 일이네. 대일본제국의 미래와 아시아의 평화를 위해선 희생제물이 필요하지. 어찌 생각해보면 참 아까운 여걸이긴 하나, 일본 정부의 입장에서 바라보면 반드시 뽑아내야 할 무서운 바위덩이야. 방치할수록 산처럼 커지는 신비로운 바위지."

"어떤 방법을 사용하실 겁니까?"

미우라가 물었다.

"그냥 낭인들을 모아 칼로 조선의 국모를 살해하게. 그 대신 일본 군사 2개 중대와 우범선을 끌어들여야 해. 그가 이끄는 조선 훈련대의 후원을 받아야 하니까. 단, 일본 정부나 이토 총리는 전혀 모르는 일로 처리를 해야 하네. 그게 발각되면 국제적으로 일본 제국이 지탄을 받아야 하는 심각한 문제가 생길 수도 있어. 무슨 말인지 알겠나?"

이노우에가 미우라를 뚫어지게 바라보면서 미간을 심하게 찡그렸다.

"하이! 분부하신 말씀대로 시행하겠습니다. 날짜는 정해진 겁니까?"

미우라가 물었다.

"내 생각엔 10월 10일이 괜찮은데, 만약 정보가 누설되거나 급하게 일이 꼬이면 거사 일을 며칠 앞당겨야 하겠지. 이건 특급비밀로 해야 하네. 오직 나와 자네만 아는 일이니까. 그 어느 누구도 이 비밀을 알아선 안 돼."

이노우에가 미우라에게 귓속말로 전하면서 길게 숨을 몰아쉬었다. 생사를 건 모험이라고 생각한 탓인지, 그는 상당히 긴장한 모습을 감추질 못했다.

"명심하겠습니다."

미우라가 절도 있게 고개를 숙였다. 그의 콧구멍이 벌름거리고 눈가에선 야수와 같은 광기가 번뜩였다.

며칠 후였다. 경복궁 안에 있는 건청궁 곤녕합으로 찾아온 자들이 있었다. 그들은 중전을 독대하러 온 자들이었다. 중전의 얼굴이 잘 보이지 않도록 얇은 대나무로 만든 발이 내려져 있는 내실 앞에 그들은 한 사람씩 들어가 단정하게 무릎을 꿇고 큰절을 했다. 먼저 들어간 자가 작은 베개만한 크기의 보석함을 열어 금궤와 어음을 중전 앞에 내놓았다.

중전 곁에 서 있던 제조상궁이 그들 앞으로 다가선다. 제조상궁은 금궤의 숫자와 어음을 면밀하게 확인한 후에 다시 중전에게 다가가서 귓속말로 무엇인가를 알려주는 듯 했다. 아마도 조금 부족한 것 같다는 말을 중전에게 한 모양이었다.

중전은 제조상궁의 귀에 대고 귓속말로 뭔가를 지시했다. 고개를 가볍게 숙인 제조상궁이 그에게 가까이 다가가 중전의 말을 전하는 것 같았다. 그는 두려움이 가득한 얼굴로 큰절을 하고 '그렇게 준비하도록 하겠습니다.' 하고 뒷걸음질로 내실을 나갔다. 중전은 책자에 뭔가를 붓으로 기록을 하는 듯 했다.

잠시 후에 다른 자가 보따리를 끌러서 중전 앞에 내놓았다. 그것도 금궤와 어음이었다. 제조상궁이 중전과 그 사내 사이를 오가며 흥정을 하는 듯 했다. 밀실에서 이루어지는 매관매직이었다. 지방 관리들은 좀 더 좋은 자리를 얻기 위하여 당시 실세 중에 실세였던 중전을 찾아와 금궤나 어음을 바치고 버슬을 얻었다. 중전의 친족들이 요직에 앉아서 굳건하게 세력을 잡고 힘을 자랑하던 터라 감히 어느 누구도 중전의 매관매직에 이러니저러니 토를 다는 자가 없었던 것이다.

실제로 중전은 큰 어려움 없이 매관매직을 통해 많은 금궤와 돈을 악착같이 긁어모아 고종에게 보냈다. 고종은 중전의 매관매직을 뻔히 알고서도 눈을 감아주었다. 왜 중전이 매관매직을 하고 있는지를 정확히 파악하고 있어서였다. 외세에 의하여 조선이 심하게 흔들리는 시기에, 왕실의 내탕금(內帑金; 임금의 개인 재산)마저 바닥이 난다면 큰일이 아닐 수 없다고 여겼기 때문이다. 만약 그렇게 된다면 국왕은 아무것도 할 수 없는 무능한 종이호랑이가 될 수밖에 없다는 걸 고종은 뼈저리게 실감하고 있었다.

중전은 사리사욕에 눈이 어두워져 그러한 일을 하고 있는 것이 아니라, 장차 조선을 지키기 위한 자금을 확보하고 있다는 것을 제대로 알고 있었던 까닭에, 고종은 입을 굳게 다물 수밖에 없었다. 당찬 중전이 아니라면 감히 누가 그러한 일을 할 수 있겠느냐고 하면서 고종은 오히려 속으로 중전을 대견스럽게 여겼다.

대내외적으로 위기를 맞고 있는 조선을 위하여 고종이 할 수 있는 일은 세 가지라고 생각했다. 첫째는 외국에서 신식 무기들을 사들여 군사력을 키운 다음에 노서아와 손을 잡고 강한 일본을 견제하며 조선을 지키는 방법이었다. 둘째는 대외적으로 유화정책을 펴나가면서 조선이 스스로 우뚝 설 때까지 긴장하며 기다리는 것이었다. 셋째는 총칼로 무장한 조선 군사들을 총동원하여 일본 군사들과 정면으로 맞서서 싸우는 일인데, 그것은 무모한 전쟁이 될 수밖에 없다고 여겼다. 신식 무기로 무장한 일본 군대를 이길만한 실력도 없고, 조선 군사들의 숫자가 턱없이 부족한 탓이었다.

고종은 좀 더 국내외의 사태를 지켜보면서 조선을 살리고 지킬수 있는 묘책이 무엇인가를 찾아보려고 애를 썼다. 어떻게 하면 무기력한 조선을 보호하고 지킬 수 있을 것인지, 그 화두에 골몰하여고종은 밤잠을 이루지 못할 때가 허다했다. '그래도 다행스러운 일은 담이 큰 중전께서 든든한 거목처럼 내 곁을 늘 지켜주고 있다는 겁니다.' 하고 고종은 가끔 흐뭇한 미소를 지었다. 고종의 입장에서보면 중전은 조선의 왕실을 지키는 거대한 방패와 검과 같은 존재였다.

왕실을 지키는 시위대의 조총사격 연습장 옆에 홍계훈 연대장이만들어놓은 권총사격용 공터가 하나 있었다. 사방을 대나무와 얇은나무판자로 빈틈없이 막아놓아서 누가 그 안에서 권총사격을 하고있는지 전혀 모르도록 아늑하게 꾸며놓은 곳이었다. 고종은 시간이날 때마다 그곳으로 가서 권총사격연습을 즐겼다. 차가운 권총의방아쇠를 서서히 당길 때마다 국궁을 쏘며 칼을 쓰는 시대가 서서히 지나가고 있음을 그 자리에서 뼈저리게 실감했다.

고종은 궁인들의 시선을 피해 가며 중전을 그곳으로 데리고 갔다. 권총사격연습을 하기 위해서였다. 권총을 손으로 잡는 방법과 사격요령을 가르쳐주고 중전과 더불어 사격연습을 여러 차례 했는데, 중전의 실력은 고종보다 훨씬 더 월등했다.

"중전! 대단하십니다. 책만 읽는 학자이신 줄 알았는데, 이제 보니 시위대 교관을 하셔도 되시겠습니다. 백발백중입니다. 명사수가 되는 무슨 요령이라도 있는 겝니까?"

고종이 검은 과녁판에 뚫린 총알구멍을 자세히 들여다보면서 중전을 칭찬했다.

"조선을 삼키려는 포악한 야수들의 얼굴이 과녁판에 딱 붙어있다고 상상하면서, 저는 정신을 집중하여 그들의 이마에 정조준을 했을 뿐입니다. 전하!"

"그래요? 대단하십니다. 과연 왜놈들이 두려워할 수밖에 없는 중전이십니다. 신임 일본 공사 미우라가 이걸 봤다면 온몸에 소름이 끼쳐서 바지에 오줌을 찔끔찔끔 쌌을 겝니다. 하하하!"

고종이 중전을 바라보면서 오랜만에 통쾌하게 웃는다.

중전은 아무래도 자신을 지키기 위하여 권총사격을 배워둘 필요가 있다고 생각했다. 당장은 아니지만 언젠가 요긴하게 권총을 사용할 수 있는 기회가 올지도 모른다는 예감이 들어서였다. 그래서 중전은 일부러 고종에게 부탁해서 남몰래 사격연습을 하게 되었던 것이다.

양가죽으로 만든 귀마개를 했는데도 처음엔 천둥 번개를 치는 소리가 나서 심장이 쿵쾅거리고 귀가 먹먹했었다. 하지만 그 다음부턴 오히려 화약 냄새를 맡으며 권총사격을 즐길 수 있게 되었다. 손가락 하나를 조금 움직였을 뿐인데 '탕-' 하고 하늘을 뒤흔드는 총

성이 나고, 총구에선 불을 토하며 총알이 발사될 때, 마음속까지 후
련해지는 것만 같았다.

고종은 대담하게 권총사격을 하고 있는 중전을 옆에서 바라보고
조선의 여걸이라고 하면서 칭찬을 아끼지 않았다. 권총을 들고 과
감하게 사격을 하고 있는 중전이 호위무사처럼 느껴졌는지 고종의
입가에선 흐뭇한 미소가 흘러나왔다.

중전은 사격을 하면서 시위대를 떠올렸다. 궁궐을 지키는 왕실의
시위대들도 서양의 신식 무기로 무장을 하고 신식훈련을 잘 받게
해야 조선은 물론이고 왕실 또한 흔들림 없이 굳건히 세워질 수 있
을 거라고 여겼다.

늦은 오후였다. 중전은 곤녕합에서 베베르 공사부인을 만나고
있었다. 진수성찬을 베풀고 향이 좋은 인삼차를 대접하면서 중전
은 그녀와 밀담을 나누었다. 일본이 노서아의 협박에 움칠하고 요
동반도를 청나라에 반납한 시점에서, 뭔가 무기력한 조선왕실의
위상과 힘을 회복하기 위한 정치적 행보가 필요해서였다. 아무래
도 미국이나 덕국 혹은 불란서보다는 조선에서 가까운 노서아의
힘을 빌려 일본의 침략야욕을 막아내는 것이 가장 효과가 클 거라
고 확신했다.

"어떻습니까? 조선음식이 마음에 드십니까?"

중전이 입가에 미소를 보이고 베베르 공사부인에게 묻는다.

"마마! 조선의 음식은 다양한 색깔이 있고 독특한 깊은 맛도 있는
것 같습니다. 노서아의 음식에 비하면 조선의 음식은 가짓수도 참
많고 정말 훌륭합니다."

베베르 공사의 부인이 감동 어린 표정으로 조심스럽게 웃는다.

"어디 그게 하루 이틀에 만들어진 음식입니까? 조선의 음식은 삼국시대로부터 내려온 수천 년의 문화와 역사를 담고 있습니다. 궁중음식만 해도 그렇습니다. 다양한 무지개 색깔의 조화와 고유의 향과 혀를 자극하는 감칠맛이 어우러져 있고 건강에도 큰 도움이 되지요. 모든 음식들이 건강을 지켜주는 한약과 같지요. 그런 음식들이 정갈한 사기그릇에 고스란히 담겨져 있는 것입니다."

"마마! 조선은 일본에게 당할 작은 나라가 아니라는 생각이 듭니다. 역사나 문화나 음식만 보더라도 참으로 배울 점이 한두 가지가 아닙니다."

베베르 공사부인이 침이 마르도록 칭찬을 하면서 중전의 속마음을 알아보려고 은근히 수다를 떨었다.

"예! 맞습니다! 조선이 섬나라 일본에게 주권을 빼앗겨선 결코 안 됩니다. 조선은 중국을 비롯하여 수많은 외침 속에서도 소멸되지 않고 질기게 살아남은 백의민족입니다. 그래서 하는 말인데, 조선 군사들을 위하여 신식 무기를 대량으로 들여왔으면 합니다. 베베르 공사부인의 생각은 어떠하신지요?"

"좋은 생각이십니다. 일본을 견제하시려면 신식 무기들이 절대적으로 필요하실 겁니다."

"해서 노서아에서 신식 무기를 구입했으면 합니다."

"제가 베베르 공사님에게 부탁을 하여 신식 무기를 조선에 보내도록 애써보겠습니다."

"고맙습니다. 그렇지 않아도 신식 무기를 구입하려고 마련해두었던 자금인데, 이것을 계약금으로 받으세요. 나중에 물건을 인수하게 되면 잔금도 다 계산해서 넉넉히 드리겠습니다. 미국이나 불란서가 아니라 노서아에서 신식 무기를 사오려는 것은 그만큼 노서아를 든든하게 믿고 있다는 뜻이기도 하지요."

중전은 미리 준비해놓았던 금궤가 든 상자를 베베르 공사부인에게 슬며시 넘겨주었다.

"잘 알겠습니다. 니콜라이 2세 폐하의 허가를 득하도록 저희 부부가 애를 써보겠습니다. 중전마마의 부탁이시니 모든 일들이 잘 될 것이옵니다."

"고맙습니다. 베베르 공사부인! 쉽지 않은 일이겠지만, 꼭 성사되도록 힘을 써주세요. 아! 그리고 왕실의 내탕금을 노서아 은행에 맡겼으면 하는데, 괜찮겠지요?"

중전은 일부러 밝은 웃음을 보이면서 그녀에게 부탁을 했다.

"마마! 노서아의 입장에서 보면 너무도 과분하고 감사한 일이지요."

"그리고 오늘 나눈 밀담은 절대로 밖으로 새어나가지 않도록 해주셔야 합니다."

"염려하지 마십시오. 마마!"

"이것은 내가 좋아하는 조선의 식혜인데, 드셔보세요. 맛이 달콤하면서도 꽉 막힌 가슴속까지 시원해집니다."

중전은 베베르 공사부인에게 식혜를 권하면서 속으로 회심의 미소를 지었다. 일본 공사 미우라의 눈을 속이고 감쪽같이 베베르 공사부인의 도움을 받아 자신의 계획을 성취시킬 수 있다는 자신감이 생겼다. 일단 일본세력들을 밀어내는 일에 힘을 모으고, 그 일을 성공하게 되면 그 다음은 왕실에 깊이 파고 든 노서아의 세력들을 하나씩 제거하려는 계획을 갖고 있었던 것이다. 그런 목적으로 중전은 베베르 공사부인과 친분관계를 이어가고 있었다.

불란서와 미국과 덕국도 무시할 수 없는 강대국들이지만 그렇게 걱정을 할 만큼 위험하지는 않다고 여겼다. 하지만 중전의 눈으로 볼 때, 가장 무서운 눈앞의 적은 일본이었다. 조선의 왕실을 손바닥처럼 환하게 들여다보고 있을 뿐만 아니라, 조선을 빼앗아 대륙 침략의 발판으로 삼기 위하여 호시탐탐 기회를 엿보고 있었기 때문이다.

일본을 과감하게 쳐내지 못한다면 조선은 그들의 식민지가 될 수밖에 없음을 중전은 이미 청일전쟁 전부터 알고 있었다. 노서아가 덩치 큰 야생 곰이라면 일본은 잔꾀 많은 늑대라는 생각을 하면서 두 나라를 적당하게 요리할 수 있는 전략을 찾기 위하여 늘 애를 쓰곤 했던 존재가 중전이었다. '커다란 야생 곰을 앞세워 꾀 많은 일본늑대를 쫓아낸다.' 하고 중전은 마음속으로 중얼거렸다.

그 다음 날 오전이었다. 건청궁 장안당 안에서 고종과 중전이 다과상을 앞에 놓고 서로 마주 앉아 밀담을 나누었다. 자주 있었던 일이었지만, 중전은 마음속에 감추고 있었던 비밀을 털어놓으려고 긴장을 했다. 고종은 안색이 안 좋은 중전을 바라보면서 속으로 걱정을 하기도 했다. 침묵을 지키고 있던 중전이 얼굴을 앞으로 더욱 내밀면서 고종의 눈빛을 가만히 살핀다. 뒤로 미룰 것이 아니라 아무래도 이참에 진실을 밝히겠다는 뜻을 품은 탓인지 중전의 눈동자가 안광을 발했다.

"전하! 한 가지 은밀하게 드릴 말이 있사옵니다."

"중전! 이곳엔 아무도 없으니 마음 놓고 말씀을 하셔도 됩니다. 내관과 나인들에게 잠시 물러가라 했으니 안심하세요."

"진즉 말씀을 드려야 했는데, 기회를 놓쳐서 송구하기 이를 데 없

나이다. 제가 청나라와 노서아와 일본과 덕국과 미국 그리고 불란
서와 영국에 통신사 밀정들을 두 사람씩 보냈습니다. 그들이 은밀
하게 감당하는 중요한 일이란 왕실에 도움이 되는 중요한 정보들을
입수하고 조선침략의 계획이나 정치적인 변화를 미리 알아내는 일
입니다.”

“중전께서 밀정을 타국에 파송했다는 말씀입니까? 참으로 대단
한 일을 하셨소. 언제 그런 조직을 만드신 게요?”

고종이 심히 놀랐다는 표정을 지어내며 묻는다.

“워낙 기밀이 유지되어야 하는 일이라, 미리 보고를 하지 못했습
니다. 전하!”

“그렇겠지요. 다 이해합니다. 헌데, 그런 밀정들을 제대로 관리하
려면 비용도 만만치 않게 들 터인데.”

“해서 이젠 그 밀정들의 관리를 전하께서 직접 맡으셔야 합니다.
물론 절대 기밀이 유지되어야 할 것입니다. 그래야 만만한 먹이를
삼키려는 악한 짐승과 같은 일본과 노서아의 발톱에서 조선을 지키
고 구하실 수 있을 겁니다.”

“고맙소! 중전!”

고종이 감동 어린 얼굴로 그녀를 바라본다.

“이 책자 안에 그들의 이름과 나라명과 거처와 연락하는 방법이
소상하게 낱낱이 적혀 있습니다. 전하! 받으시옵소서.”

중전이 노란색 겉표지가 돋보이는 두툼한 책자 한 권을 고종 앞
에 내놓으면서 말했다.

“알았소이다. 무슨 일이 있어도 통신사 밀정들을 잘 활용해서 반
드시 무너져가는 약한 조선을 아무도 얕볼 수 없는 큰 나라로 바로
세울 것이오.”

고종이 손에 든 책자를 단단히 한 손으로 움켜쥐면서 비장한 각오를 한 듯이 두 눈에 힘을 주었다. 하지만 고종의 눈가엔 알 수 없는 눈물이 고여 있었다. 중전의 배려가 고맙기도 했지만, 한편으론 무기력하고 무능하게만 보이는 자신의 모습이 한심스럽게만 여겨졌다.

중전은 고종에게 조선을 지키기 위하여 잊지 말고 해야 할 일들을 차분한 목소리로 한 가지씩 설명을 했다. 그것은 독립국가를 이루기 위하여 노서아의 힘을 빌려 일본을 견제하는 일이라고 했다. 그리고 미국과 덕국과 불란서와 같은 다른 서양의 강대국들과 우호관계를 맺고 정치적으로 줄다리기를 잘하라고 신신당부했다. 신식 소총과 무기를 대량 구입해야 하고 바다를 지키려면 큰 군함을 사들여야 한다는 말도 잊지 않았다.

고종은 연실 고개를 끄덕이면서 중전의 말을 마음 속 깊은 곳에 그대로 새겨 넣으려고 정신을 집중하여 귀를 기울였다. 중전의 말은 한마디도 틀리지 않는 불변의 정금과 같은 진리라고 여겼던 것이다.

중전은 밀정들이 보낸 보고서를 읽을 때는 특별한 방법이 있다는 것도 고종에게 은밀하게 전했다. 아무런 글자가 보이지 않는 백지를 뜨거운 화롯불에 잠시 대고 있어야, 화학약물로 쓴 글자가 열을 받아 검은 갈색으로 변하게 된다고 가르쳐주었다. 실제로 밀정들은 화학비사법으로 비밀스러운 정보들을 중전에게 자주 보고했던 것이다. 그 비밀을 모르는 사람이 밀서를 펴보게 되면 아무것도 없는 백지만 보이도록 일부러 그렇게 위장을 했던 것이다.

고종은 중전이 한 말들을 반복해서 되씹으면서 눈을 감고 목울대에서 신음을 냈다. '중전이 없는 경복궁은 한마디로 향기와 생명이 없는 꽃과 뭐가 다르겠는가?' 하고 마음속으로 중얼거렸다. '이러한 난세에 중전이 곁에 계셔서, 내가 얼마나 위로가 되는지 모릅니다.' 하고 고종은 마음속으로 진심 어린 말을 토해냈다. 의지가 약하고 결단력이 없는 고종을 음으로 양으로 후원하며 정치적인 도움을 아끼지 않았던 존재가 중전이었다. 고종의 정치는 거의 다 중전의 지식과 전략에서 나온 것이나 다름이 없었다.

건청궁 곤녕합에서 중전은 낯선 도인과 독대하고 있었다. 얇은 대나무 발을 내리고 있어서 중전의 얼굴은 잘 보이질 않았다. 중전은 제조상궁을 밖으로 내보내고 일부러 발을 들어 올려 자신의 얼굴을 도인 앞에 드러냈다. 도인은 회색 승복을 입고 있었지만, 한눈에 봐도 평범한 인물이 아니라는 걸 알 수 있었다. 도인에게선 알 수 없는 신비한 분위기가 물씬 배어나왔다. 얼핏 눈빛만 봐도 상당한 힘과 지혜가 느껴질 만큼 기이한 인물이었다. 도인은 검은 천으로 싼 상자를 천천히 열어 그것을 중전 앞으로 조심스럽게 내밀었다.

"마마! 이 금궤상자는 은가면이 중전마마께 드리는 선물이옵니다."

도인은 조심스러운 목소리로 중전에게 말했다.

"은가면의 선물이라! 나도 그 사람에게 뭔가 보답을 해야 할 것 같습니다. 조선왕실을 위해 이토록 많은 금궤와 돈을 자주 보내주니 말이오."

"은가면은 제가 가르친 유일한 제자이옵니다. 앞으로 중전마마와 왕실을 위하여 도움을 드릴 수 있는 큰 재목이 될 것이옵니다.”

도인이 말했다.

“허면, 도인께서 이것을 은가면에게 전해주세요.”

중전이 품 안에서 은장도 하나를 꺼내어 그에게 건네주었다.

“마마! 그리하도록 하겠습니다.”

“특별히 내가 주는 선물이라 하시고, 조선의 왕실을 위하여 애쓰고 있는 것을, 중전이 가슴속 깊은 곳에 담아두고 있다는 말도 잊지 마세요.”

“알겠습니다! 마마! 분부대로 시행하겠습니다.”

도인은 은장도를 품 안에 넣고 공손하게 머리를 숙여 절을 하고 뭔가 비밀스러운 서찰을 중전에게 올렸다.

도인이 물러간 후에 중전은 그 서찰을 펴서 화롯불에 뜨겁게 달구었다. 하얀 서찰에 흑갈색의 글자들이 선명하게 나타났다. 중전은 그 내용을 심각한 표정으로 읽어보고 삽시간에 얼굴빛이 어두워졌다. 뭔가 심상치 않은 내용이 담긴 서찰임에 틀림이 없었다. 그 서찰을 든 중전의 손이 파르르 떨리며 미세한 경련을 일으켰다.

“미우라 공사가 조선여우를 사냥할 거라는 소문이 왜인들 사이에 돌고 있단 말이지? 그 자가 조선에 발을 들여 놓은 지 얼마나 되었다고, 이런 끔찍하고 무서운 계략을 꾸미는 것인가? 참으로 천벌을 받아야 마땅할 놈이야!”

중전이 혼잣말로 중얼거리더니 그 서찰을 그 자리에서 소각시켜 까만 재로 만들었다. 눈을 감고 마음을 다스려보다가 칼을 들고 다가오는 자객들의 환상이 그려지자, 중전은 이내 몸서리를 치며 눈을 크게 떴다. 이노우에가 조선을 떠났지만, 후임으로 온 미우라 공사야말로 궁궐로 침입하여 자신을 살해할 수도 있는 잔악한 존재라는 사실이 온몸으로 느껴졌다. 어떻게 해야 미우라 공사의 흉계를 무력화시킬 수 있을 것인가를 고민하면서 중전은 호흡을 가다듬었다.

의적 은가면

짙은 어둠이 깔린 밤이었다. 한성신보 사장의 저택 안에 있는 커다란 버드나무 한 그루가 보인다. 그 나무 꼭대기에는 언제 들어왔는지 은가면이 고양이처럼 몸을 숨기고 있다. 사방이 조용해지자 은가면은 가볍게 버드나무 밑으로 내려와 정원 안에 있는 숲 속으로 몸을 숨겼다. 주변을 두리번거리던 그는 아무도 모르게 젖은 한지를 창문에 붙인 후 시끄러운 소리가 안 나도록 가볍게 손바닥으로 유리를 쳐서 깨뜨렸다. 그러고는 깨진 구멍 속으로 손을 넣어 창문을 열었다.

그는 집 안으로 침투하여 안방을 찾아냈다. 안방 문을 열고 살그머니 안으로 들어선 은가면은 등에 메고 있던 검을 뽑아들고 깊은 잠에 빠진 중년의 사내에게 살금살금 다가갔다. 그는 차가운 칼 등을 그 사내의 얼굴에 대고 살살 두드렸다. 갑자기 온몸에 오싹한 한

기를 느낀 사내가 눈을 뜨면서 소리를 지르려고 하자, 은가면은 검은 손수건을 그 사내의 입안에 잽싸게 쑤셔 넣어 말을 못하게 만들었다.

"내가 누군지 알겠는가?"

"너…… 너는 은가면이 아니냐?"

검은 수건이 입에 물린 상태라 그런지 그 사내의 발음이 어눌하게 들린다.

"네가 한성신보 사장이지? 조선 땅에서 긁어모은 금궤와 자금을 회수하러 내가 왔다."

"알았소. 제발 목숨만은 살려주시오."

사내가 은가면에게 목숨을 구걸했다. 그 사내는 어느 틈에 요 옆에 숨겨놓았던 일본도를 뽑아 그를 베려고 시도했으나, 은가면은 그 사내가 칼을 뽑기도 전에 손목을 칼등으로 치고 목에 시퍼런 칼날을 들이댔다. 목에서 방울방울 피가 흘러나왔다. 잠자리에서 일어난 사내의 아내가 그 광경을 보고 충격을 받아 그대로 비명도 지르지 못하고 기절을 하고 말았다.

"허튼짓을 했다간 오늘밤 돌아올 수 없는 황천길을 가게 될 게다."

은가면이 칼로 그의 금목걸이를 슬쩍 내리쳤다. 금목걸이가 끊어져 바닥으로 떨어지자 그 사내는 부들부들 떨면서 금고가 있는 곳으로 엉금엉금 기어갔다. 그 사내는 금고 안에 두었던 금궤와 돈뭉치를 꺼내어 은가면이 내려놓은 가죽가방 안에 신속히 담았다. 은가면은 사내의 목을 손날로 세게 내리쳐서 기절시킨 후, 방문 밖으로 나가며 여유 있게 '휘이요- 휘이요-' 하고 휘파람을 불었다.

은가면이 담을 넘은 후 어둠 속으로 달려갈 때였다. 어디서 나타났는지 칼을 등에 멘 자객들이 나타났다. 요시무라의 수하들이었다. 그들은 화살을 쏘면서 은가면에게 달려왔다. 은가면은 날아오는 화살 두 개를 칼로 쳐서 막아내고 후다닥 골목길로 들어갔다. 그러고는 여러 번 남의 집 담을 뛰어넘는가 싶더니 그들을 쉽게 따돌리고 유유히 어디론가 바람처럼 종적을 감추었다.

"뭐야? 금방 사라졌잖아! 은가면은 도저히 잡을 수가 없어. 정말 귀신같은 놈이야."

은가면을 뒤쫓던 자객 중 하나가 한 손에 활을 든 채 가쁜 숨을 몰아쉬며 내뱉는 말이었다.

그 다음 날 이른 아침이었다. 일본 공사관 안에는 귀가 따가울 만큼 호통을 치는 미우라의 목소리가 싸늘한 벽을 울리고 있었다. 그의 앞에는 두건을 벗은 자객들이 무릎을 꿇고 앉아, 고개를 밑으로 떨어뜨리고 숨소리조차 크게 내지 못했다.

"요즈음 한성신보 사장뿐만 아니라, 은가면에게 금궤와 어음과 귀금속을 털린 자들이 한 둘이 아니다. 헌데 그놈은 일본인들과 친일파 인사들의 집만을 골라서 강도짓을 하고 있단 말이다. 그래서 그놈을 잡아 없애야 해. 그놈이야말로 우리 일본인의 혼과 피를 빨아먹는 천년 묵은 요괴와 같은 놈이다."

"미우라 공사님! 한 번 더 기회를 주신다면 제가 은가면을 보란 듯이 잡아서 그 목을 선물로 바치겠습니다."

두목 요시무라가 아랫배에 힘을 주면서 확신에 찬 목소리로 말했다.

"요시무라! 벌써 이런 일들이 몇 번째인가? 그 잘난 혀로 대답만 하지 말고, 직접 네 손으로 그놈을 잡아오란 말이야!"

"죄송합니다. 하지만 그놈의 무술실력이 워낙 출중한 탓에 저희가 최선을 다했으나, 아깝게도 놓치고 말았습니다. 앞으론 그런 실수가 없도록 주의하겠습니다."

"그놈이 대단하다는 건 나도 이미 오래전부터 알고 있었다. 일본도를 맨손으로 부러뜨리고 총알도 피해 가는 자라지? 그런 까닭에 경무청에서도 그놈을 여태껏 잡지 못하고 있잖은가. 그래서 일본 최고의 무사로 손꼽히는 요시무라와 무술고수들을 내가 조선으로 데려온 것이다. 허나 너희는 매번 나를 실망시켰고, 이번엔 아예 코앞에서 은가면을 놓치고 말았어."

미우라가 독이 바싹 오른 독사처럼 요시무라를 매섭게 노려보면서 입에 거품을 물었다.

"미우라 공사님! 정말 면목이 없습니다."

"아마도 다음번엔 은가면이 내 집에 들어올지도 모른다. 너희는 무슨 수를 써서라도 은가면을 놓치지 말고 꼭 잡아야 한다. 무슨 말인지 알겠나?"

미우라 공사는 버럭 소리를 지르고 허리춤에서 단검을 꺼내어 벽에 붙여놓은 은가면의 초상화를 향하여 던졌다. 육군 중장으로 퇴역하기 전에 갈고 닦은 단검 던지는 기술을 그들에게 선보였던 것이다. 자객들은 은가면 초상화의 정중앙에 꽂혀 푸르르 진동하는 단검을 바라보면서 마치 약속이라도 한 듯이 '하이!' 하고 일제히 대답을 했다.

늦은 밤이었다. 향원정 연못가에선 개구리와 풀벌레들의 울음소리가 적막을 깨고 들려왔다. 중전과 고종은 향원정에서 달구경을 하고 있었다. 아름다운 연못의 수면에 잠겨있는 달과 밤하늘에 뜬 달이 서로 어울려 운치 있는 풍경을 자아내는 고요한 밤이었다. 잠시나마 마음에 평안을 듬뿍 안겨주는 가을밤이 무르익어갔다. 어쩐지 궁궐이 아니라 인적이 없는 깊은 산 속에 들어와 있는 것 같은 착각이 일어날 정도로 주변은 아늑했고, 마치 전혀 딴 세상처럼 보였다.

비단실처럼 연한 바람이 얼굴을 가볍게 스친다. 막 우려낸 녹차의 냄새처럼 풋풋한 풀냄새가 은은하게 코끝을 자극했다. 그대로 그곳에 오래도록 마음을 비우고 머무를 수 있다면 세상에서 가장 행복한 존재가 되어, 그 어느 누구도 부럽지 않을 것만 같았다. 눈이 많은 궁궐 안에서 잠시 벗어나 무거운 짐을 내려놓은 듯 해방감을 맛보는 시간이었다.

"중전! 오늘 밤은 참으로 마음이 평안합니다. 온 조선 땅이 향원정 연못처럼 외세의 침략도 없이 조용하고 안정된 나라가 되어 온 백성들이 늘 행복한 모습으로 살아가게 된다면 얼마나 좋겠습니까?"

"전하! 야욕에 물든 일본인들만 물러가면 태평성대를 노래할 수 있는 참 좋은 세상이 다시 오게 될 것입니다."

"조선이 자주독립을 하려면 튼튼한 국력을 키워야 합니다. 가장도 힘이 있어야 가족을 지킬 것이 아닙니까? 진즉 대비를 했더라면 나라가 이 지경까지 기울지는 않았을 것을."

고종이 탄식하며 근심 어린 얼굴로 밤하늘에 뜬 달을 쳐다본다. 별들이 촘촘히 박혀있는 검은 하늘 위에 뜬 달이 왠지 슬프고 외롭게만 보이는 밤이었다.

"전하! 이번 기회에 일본이 키우고 있는 조선의 훈련대를 해산시켜야 합니다. 그리고 왕실의 시위대에 힘을 실어주세요. 훈련대 군사들이 며칠 전에도 난동을 부리면서 시위대 군사들과 싸워 수십 명이 다쳤다는 소릴 들었습니다. 팔이 부러지고 가슴을 다치거나 머리를 흉기로 맞아 죽은 자도 있었다고 합니다."

중전이 안타까운 얼굴로 말했다.

"허어! 큰일입니다. 훈련대와 시위대가 서로 으르렁거리며 싸움질을 하고 있다니요. 모두 궁궐과 조선을 지켜야 할 군사들이 어찌 그런 일들을 하고 있는 것인지 한심할 뿐입니다."

"전하! 방법은 하나뿐입니다. 불만이 가득한 훈련대를 즉시 해산시켜야 합니다."

"어떻게 일본 공사와 연결된 훈련대를 해산시킬 수 있겠소? 만약 그리되면 일본 공사 미우라가 가만히 있지 않을 겝니다. 긁어 부스럼을 만드는 격이 될 수도 있습니다."

고종이 근심 어린 눈빛으로 중전을 바라봤다.

훈련대는 궁궐을 지켜야 한다는 명목으로 전임 일본 공사였던 이노우에가 창설한 부대였다. 그 덕분에 훈련대는 신식 무기로 무장을 하고 일본 군대와 유사하게 강한 훈련을 받았다. 하지만 불란서와 덕국과 노서아의 압력으로 조선 땅에 머물러있던 일본 군사들이 본국으로 돌아가게 되면서 안 좋은 소문이 나돌았다. 일본 군사가 조선에서 물러가면 전임 일본 공사가 창설한 훈련대도 머지않아 해체될 거라는 소문이 파다하게 퍼졌다. 그렇게 되면 훈련대 군사들은 당연히 생계에 지장이 생길 수밖에 없다. 그들은 그러한 점을 우려하면서 극심한 불안감에 빠져 있었던 것이다. '어려운 시국에 밥까지 굶게 된다면 우리 가족들은 이미 죽은 거나 다름이 없지 않은가?' 하고 불만을 터뜨리는 훈련대 군사들이 날로 늘어났던 것이다.

그것은 미우라 공사가 내심 기대하고 있었던 상황이다. 불만이 잔뜩 쌓인 훈련대와 왕실 소속의 시위대가 마찰을 크게 일으키게 된다면 자신의 목적을 쉽게 달성할 수 있을 거라고 확신했다. 대원군을 앞세운 훈련대의 폭동이 일어나고, 그로 인해 그들이 증오하는 중전을 시해했다고 덮어씌우기에 안성맞춤이었다. 그래서 미우라 공사는 훈련대 2대대장인 우범선을 꼬드겨 왕실보호를 받고 있는 시위대와 지속적인 마찰을 일으키도록 은밀하게 지시를 내렸다. 위기의식을 느낀 훈련대 군사들이 대원군의 조정을 받아 중전까지 시해하게 된다는 사건을 그럴듯하게 조작하려는 고도의 전략이었다.

그래서인지 틈만 나면 훈련대 군사들과 시위대 군사들의 패싸움이 자주 일어났고, 이빨과 갈비뼈가 부러지고 피를 흘리며 크게 부상을 당하는 군사들도 허다했다. 심지어는 훈련대 군사들이 공포탄을 쏘면서 궁궐을 소란하게 만들기도 했다. 훈련대를 뒤에서 조종하고 있는 미우라와 그 앞잡이 노릇을 하고 있는 우범선의 영향이었다.

중전은 처음부터 일본 공사의 입김에 움직여지는 훈련대를 심히 못마땅하게 여겼다. 천적과 같은 이노우에가 창설한 훈련대가 혈기를 부리고 있다는 점이 늘 눈에 티끌처럼 거슬렸다. 만에 하나 일본 공사가 딴 마음을 먹고 훈련대를 움직여 궁궐이라도 점령하게 된다면, 엄청난 조선의 위기가 오게 될 거라고 생각했던 것이다. 그건 조선의 생사가 달린 일이나 다름이 없었다. 어떤 일이 있어도 먼저 훈련대를 해산하는 일이 시급한 과제라고 여겼던 인물이 중전이었다.

냉정한 눈으로 보면 훈련대 자체가 일본의 손에 들린 살생무기와 다름이 없었다. 언제 미우라 공사가 그 살생무기를 손에 쥐고 움직일 것인가에 따라 왕실의 미래도 위기를 맞을 수밖에 없는 불안한 상황이 벌어지고 있었던 것이다.

"훈련대의 연대장인 홍계훈은 왕실에 속한 사람입니다. 그를 앞세워, 훈련대 간부들을 전부 쳐내시고 해산토록 명을 내리세요. 훈련대는 말만 조선 군사들이지 왕실에 총칼을 겨눌 수 있는 일본의 하수인들이나 다름이 없습니다. 속히 서두르셔야 합니다."

중전이 진지한 표정으로 고종을 바라보면서 마음속에 꼭꼭 숨겨두었던 자신의 뜻을 솔직하게 꺼내어 낱낱이 풀어놓는다.

"알겠소. 내가 김홍집 총리대신을 불러서 중전의 생각대로 명을 내리도록 하겠습니다. 그건 그렇고, 오늘밤 분위기가 고즈넉하니 참 좋습니다. 우리도 노서아 사람들처럼 붉은 와인이나 한 잔씩 할까요? 중전께서 경복궁을 떠나 먼 길을 가시기 전에 술잔이라도 나누고 싶어서 하는 말입니다."

"그리하시지요."

중전이 억지로 입가에 미소를 지으며 힘없이 대답을 했다.

고종은 건청궁 곤녕합으로 들어갔다. 그곳에는 베베르 공사부인의 소개로 궁궐에 들어온 손탁 부인이 있었다. 그녀가 차려놓은 술상 앞에 그들은 자리를 잡고 평안하게 앉았다. 긴 식탁 위에는 손탁 부인이 신경을 써서 만든 서양 음식들과 다양한 과자들과 와인이 가지런하게 놓여있었다. 손탁 부인은 고종과 중전 앞에 놓인 맑은 유리잔 안에 붉은색 와인을 부었다. '쪼르륵' 하고 소리를 내며 잔에 적당량의 와인이 채워졌다. 고종은 와인 잔을 들고 앞으로 길게 내밀었다. 중전이 들고 있는 잔과 살짝 부딪치면서 '중전과 조선을 위하여!' 하고 어색하게 말하고 빙그레 웃는다.

중전은 가슴속에서 울컥하고 뭔가가 치밀어 올라오면서 눈물이 흘러나오는 것을 억제할 수 없었다. 자신이 떠난 빈자리를 누가 대신해서 채워줄 것인지 사뭇 걱정이 되어 마음이 쓰리고 아파왔다. 물가에 내놓은 어린아이처럼 착하기만 한 고종. 중전은 그런 고종을 경복궁 안에 덩그마니 남겨두고 먼 나라로 떠날 것을 생각하니 억장이 무너지듯 괴로웠다. 하지만 어쩔 수 없는 노릇이었다.

중전은 일본 공사 미우라가 이미 계획해놓은 '여우사냥'을 알고 있었다. 일본 공사관에 미리 심어놓은 밀정을 통하여 그 비밀을 이미 파악하고 있었던 것이다. 이제 남은 것은 미우라 공사와 일본 군사들의 눈을 속이고 아무도 몰래 경복궁을 빠져 나가는 일뿐이었다.

경복궁을 떠나게 되면 다시 볼 수 없는 곳이 될지도 모른다는 생각에 중전은 긴 한숨을 목안으로 삼켰다. 그러고는 황홀한 빛을 발하는 붉은 와인을 조금씩 마셨다. 달콤하고도 씁쓸한 와인의 맛이 혀를 휘감는다. 고종은 중전을 보면서 입으론 인자하게 웃고 있지만, 눈가엔 투명한 눈물이 고인다. 비참하고 암담한 조선의 미래가 자꾸만 머릿속에 어둡게 그려지는 탓이었다.

미우라 공사는 공덕리에 있는 아소정을 찾아갔다. 대원군을 만나게 된 미우라 공사는 허리를 굽혀 공손하게 절을 하고 그의 눈치를 슬그머니 살폈다. 대원군과 중전의 집안싸움이 격해질수록 일본에게 유리하다는 것을 잘 알고 있었던 자가 미우라였다. 대원군과 중전이 물과 기름처럼 서로 하나가 될 수 없는 입장이라는 걸 적당히 이용해서 일본의 욕망을 이루어가자는 야비한 속셈을 갖고 있었던 것이다. 대원군과 중전의 싸움이 깊어지면 깊어질수록 자신이 파고 들어갈 틈새는 더욱 넓어진다고 여기며, 속으로 늘 손익을 따져보곤 했다. 무엇을 내주고 무엇을 얻어야 일본이 조선을 먹어치우는 데 유리할 것인가를 그는 날마다 고민하면서 머리를 짜내는 일에 골몰했다.

'날카로운 이빨이 전부 빠져버리고, 발톱도 닳아버린 늙은 호랑이지만, 그 울음소리 하나는 아직도 산에 사는 모든 짐승들에게 공포감을 주기에 조금도 손색이 없지 않은가?' 하고 마음속으로 중얼거렸다. 미우라 공사는 억지로 입가에 미소를 머금고 대원군을 바라봤다.

"대원위 합하(閣下; 정일품 벼슬아치를 높여 부르던 말)! 일전에 취임인사 때 한번 뵙습니다만, 다시 아소정에서 인사를 올리게 되었습니다."

미우라 공사가 허리를 굽히고 일부러 밝은 웃음을 보이며 입을 열었다.

"아니 이게 누구신가? 신임 미우라 공사가 아니오? 어허! 귀한 분이 이곳까지 나를 찾아오시다니, 무슨 중요한 일이라도 있는 게요?"

대원군이 못마땅한 얼굴로 미우라를 힐끗 바라봤다.

"제가 대원위 합하를 찾아온 것은 다름이 아니오라 합하의 도움을 얻기 위해서입니다."

"도움이라? 나 같은 늙은이가 청나라를 쓰러뜨린 대단한 일본인들에게 무슨 도움을 줄 수 있단 말이오?"

"중전께서 친일파 인사들을 모두 내치시고 노서아 세력들과 손을 잡고 있습니다. 일본 정부의 입장에서 보면 당연히 분노가 생길 수밖에 없는 처사입니다."

미우라 공사가 눈을 가늘게 뜨면서 불쾌한 표정을 지어냈다.

"일본인들은 입을 다물고 제 나라로 돌아가면 될 것이지, 왜 조선의 내정에 끼어들어 이래라 저래라 지시를 하면서 그렇게 생떼를 쓰는 게요? 이 땅의 주인은 일본이 아니라 조선이오!"

"대원위 합하! 궁궐과 조선을 지키는 훈련대를 창설한 분은 이노우에 공사였습니다. 그리고 조선 군사들에게 녹봉을 준 사람이 누굽니까? 그건 조선의 경복궁이 아니라, 조선을 도와주려고 여러모로 애를 쓴 일본 정부였습니다. 헌데, 이제 와서 훈련대를 해산시키고 일본인들을 몰아내려고 하는 중전을 어찌 용서할 수 있단 말입니까? 밥줄이 끊어진 훈련대 군사들이 총칼을 들고 중전을 향해 폭동이라도 일으키면 어쩌려고 그러시는 건지, 정말 염려가 됩니다."

미우라 공사가 약간 겁을 집어먹은 얼굴로 대원군을 바라보다가, 무슨 생각이 들었는지 마음을 바꾸었다. 그는 고개를 위로 쳐들고 은근히 당찬 목소리로 자신의 생각을 또박또박 전했다. 대원군의 마음을 얻을 수만 있다면 중전을 제거하는 데 큰 유익이 될 수 있다고 판단했던 것이다.

"그래서 훈련대의 해산을 나보고 막아 달라! 그 말인 게요?"

"대원위 합하! 일본의 총리대신께서도 중전을 너무 안 좋은 시선으로 보고 계십니다. 이건 중전을 폐위시키라는 의미로 해석해볼 수도 있습니다. 해서 중전이 제거되면, 다시 대원위 합하의 세상이 오지 않겠습니까? 조선의 국왕이 되실 수도 있는 기회가 생기는 겁니다. 하하하!"

미우라 공사가 야릇한 미소를 드러내면서 대원군의 눈치를 살피다가 나중엔 일부러 소리를 내어 크게 웃었다.

"이런 발칙한 놈! 내가 네놈들의 속셈을 모를 줄 아는가? 나보고 일본의 개가 되어 조선을 집어 삼키려는 역모에 가담하라는 말이 아니냐? 당장 나가거라! 이놈!"

대원군은 손에 들고 있던 술잔을 미우라 공사에게 내던졌다.

술잔에 이마를 맞은 미우라 공사는 일그러진 얼굴로 기분이 나쁘다는 듯 대원군을 노려봤다. 그의 얼굴에서 술이 방울방울 흘러내린다.

"이것이 다 대원위 합하와 조선의 미래를 위한 일입니다. 그걸 아시고도 제게 이러시는 겁니까?"

미우라 공사의 언성이 다소 커졌다.

"내가 중전과 피가 터지도록 싸웠지만, 이제 와서 조선을 일본인들에게 내어줄 순 없다. 중전이나 내가 싸운 것은 집안싸움이 아니라 조선을 지키기 위해서였다. 서로 안목이 달랐을 뿐이지 너희 일본인들에게 조선을 넘겨주려고 내가 며느리와 그렇게 싸운 것이 절대 아니라는 말이다."

대원군은 끓어오르는 혈기를 누르지 못하고 고래고래 소리를 질러댔다.

"대원위 합하! 대반전의 기회는 그렇게 자주 오는 것이 아닙니다. 며느리와 손을 잡은 노서아에게 조선을 맡기고 죽음을 맞이하시겠습니까? 아니면, 미우라와 한 배를 타고 편안하게 국왕의 자리를 얻으실 겁니까? 잘 생각해보시고 결단을 내리십시오."

미우라 공사는 얼굴이 창백해진 대원군을 향하여 공손하게 절을 했다. 하지만 그는 불쾌한 표정을 지어내며 그 방을 나온 뒤에 휙 손수건을 꺼내어 이마에 댔다. 몇 방울의 피가 손수건에 묻을 정도로 상처는 깊지 않았지만 이마가 벌겋게 부어올랐다. 손수건에 묻은 피를 바라본 그의 얼굴이 점차 심하게 무너져 내렸다. '지독한 조선늙은이!' 하고 그는 뒤로 돌아서서 한마디를 툭 내뱉고 구두를 신었다.

미우라 공사가 대문이 있는 쪽으로 바쁘게 발걸음을 옮기자 일본군 무관 제복을 입은 오카모토와 자객의 두목인 요시무라가 그의 뒤를 바싹 따라붙는다. 미우라 공사는 속으로 욕설을 하는 것인지 인상을 쓰면서 쉬지 않고 입술을 움직였다. 오카모토가 미우라의 생각을 금방 읽어낸 듯 대원군의 방을 힐끔 돌아다보면서 날카로운 눈빛으로 미간에 내 천 자를 그리며 격하게 인상을 썼다. 사생결단을 하려는 사나운 짐승의 얼굴이었다. 그의 얼굴에서 금방이라도 사람을 죽일 듯 매서운 살기가 느껴졌다.

그 다음 날 오전이었다. 대원군은 주변 사람들의 눈을 피해 곤녕합에 있는 중전을 찾아갔다. 아무래도 일본 공사 미우라가 중전을 시해하기 위하여 칼을 갈고 있음이 분명해서였다. 어쩐지 중전에게 막을 수 없는 재앙이 곧 들이닥칠 것 같은 불길한 예감이 들었다. 자신도 모르게 손이 부르르 떨렸다. 그것은 곧 고종의 안위와도 직결되는 일이라 더욱 염려가 되었던 것이다.

사실, 아소정으로 들어가기 전까지는 권력싸움에서 이기기 위하여 중전을 제거하려고 애를 쓰기도 했었지만, 일본세력들이 경복궁을 점령하기 위하여 흉계를 꾸미고 있는 것을 가만히 앉아서 보고만 있을 수가 없었던 것이다. 며느리 하나를 제거했다고, 야욕에 불타는 일본이 고종을 온전히 살려둘 것 같지가 않았다. 어쨌거나 며

느리가 팔팔하게 살아있어야, 그 힘을 받은 고종도 조선을 잘 다스
릴 수 있을 거라는 믿음이 생겼다. 대원군은 조선왕실을 지키기 위
해서라도 중전을 보호해주고 싶은 마음이 간절했던 것이다.

"중전마마! 대원위 합하께서 드셨습니다."

제조상궁이 중전에게 아뢰었다.

"어서 안으로 모시게."

중전이 자리에서 일어나 고개를 숙이며 말했다.

"중전! 그간 강녕하셨소?"

"아버님! 어서 오시옵소서. 편안히 앉으시지요."

"중전께서도 앉으세요. 음……."

대원군은 방석 위에 무게를 잡고 앉았지만, 어쩐지 자리가 어색
하다는 듯 길게 신음을 냈다.

"어쩐 일로 이곳 곤녕합까지 오셨나이까?"

"어제 미우라 공사가 나를 찾아와서, 무슨 사냥을 하려고 하는데
도와달라고 합디다. 제 놈들이 남의 나라 조선 땅에서 무슨 사냥질
을 하겠다는 건지 말이 안 되잖아요. 그렇게 사냥질을 하고 싶으면
일본으로 가서 할 것이지, 왜 남의 나라에서 총칼로 사냥질을 하느
냐고 내가 좀 호통을 쳤어요."

대원군의 얼굴이 하늘에 낀 먹구름처럼 순식간에 어두워지고 있
었다.

"아버님! 그냥 놔두세요. 못된 사냥꾼들이 누가 말린다고 먹음직
한 사냥감을 보고 그대로 가만히 있겠습니까?"

"그럼, 중전은 조선 땅에서 미친놈처럼 설쳐대는 미우라의 사냥
꾼들을 대책도 없이 보고만 있을 겝니까?"

"아버님! 저도 나름대로 대비책이 따로 있습니다. 그들은 잔인하

기 이를 데 없는 거친 사냥꾼들이지요. 하지만 영악한 자들입니다. 남의 집에 들어가 안주인을 물어 죽이기야 하겠습니까? 그 후유증으로 얻는 것보다 잃을 것이 훨씬 더 많을 텐데요.”

중전이 여유 있는 미소를 머금고 대원군을 바라본다.

“13년 전에 임오군란 때도 위기를 맞은 중전께서는 궁녀의 옷으로 갈아입고 장호원까지 도망을 가셨다가, 결국은 살아서 궁궐로 다시 돌아오셨지요. 그런 생사를 넘나드는 경험을 한 중전의 입장에서 본다면 미우라의 계략이 대수롭지 않은 일로 보일 수도 있을 겝니다. 허나, 이번은 다릅니다. 그 사냥꾼들이 나를 앞세워 경복궁으로 들어올 모양입니다.”

“아버님! 염려하지 마십시오. 노서아 공사관과 미국 공사관에도 이미 연락을 해놓았습니다. 밤마다 그들이 숙직을 하며 궁궐을 지키고 있습니다. 미우라 공사도 노서아 공사관을 의식해서 함부로 행동을 하지는 못할 겁니다.”

“중전께서 잘 알아서 대처하시겠지만, 그래도 이번엔 조심을 하세요. 물불을 안 가리는 못된 자객들이 몰려올지도 모릅니다.”

“경복궁을 지키기 위해서, 다이 장군이 이끄는 시위대가 일천 명이나 됩니다. 그들도 가만히 있지는 않을 겁니다. 허니 조금도 염려하지 마십시오.”

“알겠소. 중전! 늙은이는 이만 아소정으로 물러가겠소이다. 그럼, 못된 사냥꾼들을 잘 막아내세요.”

대원군은 어지러움 증이 생긴 탓인지 잠시 비틀거리면서 힘겹게 자리에서 일어났다. 나랏일을 하기엔 너무 늙어버린 자신을 원망하며, 그는 느린 걸음으로 곤녕합을 빠져나갔다.

장차 무력한 조선이 어떻게 될 것인지 앞길이 캄캄할 뿐이었다.

과연 중전이 임오군란 때처럼 잘 피신을 했다가 다시 경복궁으로 들어올 수 있을 것인지 걱정이 되었지만, 그렇다고 그 위기를 막을 수 있는 뾰족한 대안이 대원군의 손에 있는 것도 아니었다. '내가 걱정을 한다고 될 일이 아니지. 조선의 국모인 중전이 잘 알아서 지혜롭게 대처할 게야. 뭔가 대단한 비책을 갖고 있음에 틀림이 없어. 아무렴. 천하를 움켜쥐었던 대원군을 이긴 중전이 아닌가. 허허허.' 하고 웃으며 대원군은 가마를 타고 다시 아소정으로 향했다.

오랫만에 하늘이 푸른 비단결처럼 파랗고 곱다. 햇빛이 너무 강해서 눈을 크게 뜰 수 없는 오후였다. 온 산이 가을햇살에 뒤덮여 마치 한 폭의 그림처럼 아름답고 황홀했다. 그 산에는 소나무와 밤나무들이 빽빽하게 들어서 있다. 그 산 밑으론 마차 한 대가 지나갈 만한 산길이 보인다. 그 산길의 우측으론 깊은 절벽이 간담을 서늘하게 만든다. 완만한 경사를 가진 산기슭과 이어진 낭떠러지인데, 사람이나 짐승이건 한번 굴러떨어지기라도 한다면 뼈도 추릴 수 없을 정도로 아득한 절벽이다. 그 산길을 걸어가는 과객들이 우연히 밑을 내려다보기만 해도 금방 현기증이 날만큼 그곳은 실로 깊은 계곡이다. 하지만 그 밑으론 녹음이 우거진 숲이 자리를 잡고 있다.

그 산길 위로 흙먼지를 일으키며 달려오고 있는 흑마 한 마리가 나타났다. 누군가에게 쫓기듯 거세게 달려오고 있는 흑마였다. 그 흑마를 타고 있는 사내는 회색 은가면을 쓰고 있었다. 햇살에 반짝이는 은가면. 어깨엔 긴 칼을 메고 있다. 하지만 가슴과 옆구리에선 붉은 피가 조금씩 흘러내린다. 그는 머리카락을 바람에 휘날리며 사력을 다해 도망을 치듯 어디론가 달리고 있다. 은가면 속에서 그의 두 눈이 야수의 눈동자처럼 번뜩인다. 요란한 말발굽 소리가 들려오면서 그의 옷자락들이 바람을 타고 파도처럼 요동쳤다.

그때였다. 어디선가 바람을 가르고 날아오는 화살 하나가 은가면의 등에 탁 꽂혔다. 그 화살을 맞은 은가면은 휘청거리다가 말 등에서 미끄러져 계곡 밑으로 굴러떨어졌다. 주인을 잃은 말은 여전히 멈추지 않고 흙먼지를 일으키며 앞으로 달려갔다. 잠시 후였다. 말을 타고 달려온 십여 명의 자객들은 계곡 밑을 여러 번 눈여겨 살펴봤다. 그들은 모두 검은 복면을 한 사내들이었다. 그들 중에서 두목으로 보이는 자는 왼쪽 손에 활을 들고, 등엔 활 통을 메고 있었다. 그는 자객 요시무라였다. 복면을 쓰고 있었지만, 그의 눈매가 예사롭지 않았다. 그는 계곡 밑을 한참 내려다보다가 가볍게 손짓을 했다. 그냥 돌아가자는 의미가 담긴 수신호였다.

아무리 눈을 씻고 찾아봐도 짙고 푸른 숲 속이라 계곡 밑쪽으론 아무것도 보이질 않아서였다. '등에 독화살이 꽂혔으니, 살아날 수는 없을 것이다.' 하고 확신에 찬 음성으로 중얼거리던 요시무라는 고개를 아래위로 서너 번 느리게 끄덕였다. 은가면이 죽었을 거라고 믿는 모양이었다. 그는 수하들과 함께 흙먼지를 일으키면서 다시 산길을 따라 사라져갔다.

계곡 밑에서 산기슭 쪽으로 조금 걸어서 내려가면 그곳엔 외딴 초가 한 채가 나온다. 그곳에는 50대 후반의 아비와 딸로 보이는 아리따운 처녀가 살고 있었던 집이다. 그들은 사냥을 하거나 약초를 캐내어 생계를 꾸려가곤 했었다. 그 처녀는 어려서 불치병을 앓던 어미를 먼저 보내고, 아비와 함께 외롭게 살아가는 외동딸이었다.

나이는 막 스물다섯 살이 된 곱디고운 처녀였다. 하지만 그녀와 그의 아비는 그 집을 버리고 며칠 전에 어디론가 종적을 감추고 말았다. 그래서 그 집은 덩그마니 빈 집으로 남겨져 있었다.

그런데 그 집에 새로운 주인이 생겼다. 그녀와 비슷한 얼굴을 한 처자와 그녀의 아비로 보이는 노인이 그 집으로 이사를 와서 살게 되었던 것이다. 아비의 모습은 완연히 달랐지만, 딸의 모습은 먼저 살던 처녀와 거의 흡사해서 누가 봐도 착각을 할 정도였다.

초가로 이사를 온 처자는 지형을 파악하려는 듯 그 노인을 따라 주변을 돌아다니며 산책을 했다. 별 생각 없이 조금 멀리 나갔다가 그들이 다시 집으로 돌아오던 길이었다. 그들은 우뚝 걸음을 멈추었다. 피투성이가 된 사내가 은행나무 밑에 쓰러져 있는 것을 발견하는 순간이었다. 그들은 긴장한 얼굴로 그 사내가 쓰러져있는 곳으로 숨을 죽이고 걸어갔다.

"사람이 절벽 위에서 낙상하여 크게 다친 모양입니다."

그녀가 황급히 은가면을 쓴 사내에게 다가서며 말했다. 그가 은가면을 쓰고 있는 것을 보고 그녀는 한 손으로 입을 가리며 소스라치게 놀란다.

그 노인은 등에 화살이 꽂혀있는 은가면을 바라보면서 불안한 표정으로 고개를 돌린다. 자신도 모르게 뭔가 안 좋은 예감이 들어서인지 약간 몸을 움츠린다. '은가면을 쓴 걸 보니, 아마도 관군에게 쫓기는 도적임에 틀림이 없어. 그냥 내버려두고 가는 게 좋을 텐데.' 하고 노인이 혼잣말로 중얼거렸다.

"힘들어도 업고 가세요. 이 사람을 반드시 살려내야만 합니다."

그녀가 그의 손목을 잡고 맥을 짚어보더니, 다시 코에 귀를 대고 그의 숨소리를 들어본다.

"혹시, 숨이 끊어진 건 아닐까? 화살을 맞은 모양인데!"

노인이 안 됐다는 듯 홀로 탄식을 한다.

"살아있어요! 아직!"

그녀의 눈동자가 빛을 발한다.

노인은 일단 사람을 구하고 보자는 그녀의 말을 듣고, 솔직히 썩 마음이 내키진 않았지만 그 사내를 힘겹게 둘러업고 집으로 발걸음을 옮겼다.

그녀가 마음에 상처를 받지 않도록 매사에 조심하는 터라, 그 노인은 무조건 그녀의 말을 따르기로 했다. 무슨 까닭인지는 모르나 등에 화살을 맞은 은가면을 살려주려고, 집으로 데려가는 일이 어쩐지 꺼림칙하게만 여겨져서 그 노인은 내내 마음이 거북했다.

노인은 집에 도착하자마자 그를 업고 방으로 들어갔다. 요 위에 눕히기 전에 먼저 그의 상의와 속에 입은 가죽옷을 칼로 잘라서 벗겨내고 등에 꽂힌 화살을 뽑아냈다. 화살이 뽑혀나갈 때 통증이 심했는지 그가 '으윽─' 하고 고통스러운 신음을 냈다. 환부가 검붉게 변하여 부어오른 것을 보고는 필시 독이 묻은 화살을 맞았다고 판단한 노인은 화살촉의 냄새를 가만히 맡아봤다. 틀림없이 독을 바른 화살이었다. 그 노인은 얼른 독을 없애주는 약초 즙을 발라 해독시킨 다음에 지혈을 해주었다. 옆구리와 가슴의 상처는 그리 깊지 않아 깨끗한 천으로 흙먼지가 묻은 피를 닦아내고, 궁궐에서 얻어온 약초를 넣어 끓인 물로 소독한 후에 정결한 무명천으로 가슴과 옆구리를 감아주었다.

그녀가 조심스럽게 그의 은가면을 벗기려고 하자, 그는 고개를 옆으로 틀면서 거부했다. 그 순간 억지로 은가면을 벗길 필요가 없다는 생각이 들었는지, 그녀는 은가면을 잡고 있던 희고 가느다란 손을 가만히 거둬들였다.

그 다음 날이었다. 등에 활을 맞은 사내는 놀라울 만큼 빠른 회복력을 보여주었다. 의식이 돌아오고 몸을 움직이면서 말을 할 수 있게 되었다. 다행스럽게도 그는 상의 안에 두툼한 가죽으로 만든 갑옷을 걸치고 있었던 덕분에 화살이 깊게 박히질 않았던 것이다. 그 노인이 화살의 독을 없애는 약초를 으깨어 환부에 다시 발라주고, 새로운 무명천으로 등과 옆구리를 감아주었다. 그녀가 정성을 들여 달인 보약을 먹은 탓인지, 시간이 지나갈수록 그의 건강은 현저하게 좋아졌다.

"제가 은가면을 벗겨드려도 괜찮을까요? 혹시, 얼굴에도 상처가 있는지 상세히 살펴봐야 하는데."

그녀가 나긋나긋한 목소리로 그의 귀에 얼굴을 가까이 대고 말했다.

그는 고개를 끄덕였다. 은가면을 벗겨도 좋다는 뜻이었다. 그녀는 입가에 엷은 미소를 지어내면서 그의 은가면을 조심스럽게 벗겼다. 그 은가면 안에 어떤 얼굴이 들어있을지 궁금했던 터라 다소 긴장이 되었다. 생각보다 가볍고 부드러운 은가면을 조심스럽게 벗겨내자 그의 얼굴이 그대로 드러났다. 온통 땀방울들이 맺혀 있는 얼굴이었지만, 자세히 뜯어보니 그 사내의 얼굴은 의외로 이목구비가 수려한 귀공자의 상이었다. 눈을 약간 가늘게 뜨고 있었지만 그의 얼굴이 보름달처럼 환하게 빛났다. 그녀는 그의 얼굴을 자세히 살펴보더니 두 눈이 휘둥그렇게 커지면서 사뭇 놀라움을 금치 못했다.

"허어! 생김새 하나는 잘 생긴 양반집 도령이구먼. 관상으로 친다면 장차 큰 인물이 될 귀한 상이야."

그 노인이 감탄을 하면서 내뱉는 소리였다.

"어르신! 제 생명을 구해준 은혜는 제가 평생토록 잊지 않겠습니다. 훗날, 이 빚을 잊지 않고 꼭 갚을 것이옵니다."

그가 겨우 실눈을 뜨고 그 노인과 그녀를 번갈아 보며 힘없는 목소리로 말했다.

"아직 몸에 생긴 상처가 아물지 않았습니다. 말을 많이 하시면 건강에 해롭습니다."

그녀가 걱정스러운 눈빛으로 그를 바라봤다.

그 노인은 방 한쪽 구석에서 약초를 약작두로 썰면서 여러 번 헛기침을 했다.

그때였다. 문밖에서 인기척이 들리면서 누군가가 큰 목소리로 외치는 소리가 들려왔다.

"게 아무도 없느냐?"

혐오감을 주는 낯선 목소리였는데, 어쩐지 가슴이 철렁할 만큼 예사롭지 않은 한기가 방 안을 맴돌았다.

"뉘시오?"

그 노인이 긴장한 모습으로 방문을 열고 나가려고 힘겹게 자리에서 일어났다.

"잠깐만요!"

그녀가 숨을 죽이고 방문 쪽으로 다가서며 그 노인을 양손으로 붙들었다.

그녀는 창호지를 바른 방문에 침을 묻힌 손가락으로 구멍을 뚫은 뒤 얼른 문밖을 내다봤다. 그곳엔 검은 옷을 입은 자객들이 칼을 빼어든 채 서슬이 시퍼런 눈빛으로 서 있는 것이 보였다. 그녀의 온몸에 소름이 돋았다. 생사가 엇갈릴 수 있는 극심한 위기가 느껴지는 순간이었다. 그녀는 그 노인의 귀에다 입을 바싹대고 속삭이듯 뭔가를 지시했다. 그 노인은 고개를 두어 번 끄덕이더니 방문을 열고 일부러 천천히 가죽신을 신고 밖으로 나갔다. 안에 있는 은가면이 몸을 숨길 수 있는 시간을 벌어주기 위해서였다.

"누굴 찾아오셨소?"

노인이 불안한 얼굴로 자객들을 천천히 둘러보고 물었다.

"영감! 혹시, 이 근처에서 은가면을 쓰고 등에 화살을 맞은 자를 본 적이 있는가?"

요시무라가 소름이 끼치는 눈빛으로 노인을 노려봤다.

"그런 사람은 본 적이 없소이다."

노인이 일부러 무뚝뚝한 목소리로 관심이 없다는 듯 퉁명스럽게 대답을 했다.

하지만 뭔가 이상한 예감이 들었는지 고개를 갸우뚱거리던 요시무라는 방 안을 수색해보라고 수하들에게 손짓을 했다. 자객들 두 명이 칼을 든 채 방문을 활짝 열어보고는 다소 민망하다는 듯 뒷걸음질로 물러선다. 그곳엔 상의를 벗은 몸으로 이불을 끌어안고 벌벌 떠는 처자가 있을 뿐이었다. 그 처자의 얼굴은 무슨 전염병에 걸린 환자처럼 시커멓고 퍼렇게 변하여 보기만 해도 끔찍할 정도였다. 자객들은 방문을 다시 탁 하고 닫았다.

그들은 두목에게 보고하기를 '병들어 죽어가는 처자 외엔 아무도 없습니다.' 하고 고개를 숙인다. 그 초가의 방들뿐만 아니라 헛간과 주변을 샅샅이 뒤지던 자객들도 아무런 단서도 얻지 못한 채 허탕을 치고 말았다. 요시무라는 화가 난 눈빛으로 자객들을 훑어보더니 일행과 함께 흙먼지를 일으키며 멀리 사라져갔다.

그들이 모두 떠나간 후였다. 이불 속에서 땀을 흘리며 나타난 그는 길게 한숨을 내쉰다. 그는 거의 알몸이 된 그 처녀의 엉덩이 쪽에 몸을 바짝 밀착시키고 숨어있었던 탓에 생명을 건질 수 있었던 것이다. 그녀가 다시 이불 속에서 옷을 입고 나온 후 물을 떠다가 얼굴에 바른 먹물과 퍼런 약초찌꺼기들을 말끔히 닦아냈다. 뒤로 돌아앉아 있던 그 사내는 몸을 돌려 무릎을 꿇고 그 노인과 그녀에게 머리를 숙여 정중하게 절을 하면서 고맙다고 했다. 만에 하나 그 노인이 그를 자객들에게 넘겨주었다면, 그는 그들에게 잡혀 그 자리에서 꼼짝없이 피를 뿌리고 죽을 수밖에 없는 상황이었다. 하지만 그녀의 도움으로 그는 아슬아슬하게 위기를 넘길 수 있었던 것이다.

그녀는 마치 은가면의 정체를 이미 알고 있었던 사람처럼 편안한 얼굴로 그를 대했다. 조선을 사랑하고 천하보다 귀한 백성의 생명을 지켜주는 일이야말로 그 무엇보다도 소중한 일이라고 하면서 그녀는 잔잔한 미소를 입가에 머금었다. 그는 고맙다는 말을 수없이 반복했다. 평생 그 은혜는 잊지 않겠노라고 하면서 그는 그녀의 이름을 물었다.

"내 생명을 구해준 처자의 이름이 무엇인지 내가 물어봐도 되겠소? 내 이름은 시랑이라 하오."

그가 그녀를 보고 차분한 목소리로 묻는다.

"제 이름은…… 연아라 하옵니다."

그녀는 무슨 생각이 들었는지 잠시 머뭇거리다가 어렵게 말문을 연다.

"헌데 어떻게 그런 지혜를 생각해냈소? 내가 봐도 마치 죽을병에 걸린 끔찍한 처자의 얼굴과 흡사했소."

"궁궐을 드나드는 광대에게서 배운 분장술의 일종입니다. 미리 준비해둔 검은 먹물과 푸른 약초 물을 이용하여 무서운 전염병에 걸린 환자의 얼굴로 신속하게 변장을 하는 기술입니다. 홀로 사는 젊은 여인네들이 외딴 집에서 험한 사내들을 만나게 될 때, 자신을 스스로 보호할 수 있는 좋은 방법이기도 하지요."

그녀가 입가에 엷은 미소를 보인다.

"아하! 그렇겠군요. 그런 모습을 한 여인네를 가까이할 사내들은 세상에 하나도 없을 테니까요. 아무튼 놀라운 분장술입니다."

그가 고개를 끄덕이면서 웃는다.

그녀는 그에게 상처가 아물고 건강이 회복될 동안 자기 집에 며칠 더 머물러 있으라고 했다. 은가면이 한 곳에 한가하게 쉬고 있을 만한 평범한 사람이 아니라는 것도 이미 알고 있었지만, 그의 상처가 깊어져 염증이 생길 것을 염려해서였다. 그의 태도로 미루어 볼 때 그는 곧바로 한성으로 올라갈 사람처럼 보였다. 그래도 건강이 회복된 후에 한성으로 떠나는 것이 좋을 것 같아서, 그녀는 은가면을 그곳에 며칠 동안 붙잡아두기로 마음을 먹었다. 창고로 쓰고 있는 작은 방을 치우면 그런대로 두어 사람 정도는 누울 수 있는 공간이 생길 것 같다고 하면서 그에게 빈 방을 쓰라고 했다.

그는 그녀의 배려에 고마움을 느꼈다. 며칠 동안만이라도 그곳에서 편안하게 쉬면서 안정을 취하라는 말을 듣고 나서, 그는 그녀에게 관심을 갖게 되었다. 산 속에서 노인과 함께 살면서 인생을 허비하기에는 너무도 아까운 처자라는 생각이 들었다. 등에 생긴 상처가 치유되지 않은 상태라, 그는 그녀의 제안을 흔쾌히 받아들였다. 안 좋은 몸으로 섣불리 움직이다간 미우라 공사가 보낸 자객들에게 척살될지도 모른다는 염려가 생긴 탓이었다.

"허면 시랑은 조선의 의적으로 소문이 자자한 진짜 은가면입니까?"

그녀가 그의 눈치를 살피다가 어렵사리 입을 열곤 조심스러운 눈빛으로 묻는다.

"그렇습니다. 그리고 이 사실을 절대로 발설하면 안됩니다. 꼭 비밀을 지켜주셔야만 합니다. 지금까지 은가면의 얼굴을 직접 본 사람은 제 스승님 외엔 한 사람도 없었으니까요."

"알겠습니다. 순검들이 쫓고 있는 은가면을 몰래 숨겨주었으니, 이젠 저희들도 대역 죄인이 된 게 아닙니까?"

그녀가 그의 눈치를 살피면서 묻는다.

"일본 놈들에겐 은가면이 대역 죄인으로 보이겠지만, 조선백성들의 눈엔 내가 나라를 위하여 일하는 의적으로 보일 겝니다."

"……."

그녀는 무슨 생각을 하고 있는 것인지 입을 다문 채 맑은 눈동자로 그의 얼굴에 시선을 모았다. 마치 오래도록 그 얼굴을 기억해두려는 사람처럼 한참 구석구석을 눈여겨 살펴본다. 그는 어색한 느낌이 들어서 그녀의 시선을 피하려는 듯 약간 붉어진 얼굴로 고개를 천천히 옆으로 돌리더니 일부러 딴 청을 피웠다. 갑자기 그녀가 자신을 뚫어지게 쳐다보는 이유를 알 수가 없어서였다. '은가면의

정체를 알았으니, 얼굴이라도 똑똑히 기억해두려는 걸까?' 하고 그
가 마음속으로 중얼거렸다.

　일본 공사의 저택 안에는 귀가 따가울 만큼 호통을 쳐대는 미우
라의 목소리가 공포감을 불러일으키고 있었다. 그의 앞에는 두건을
벗은 자객들이 창백한 얼굴로 숨소리조차 크게 내질 못하고 기가
죽어 있었다.
　"이젠 너희를 보면 기대감도 사라지고 실낱같은 희망조차 안 보
여. 열세 명이나 되는 무사들이 은가면 한 놈을 잡지 못하고 쩔쩔
매는 꼴이, 조그만 어린아이에게 죽도록 매를 맞고 우는 등치 큰 저
능아와 같지 않은가. 이건 대일본제국의 수치가 아닐 수 없다. 무능
하고 형편없는 엉터리 무사가 되지 않으려면, 은가면을 속히 잡아
들이란 말이다!"
　"은가면이 등에 독화살을 맞았으니, 필경 계곡 밑으로 떨어져 그
대로 사망했을 것입니다. 그놈이 계곡 밑으로 떨어지는 걸 제 수하
들도 똑똑히 봤습니다."
　"그건 네 판단이고, 아직도 시체를 찾아내질 못했잖아! 그건 그놈
이 살아있다는 증거야! 그놈은 분명코 죽지 않았어. 경무청에서도
그놈의 시신을 찾으려고 계곡 주변을 이를 잡듯이 다 뒤져봤지만
헛수고였다. 그러니 그놈이 어디로 증발한 것인지 실로 답답한 노
릇이 아닌가!"
　"미우라 공사님! 마지막으로 한 번만 더 기회를 주십시오. 이번엔
반드시 그놈을 단칼에 베든지 아니면 이 권총으로 놈의 심장을 시
원하게 뚫어버리겠습니다."
　요시무라는 허리춤에서 권총을 꺼내어 들고는 미간을 잔뜩 찡그

리며 사납게 인상을 쓴다.

"그건 안된다. 한성에서 일본인들이 함부로 총소리를 내면 여우
사냥에 지장이 생길 수도 있거든. 흐흐흐."

"예? 여우사냥이라 하셨습니까?"

요시무라가 이해를 할 수 없다는 듯 고개를 바짝 쳐들고 묻는다.

"그래! 한성에서 여우사냥을 잘 마칠 때까지 시끄러운 총소리를
내지 말라는 거다. 눈치 빠른 여우가 아주 멀리 깊은 산 속으로 도
망칠지도 모르거든."

미우라 공사가 눈을 가늘게 뜨면서 일그러진 징그러운 웃음을 입
가에 흘려냈다.

일본 공사관으로 은밀하게 찾아온 우범선은 미우라를 만났다. 궁
궐 안에서 이상한 소문을 듣게 되어서였다. 언제부터인가 중전이
강녕전에 그 모습을 한 번도 드러내지 않고 있다는 정보였다. 무슨
일이 생긴 것인지 아니면 몰래 궁궐을 빠져나갔을지도 모른다는 소
문이 떠돌았다. 그 소문을 듣고 우범선은 무슨 일이 있는가 싶어 미
우라 공사를 찾아왔던 것이다.

"미우라 공사님! 긴히 드릴 말씀이 있어서 이렇게 찾아뵙게 되었
습니다."

우범선이 고개를 숙여 정중하게 인사를 하고 입을 열었다.

"훈련대 2대대장께서 이곳까지 오다니 무슨 어려운 일이라도 있
는 겐가?"

미우라 공사가 거만한 자세로 물었다.

"실은 궁궐에 이상한 소문이 돌고 있는데, 혹시 무슨 일이 있는
건지 궁금한 마음에 이렇게 달려온 겁니다."

“이상한 소문이라니?”

“요즈음 중전마마께서 강녕전에 한 번도 그 모습을 보이질 않았다고 합니다. 궁궐 밖으로 나가셨다는 소문도 있고 해서.”

“뭐라? 중전의 행방이 묘연하다는 말인가?”

“예! 그러하옵니다.”

“그게 사실이라면 이거 큰 일이 아닌가? 벌써 냄새를 맡고 중전이 어디론가 잠적을 했다는 말인데. 일단 내가 직접 확인을 해볼 필요가 있을 것 같다.”

미우라 공사는 긴장한 얼굴로 자리를 박차고 일어났다.

아무래도 적당한 핑계를 대고 곤녕합으로 들어가서 중전을 알현하고 나와야 안심이 될 것만 같았다. 중전이 노서아나 청나라로 도망이라도 가게 된다면, 그동안 공을 들여가며 세워놓은 모든 계획들이 하루아침에 깨질 판이었다. 이노우에 백작이나 이토 총리에게 큰 실망을 안겨주는 사건이 될 것을 생각하니 앞이 캄캄해졌다. 어떤 일이 있어도 이상 없이 여우사냥을 잘 마쳐야 자신의 앞길에 대로가 열릴 거라고 생각했다. ‘여우사냥을 위하여 내가 이노우에 공사의 후임으로 조선 땅을 밟게 된 것이 아닌가? 그 여우를 반드시 내 손으로 잡아 죽여야 해.’ 하고 그가 이를 갈았다.

미우라 공사가 중전이 거하고 있는 곤녕합에 이르렀을 때였다. 그를 발견한 제조상궁이 얼른 중전에게 다가가 귓속말로 무언가를 전했다. 탁상을 옆으로 놓고 무릎을 꿇은 채 기도하는 자세를 취한 중전의 옆모습을 보여주기 위해서였다. 그녀의 옆모습은 중전과 너무도 흡사했다. 그 모습을 미우라 공사에게 보여주고 안심을 시키려는 제조상궁의 계산이었다. 내실의 방문을 살짝 열어 중전의 모습이 보이도록 해놓고, 제조상궁은 미우라를 불러들였다.

"중전마마! 미우라 공사가 들었사옵니다."

제조상궁이 아뢰었다.

"중전마마께선 내실에 계십니까?"

중전의 대답이 없자 미우라 공사가 제조상궁에게 나지막한 음성으로 물었다.

"지금 중전마마께선 조선의 앞날을 걱정하시고, 홀로 기도중이시니 두어 시간은 이곳에서 기다리셔야 될 것 같습니다."

제조상궁이 미우라 공사를 안 좋은 눈빛으로 힐끔 쳐다봤다.

"하아! 마마께서 기도중이시라. 그러면 다음 기회에 알현을 하도록 하지요."

미우라 공사는 조금 열려진 문틈 사이로 보이는 중전의 옆모습을 예리한 눈빛으로 노려보면서 고개를 끄덕였다. 우범선의 말대로 중전이 궁궐을 빠져나간 것이 아니라, 불안한 마음을 안정시키려고 잡신들에게 기도를 하고 있다는 것을 깨닫고 코웃음을 치면서 곤녕합을 나왔다. 무속인들을 동원하여 일만 이천 봉우리마다 제사를 지낸다는 중전의 소문이 거짓은 아니었다고 하면서 그는 중전을 비웃었다.

미우라 자신도 대사를 앞두고 마음이 불안해져서 불경을 외우며 기도를 많이 했는데, 그것을 보고 조선인들이 염불공사란 별명을 달아놓은 것을 떠올리고 피식 웃었다. '조선여우가 오죽 마음이 불안하고 힘들면 강녕전에도 나가지 않고 계속 기도만 하겠는가?' 하고 그는 마음속으로 빈정거렸다. 그래도 혹시나 해서 가슴이 철렁했었는데, 중전이 곤녕합에서 기도를 하고 있는 것을 보고 안심이 되는 모양이었다. 별다른 움직임도 없이 기도만하고 지낸다면, 대사를 무난히 치를 수 있을 거라는 예감이 들었다. 그는 어깨를 펴고 편안한 마음으로 일본 공사관으로 발길을 돌렸다.

시랑이 그 초가에 머문 지 사흘 째 되는 날이었다. 그녀가 내어준 한복을 입고 산길로 다니면서 화살을 쏘아 토끼사냥을 할 정도로 그의 몸은 거뜬해졌다. 스스로 생각해봐도 자신의 건강은 예전과 거의 다르지 않음을 몸으로 느낄 수 있었다. 가끔 등을 송곳으로 쿡쿡 찌르는 것 같은 통증이 느껴져 '윽―' 하고 동작을 멈추고 몸을 숙일 때가 있었지만, 그 정도의 통증은 그런대로 참을 만했다.

아무래도 지극정성을 다해 그녀가 달여 준 한약과 그 노인이 환부에 붙여준 신비한 약초의 효험이 큰 것 같았다. 그는 조석이 다르게 새로운 기운을 단전에 축적하여 내공을 쌓아갔다. 계곡 아래쪽에 있는 산 속으로 들어가 무술연습을 하기도 했다. 큰 바위 위에 앉아 단전호흡을 하고 무수히 단검을 던지는 연습을 하거나 나무판으로 만든 과녁을 세워놓고 활을 쏘아 맞추기도 했다. 그럴 때마다 등에 여러 개의 대침을 꽂아놓은 것처럼 근육이 경직되고 상체가 쑤시는 통증이 생겼다. 하지만 그는 몸에서 땀이 날만큼 검술과 권법을 스스로 반복하여 익혔다.

실제로 그의 무술은 어느 누구도 근접할 수 없을 만큼 탁월했다. 이미 10년 전에 만난 도인을 통해 고스란히 전수받은 고수의 실력을 갖고 있었던 것이다. 도인은 과거 궁궐에서 금부도사로 일을 하고 있었는데, 피치 못할 역모사건에 연루되어 벼슬을 내던지고 깊

은 산중으로 들어가 무예와 도를 닦는 일에만 전념했던 기인이었
다. 그는 어린 시절 모친을 따라 산사로 불공하러 갔다가 그만 길을
잃고 홀로 헤맸던 적이 있었다. 그때 시랑이 그 산 속에서 만난 사
람이 바로 도인이었다. 그는 도인을 만나 산사로 가는 길을 찾을 수
있었던 것이다. 그것이 흔치 않은 인연의 줄이 되었다. 그 후 모친
의 권면으로 성인이 된 시랑은 도인으로부터 학문과 무술을 장기간
배웠던 것이다.

그가 사사 받은 것은 무술뿐만이 아니었다. 그것은 조선을 위하
여 생명을 바칠 각오로 의로운 칼을 드는 일이었다. 도인은 일본과
청나라와 노서아와 서양의 총칼 사이에서 존폐의 위기를 맞고 있는
조선을 구하라고 시랑에게 명했다. 나중에 알게 된 사실이었지만,
도인은 중전과 깊은 인맥을 갖고 있는 듯했다. 조선을 지키고 살릴
수 있는 유일한 존재가 중전이라고 굳게 신뢰하고 있었던 인물들
가운데 하나가 바로 도인이었던 것이다.

시랑은 무술을 배운 후에 은가면을 받게 되었다. 은을 녹여서 만
든 입체적인 가면이었는데, 눈 주변에는 문신처럼 굵고 검은 테를
그려 넣었다. 두께가 얇아서인지 착용감은 부담이 되지 않을 만큼
탁월했다. 도인을 가르친 스승으로부터 그 은가면을 직접 물려받은
것이라는 말을 듣고 나서, 시랑은 가슴이 뜨거워졌다. 조선시대에
나라를 지키려했던 무명의 칼잡이들이 썼던 은가면. 그것은 조선무
사의 상징이었다. 아니, 그것은 조선의 혼이었다. 무표정한 얼굴과
한 일자로 굳게 다문 입술 그리고 은가면 안에서 번뜩이는 무사의
안광. 그건 사소한 감정의 흔들림조차 용납지 않고, 오직 대의를 이

루기 위하여 칼을 든 무사의 얼굴을 연상케 했다.

'시랑아! 네가 조선을 위하여 큰일을 한 후에는 반드시 해야 할 일이 한 가지 더 있다. 그건 한 사람의 제자를 길러내는 일이다. 그 제자에게 은가면을 다시 물려주고 그가 조선을 위하여 의로운 칼을 들게 해야 한다. 넌 5대 은가면 무사다.' 하고 그에게 정색을 하며 훈계했던 말을 시랑은 꼼꼼하게 마음속에 되새겨봤다.

시랑은 사람의 눈을 피하여 밤이 되면 은가면을 쓰고 의로운 칼을 든 조선의 의적으로 변신했다. 그가 은가면을 쓸 때마다 눈을 감고 종교의식처럼 행하는 일이 있다. 그것은 전쟁터로 출전하기 전에 승리를 다짐하는 전사의 기원과도 흡사했다. 은가면은 어떤 일이 있어도 죽지 않고 살아남아야 할 이유가 있었기 때문이다. '은가면은 영원히 죽지 않는다.' 하고 그는 기도를 하듯 주문을 외웠다. 그래야 조선을 살리기 위하여 큰일도 할 수 있을 거라고 속으로 다짐을 하곤 했다.

그는 날마다 초심으로 돌아가 새로운 마음으로 칼을 잡았다. 무고한 사람을 베는 것이 아니라 조선을 지키기 위하여 적들을 물리치는 일이라고 여겼다. 어떤 일을 하든지 단 한 번의 실수도 용납할 수 없는 것이 은가면의 삶이다. 만에 하나 작은 실수라도 생긴다면 절망적인 상황이 벌어질 수도 있다. 그것은 은가면의 명예를 실추시키는 일이고 영원한 죽음을 의미하기도 한다. 그는 무슨 일을 하든지 치밀하게 계획을 세운 후에, 수없이 검토와 보완을 거듭하여 빈틈없이 일을 처리하는 훈련을 스스로 해야만 했다.

그녀가 숲 속으로 들어가 잠시 산책을 하거나 혹은 마음이 답답

해서 먼 산을 바라보고 있으면, 시랑은 그녀의 곁으로 다가가서 슬
며시 말을 걸었다. 어두운 구름 속에 갇혀있는 달처럼 온갖 시름에
싸여 왠지 힘들어 하는 그녀의 모습을 훔쳐보면서, 잠시 위로라도
해주고 싶은 마음이 굴뚝같아서였다.

하지만 그냥 그녀와 걷거나 자질구레한 얘기들을 나눌 때도 위로
를 받는 쪽은 그녀가 아니라 시랑이었다. 그녀를 가까운 곳에서 가
만히 눈여겨보면 시골에서 자란 처자가 아닐지도 모른다는 느낌이
들만큼 그녀는 우아하고 다방면으로 식견이 높았다. 조선을 지키고
사랑하는 마음이 언행에서도 물씬 묻어났다. 그는 그녀와 동행만
해도 자신도 모르게 즐겁고 흡족한 마음이 생겨 흥분이 되곤 했다.
그것은 그녀도 마찬가지였다. 별일이 아닌데도 눈길만 마주쳐도 풋
풋한 웃음이 입가에 넘쳐흘렀다.

어느새 그들은 서로 마음을 나눌 수 있는 애틋한 마음을 소중하
게 키워가고 있었다. 마치 오래된 연인들처럼 가까이 붙어 다니는
그들의 모습을 뒤에서 지켜보던 노인은 마음이 무거워지고 걱정이
앞섰다. 하지만 한편으론 자신도 모르게 생기는 흐뭇한 웃음이 안
면을 덮었다. 남녀의 마음이 서로 하나로 묶여지면 그보다 더 설레
고 큰 기쁨이 어디에 또 있겠느냐고 하면서 노인은 입맛을 다시더
니 먼 산으로 시선을 돌렸다.

그래서인지 그날 오후 그가 그녀와 함께 저자거리로 나가게 되었
을 때, 그 노인은 몸이 아프다는 핑계를 대고 자리에 누워버렸다.
하루만이라도 그들이 마음껏 얘기도 하고 장터를 돌아다닐 수 있도
록 배려해주기 위해서였다. '아무리 길어도 며칠만 지나면, 헤어질
사람들인데 무슨 별일이야 있겠는가? 친형제조차도 멀리 떨어져

살면 남남이 되는 게 당연지사인데.' 하고 그 노인은 질끈 눈을 감았다.

그녀는 그와 더불어 마을의 저자거리로 이어지는 호젓한 산길을 내려가면서 뜬금없이 농이 섞인 말을 건넸다. 그와 좀 더 편안하게 가까워지고 싶은 마음이 은연중에 있었던 까닭이다.

"이건 절대비밀인데, 우리 아버지의 별명이 뭔지 아세요?"

그녀가 입가에 야릇한 미소를 머금는다.

"말수가 적고 인자하시니, 마땅한 별명은 아마 돌부처가 아닐까요?"

"푸후훗! 돌부처라 하셨습니까?"

"그게 아니면? 그 별명이 무엇입니까?"

"내시예요."

그녀가 한 손으로 입을 가리고 웃는다.

"내시라? 그럼, 그 뭐냐? 남자의 양물이 없는 분이시라는 뜻이오?"

그가 두 눈을 동그랗게 뜨면서 묻는다.

"그냥, 옛날부터 그림자처럼 따라다니는 부친의 별명이랍니다."

"그래도 그렇지! 그건 별명치고는 좀 심하다! 그렇지 않소? 하하하!"

그가 붉어진 얼굴로 내쳐웃는다.

그녀는 먼 길로 떠나기 전에 저자거리에서 살아가고 있는 가난한 백성들의 모습을 마음에 담고 싶었다. 그래서 국수도 사먹고 부침개나 깨엿을 먹으면서 힘들게 장사를 하는 아낙네들과 친밀하게 대화를 나누어보기도 했다. 하루살이처럼 아무런 희망도 없이 힘들게 살아가는 가난한 백성들을 가까운 곳에서 바라보자니 어쩐지 가슴이 시리도록 아파왔다. 나라가 힘이 없어 이리저리 바람결에 흔들리는 가느다란 나뭇가지와 같고 힘없는 야생초와 흡사하니 어떻게 해볼 수도 없는 노릇이었다. 가난에 찌든 백성들을 바라보면서 그녀의 입에선 땅이 꺼져라 한숨만 새어나올 뿐이었다.

그녀는 화려한 색깔을 가진 노리개들을 늘어놓고 파는 상점 앞을 지나가다가 그곳에 멈춰서서 한참 구경을 했다. 그녀도 여인인지라 노리개에 관심이 생긴 모양이었다. 그것을 눈치 챈 시랑은 어떤 노리개가 제일 마음에 드느냐고 그녀에게 넌지시 물었다. 그녀는 고개를 갸우뚱거리다가 붉은 단풍잎 모양의 노리개 하나를 눈여겨 살펴보더니 '참! 색깔이 예쁘다!' 하고 말했다.

그는 두말하지 않고 얼른 그 노리개를 사서 그녀에게 선물로 주었다. 한성으로 떠나기 전에 마지막으로 그녀에게 작은 선물 하나라도 주고 싶은 마음이 들어서였다. 생전 처음으로 자꾸만 마음이 끌리는 그녀에게 뭔가 자신의 마음이 담긴 작은 선물이라도 건네주고 나면, 어쩐지 헤어져도 후회를 하지 않을 것만 같았다. 그녀는 그가 건네주는 단풍잎 노리개를 어루만지면서 그윽한 눈빛으로 그의 눈동자를 바라봤다. '이렇게 마음에 드는 예쁜 노리개를 제게 선물로 주시다니 고맙게 받겠습니다.' 하고 그녀가 만족스러운 얼굴로 말했다.

그는 가슴이 두근거리고 구름 위를 걷는 것처럼, 붕 뜬 기분이 들어 얼굴에 홍조를 띠기도 했다. 그녀가 선물을 냉정하게 거부하지 않고 기뻐하는 모습을 보게 되자 적잖게 흥분이 되어서였다. 그녀는 그가 사준 붉은 단풍잎 모양의 노리개를 여러 번 들여다보면서 뭐가 그리도 좋은지 연실 가녀린 미소를 입가에 그려냈다.

그가 그곳에 머문 지 벌써 사흘이 지나가고 있었다. 어디선가 살랑살랑 차가운 가을바람이 불어오고 구멍이 뚫린 창호지처럼 마음이 허전해져서 그런 걸까. 가을을 타는 그의 마음속이 알 수 없는 고독으로 단번에 부서질 것만 같았다. 따뜻한 그녀의 손길로 그의 썰렁한 마음을 한 번만이라도 어루만져 주었으면 하는 작은 소원을 가슴에 담아보다가 고개를 내저었다.

그는 눈을 감는다. 아득한 기억을 더듬어보면서 그는 어렸을 적에 만났던 한 소녀를 마음속에 떠올렸다. 아무리 잊으려고 애를 써도 지워지지 않는 소녀의 얼굴이었다.

"자영아……."

그가 소녀의 이름을 마음속으로 불러본다.

시랑은 그가 열두어 살 된 소년이었을 때 경험했던 일들을 그림책을 뒤로 넘기듯 한 장면씩 되새겨본다.

소년이 모친을 따라 여주의 신륵사로 갔다가 그곳에서 운명처럼 만나게 된 한 소녀가 있었다. 그때도 단풍잎이 빨갛게 무르익어가는 가을이었다. 손부채를 닮은 은행나무 잎사귀들이 농익은 노란색으로 아름답게 채색될 무렵이었다. 대웅전에서는 스님들이 목탁을 두드리면서 외우는 청아한 불경소리가 흘러나왔고, 숲 속에서는 산새들이 우는 노랫소리가 귓가를 간지럽게 긁어댔다.

유난히도 얼굴빛이 하얀 소녀가 소년의 눈에 들어왔다. 소녀는 하늘색 저고리와 분홍빛 치마를 입고 있었다. 옆에서 바라보기만 해도 넋이 빠질 만큼 귀엽고 아리따운 모습이었다. 소녀는 사찰 밖으로 나와 붉은 단풍나무가 절경을 이루고 있는 산 속으로 자꾸만 들어갔다. 붉은 자색으로 물든 단풍잎에 마음을 몽땅 빼앗겨서인지, 바닥에 떨어진 크고 작은 단풍나무 잎들을 하나 둘 줍느라고 정신이 없었다. 소녀를 몰래 바라보고 있었던 소년은 자신도 모르게 소녀를 따라 산 속으로 들어갔다. 허리까지 내려온 긴 댕기머리와 달덩이처럼 흰 얼굴과 초롱초롱한 소녀의 눈동자가 소년의 마음을 단번에 잡아끌었다. 소녀는 자기 뒤에서 슬금슬금 눈치를 보면서 뒤따라오는 소년이 있다는 걸 전혀 모르고 있는 모양이었다. 소년은 제일 크고 벌레 먹지 않은 붉고 선명한 단풍잎들을 골라서 소녀에게 말없이 건네주었다. 소녀는 처음엔 당황하는 기색이 역력했으나 금방 엷은 미소가 입가에서 흘러나온다. 소년의 눈빛이 맑고 선하게 보였던 까닭이다. 적어도 나쁜 아이는 아니라는 걸 한 눈에 알아봤던 것이다. 소녀는 소년이 모아준 단풍잎들을 받아들고 고맙다는 듯이 고개를 숙이고 환하게 웃었다.

"넌 이름이 뭐냐? 난 시랑이라고 해."

"내 이름은 자영이야."

"자영? 예쁜 이름이구나. 너도 불공을 드리러 어머님과 함께 온 게냐?"

"응! 너는?"

소녀가 묻는다.

"나도 너랑 마찬가지야. 우리 어머님께서 자주 이곳으로 와서 불공을 드려. 헌데, 넌 고향이 어디냐?"

소년이 묻는다.

"고향은 여주야. 지금은 한성에 살고 있어. 넌?"

소녀가 산 속으로 발걸음을 두어 번 옮기며 묻는다.

“내 고향은 한성이다. 여주에 외할머니가 계신데, 많이 아프시거든. 그래서 여주 외갓집에 내려와 어머님이 불공을 드리고 있는 거야.”

소년이 별 생각 없이 생각나는 대로 소녀에게 두서없이 말을 건넸다.

“아악—”

소녀가 갑자기 비명을 지르면서 바닥으로 쓰러졌다.

수풀 속에서 기어나온 독사가 소녀의 발등을 물고 달아났던 것이다. 소년은 숲 속으로 사라지는 독사를 보고 깜짝 놀라 자신의 옷고름을 뜯어내어 소녀의 종아리를 단단히 묶었다. 그런 다음 꽃신과 얇은 버선을 벗기고 두 개의 이빨자국이 난 발등을 입으로 ‘쭉— 쭉—’ 하고 소리가 날 만큼 힘차게 빨았다. 소년은 입으로 뽑아낸 독물을 바닥으로 힘차게 뱉어내는 일을 반복했다. 독이 온몸으로 퍼지는 것을 속히 차단하기 위해서였다. 소녀는 독사에게 물려 이미 정신을 잃은 후였다. 급박한 상황이 벌어지자 소년은 조금도 망설이지 않고 거침없이 소녀를 등에 업었다. 잘못하다간 소녀의 생명이 위험할지도 모른다는 염려 때문이었다.

소녀를 등에 업은 채 소년은 대웅전 앞으로 달려갔다. ‘자영 어머님! 자영이가 독사에 물렸습니다. 빨리 나와 보세요.’ 하고 소년이 외쳤다. 그 말을 듣고 30대 중반으로 보이는 젊은 여인이 핏기 없는 얼굴로 허겁지겁 뛰어나왔다. 독사에게 물렸다는 말을 듣고 서너 명의 스님들도 뒤따라 밖으로 나왔다.

“자영아! 자영아! 정신 좀 차려 보거라. 불공은 안 드리고 산 속에는 왜 들어가서 이토록 어미의 속을 썩이는 게냐?”

소녀의 모친이 눈물을 뿌리면서 말했지만, 소녀는 여전히 깨어날 줄을 몰랐다. 한 스님이 자영을 안고 어디론가 황급히 뛰어갔다. 나름대로 응급조치를 하려는 모양이었다. 소녀의 모친도 그 스님을 따라 넘어질 듯이 달렸다. 시랑도 그 스님의 뒤를 쫓아갔다.

작은 온돌방에 소녀가 눕혀지고 한의학에 정통하다는 스님이 약초로 환부를 다스리고 여러 곳에 침을 놓았다. 침을 맞은 덕분인지 소녀는 잠시 후에 눈을 떴다. 그때 제일 먼저 소녀의 동공 안에 들어온 사람은 곁에 앉아있던 시랑이었다. '살았구나. 이젠 됐다.' 하고 시랑은 마음속으로 안도의 한숨을 내쉬었다. 소녀의 손에는 아직도 소년이 건네준 붉은 단풍잎들이 들려있었다. 소녀는 그것을 보고 혼자 배시시 웃는다. 천상의 선녀가 하강하여 웃는 것처럼 곱고 눈부신 얼굴이었다.

"시랑아! 고맙다! 네가 나를 살렸구나!"

소녀의 작은 목소리가 그의 가슴을 크게 두드렸다. 무심코 발견하게 된 그녀의 오른쪽 귀밑에 있는 팥알 한 개만한 흑갈색의 점이 귀엽다는 생각이 들었다.

그것이 인연이 되어 그들은 한 달 동안 신륵사에 머물면서 단풍잎들을 줍거나 스님들의 눈을 피해 산 속의 오솔길을 오래도록 걸으며, 사찰에서 얻은 떡과 한과를 나누어먹기도 했다. 40일 기도를 마치고 소녀가 모친의 손에 이끌려 한성으로 올라가기까지 그들은 소꿉동무처럼 마주앉아 자질구레한 숱한 얘기들을 서로 주고받았다.

'시랑아! 나 한성으로 내일 떠난다. 다음에 우리 어른이 되면 다시 만나자.' 하고 슬픈 눈동자로 소녀가 말했다. 그것이 소녀가 시랑에게 남긴 마지막 말이었다. 그들은 그 다음 날 서로 헤어지기 전에 오솔길 옆에 있는 바위 뒤에서 만나기로 약조를 했다.

소년은 밤잠을 이루지 못하고 새벽녘이 되도록 뒤척이다가 핼쑥한 얼굴로 약속장소로 나갔다. 하지만 그곳에서 소녀를 볼 수가 없었다. 혹시나 하는 마음에 소년은 신륵사 입구 쪽으로 넘어질 듯이 달려갔다. 아니나 다를까 멀리 보이는 소녀가 사방을 두리번거리면서 누군가를 찾고 있었다. 시간이 촉박하여 약속장소로 나갈 수가 없었지만 혹시나 시랑이 주변에 있지 않을까, 하는 기대치가 있었던 모양이다. 아무리 둘러보아도 소년이 보이질 않자 소녀는 슬픔과 실망으로 뒤범벅이 된 안타까운 얼굴로 가마에 올랐다.

소년은 조금 떨어진 숲 속에서 멀어져가는 가마를 눈물 어린 얼굴로 바라보고 소녀의 이름을 여러 차례 큰 소리로 불렀다. 소년의 목소리가 가까운 곳에서 들려오자 소녀는 가마의 창문을 열고 얼굴을 밖으로 내밀었다. 시랑의 시선과 소녀의 눈동자가 마주 치는 순간이었다. 소녀는 한쪽 손을 가볍게 흔들면서 입가에 환한 웃음을 보였다. 소년은 그 가마 앞으로 다가서려고 숲 속에서 훌쩍 뛰어나왔다.

하지만 가마 주변에 서 있던 하인들로 보이는 자들이 소년의 앞을 가로막았다. 당장 물러서지 않으면 심하게 매질을 하겠다는 기세로 그들은 험악하게 인상을 쓰면서 소년의 멱살을 붙들고 노려봤다. 소녀의 모친이 가마에서 내려 소년을 눈여겨보더니 냉정한 표정으로 입을 열었다. '내 딸이 독사에 물렸을 때, 네가 순수한 마음으로 도움을 준 것은 참으로 고마운 일이었다. 허나, 훗날 네가 자영이를 다시 찾는다면, 그땐 하나 뿐인 네 생명을 잃게 될 게다. 명심하거라.' 하고 따끔하게 야단을 쳤다. 그러고는 그냥 놓아주라고 눈짓을 하자 그들은 소년을 땅바닥에 내친 후에 심하게 욕설을 하고 커다란 발로 매몰차게 걷어찼다. 복부에 심한 발길질을 당한 소년은 바닥으로 꼬꾸라졌다. 온통 세상이 캄캄해지고 정신마저 아득해지는 것만 같았다. 한 번만 더 아가씨 곁에 얼씬거리면 명줄을 끊어버리겠다고 하면서 그들은 소년에게 무섭게 겁을 주더니 더러운 침을 얼굴 위에 탁 뱉었다.

소년이 정신을 차리고 비틀거리며 바닥에서 일어섰을 때, 소녀를 태운 가마는 이미 어디론가 사라진 후였다. 그들은 그렇게 마지막 만남을 이루지 못하고 원치 않는 생이별을 하게 되었던 것이다.

그날 이후로 소년의 마음속엔 소녀의 모습이 잊을 수 없는 추억으로 남겨져 영영 지워지질 않았다. 눈을 감아도 책을 읽어도 소녀의 얼굴이 마음속 깊은 곳에서 연실 떠올랐다. 하지만 시랑은 그 어느 곳에서도 소녀를 다시 볼 수 없었다. 혹시나 하는 마음으로 신륵사 주변을 어슬렁거리고 근처에 있는 마을들을 하루 종일 헤집고 다녔지만 모두 헛수고였다. 시랑은 한성으로 올라간 후에도 소녀를 찾기 위하여 백방으로 노력을 하며 신발바닥이 닳도록 끊임없이 돌아다녔지만 결국은 실패하고 말았다.

어른이 된 후에도 시랑은 소녀를 잊지 못하고 가슴에 새겨두었다. 이상하게도 소녀의 얼굴과 웃음 그리고 고우면서도 맑은 목소리가 지워지질 않았다. 잊을 만하면 꿈속에서 소녀를 만나 신륵사 주변을 돌아다니곤 했다. 잠을 깬 후에는 허전한 마음을 달랠 수 없어 가까운 곳에 있는 산 속을 끊임없이 헤매고 다닌 적도 있었다. 먼 훗날 우연히 소녀를 한성에서 직접 만나게 되어도, 많이 변한 소녀의 얼굴을 제대로 알아볼 수 없을 것만 같아 걱정이 되기도 했다.

그래도 소녀를 알아볼 방법이 한 가지 있었다. 그건 소녀의 오른쪽 귀밑에 있는 흑갈색의 점을 확인하는 일이었다. 그것을 보면 언제든지 쉽게 소녀를 식별해낼 수 있을 거라고 그는 확신했다. '그래! 오른쪽 귀밑을 보면 자영을 단번에 알아볼 수 있을 거야.' 하고 그는 환한 얼굴로 희망을 잃지 않았다.

시랑은 소년시절에 신륵사에서 겪었던 운명 같은 만남과 짝사랑 이야기를 그녀에게 낱낱이 고백했다. 왠지 가슴에 고이 간직해두었던 얘기를 해주고 싶어서였다. 그녀는 흥미롭다는 듯 두 눈을 동그랗게 뜨고 심각한 표정으로 미동도 없이 귀를 기울였다.

그는 뭐가 잘못된 것인지 그녀의 얼굴이 신륵사에서 만났던 소녀의 얼굴과 너무도 흡사하다는 생각을 하고 있었다. 하지만 아무리 들여다봐도 그녀의 오른쪽 귀밑에는 흑갈색 점이 없었다. 작은 점 하나 없이 매끈하고 뽀얀 목살이 보일 뿐이었다. 신륵사에서 만났던 소녀가 첫사랑인 자영이었고, 그의 눈앞에 있는 처자가 연아 임에 틀림이 없었지만, 참으로 이상한 일이었다. 연아가 자영을 빼어 닮은 것인지 아니면 자영이 연아와 비슷하게 생긴 것인지 도무지 알 수가 없었다. '혹시, 연아와 자영이 어린 시절 헤어진 쌍둥이가 아닐까?' 하고 마음속으로 의심을 한 적도 있었다.

그의 마음속에서 일어나는 혼란과 갈등은 계속되었다. 그것은 연아를 그 옛날의 자영으로 착각할 때가 많아서 생기는 정신적인 방황이었다. 그래서였을까. 그는 그 순간부터 그녀에게 흠뻑 매료되고 말았다. 어려서부터 자기가 좋아하고 그토록 그리워했던 자영을 만난 것 같은 기쁨 속에서 그는 하루를 꿈결처럼 보낼 수 있었던 것이다. 아무런 생각도 없이 그저 바라보고만 있어도 마음이 설레고 심장이 자꾸만 두근거렸다. 생전 처음 겪게 되는 일이었다. 한 눈에 마음을 빼앗기다니 천생연분이라는 말이 그래서 나온 건지도 모른다고 하면서 시랑은 혼자 실없이 웃음을 삼켰다.

그는 단정하고 우아한 모습으로 서 있는 그녀의 손을 살포시 잡아끌고 은행나무 아래로 걸어갔다. 가만히 따져보니 사흘은 너무 짧았다. 그래도 달리 생각해보면 삼년처럼 길게 느껴질 수도 있는 추억의 날들이 그의 마음속에 아로 새겨진 기간이었다. 그렇게 들뜬 감정이 걷잡을 수 없을 만큼 그의 마음을 뒤흔들고 있었다.

하지만 사소한 감정에 이끌려 너무 긴 시간동안 한 집에 머물러 있었던 것 같아서 죄책감에 억눌리기도 했다. 엄밀히 따지자면 아리따운 처자와 산 속에서 깊은 사랑에 빠졌다는 것은 은가면 무사의 계율을 범한 일이었다. 은가면 무사의 입장에선 그건 도무지 있을 수가 없는 일이었다. 스승이 그 사실을 알게 된다면 가만히 있을 것 같지가 않았다. 아마도 크게 실망하여 5대 은가면 무사의 자격을 박탈할지도 모른다는 불안한 예감이 들었다. 그것은 곧 스승으로부터 영원히 버림을 당하는 일이자 무사의 자존심에 치명적인 상처가 되는 일이었다. 오래도록 그녀의 곁에 머물고 싶었지만, 더는 그곳에 안주할 수 없다는 생각이 불현듯 그를 사로잡았다. 한성으로 올라가서 해야 할 일을 속히 마쳐야 한다는 사명감 같은 것이 그의 마음을 무겁게 짓눌렀다.

"이제 먼 길을 떠나야 할 때가 된 것 같소."

시랑이 머뭇거리다가 겨우 입을 열었다.

"어디로 가시려는 겁니까?"

"한성으로 가야 하오."

"아직 몸이 성치 않은데, 하루만이라도 더 이곳에 머물다 가시지요. 한성에서 안 좋은 일이 생길 것 같은 불길한 예감이 듭니다."

"괜찮소! 걱정하지 마시오. 어쨌든 내가 해내야 할 대업이 있으니, 그걸 마친 후에 내가 그대를 찾아오겠소이다. 허면 이곳에서 나를 기다려줄 수 있는 게요?"

"일부러 저를 찾아오신다니, 제가 기다려야 마땅한 일이겠지요."

"고맙소."

그가 그녀의 손을 잡으며 진솔한 마음으로 말했다.

"부디, 조선을 위하여 하고자 하는 일들을 무사히 잘 마치십시오."

그녀가 안타까운 얼굴로 그를 바라보다가 겨우 입을 연다.

"나처럼 보잘 것 없는 미천한 사내를 기다려준다니, 너무 고맙고 감사해서 몸 둘 바를 모르겠소."

"혹시, 이곳에 다시 오시는 날…… 제가 없어도…… 낙심하지 마십시오."

"그게 무슨 말씀입니까? 이곳에 안계시다니요?"

그가 심히 놀라는 얼굴을 감추지 못하고 긴장한 목소리로 묻는다.

"만약이라 했습니다. 만약, 제가 없더라도 마음이 약해지시면 결코 안 될 것이옵니다."

"물론이오. 내 마음은 변함이 없소이다. 그대가 다른 세상으로 간다고 해도, 난 평생 동안 다시 만나게 될 날을 기다리며 그렇게 일 년을 하루처럼 여기고 살 것이오."

은행나무 밑에서 그가 그녀를 갑자기 끌어안고 헤어지기 전에 마지막 포옹을 했다. 그녀는 다소 놀라는 기색으로 그를 양손으로 밀어내다가 측은한 마음이 들어서였는지 그에게 몸을 맡기고 만다. 마치 돌아올 수 없는 먼 길이라도 떠나 영영 헤어질 사람처럼 그녀는 눈시울을 촉촉이 적신다. 은행나무 뒤로 저녁노을이 보였다. 산 너머 하늘은 화려한 붉은 자주색으로 속옷을 갈아입고 있었다.

어둠이 산야에 깔리자 시랑은 대업을 마치면 잊지 않고 반드시 돌아오겠다는 약속을 그녀의 가슴에 남기고 한성으로 올라갔다. 늦은 밤이 되어서야 그는 한성에 당도했다. 그가 제일 먼저 찾아간 곳은 한성에서 제일 큰 기생집으로 알려진 춘홍관이었다.

그전부터 그는 그곳에서 술상을 받고 기녀들을 만나 중요한 궁궐의 소식들을 전해 듣곤 했었다. 궁궐과 한성의 소식들을 가장 신속하게 얻을 수 있는 곳이 춘홍관이었다. 사실 동서고금을 막론하고 세도를 부리는 고관대작들이 드나드는 기생집이야말로 궁궐 안과 밖에서 벌어지는 다양한 사건의 소식들을 가장 빠르고 확실하게 얻을 수 있는 장소였다. 그는 기생집이 가진 그러한 장점들을 적절하게 이용하기 위하여 종종 그곳을 드나들면서 떠도는 정보들을 수집하는 일에 신경을 썼다.

그곳에서 그에게 큰 도움을 주었던 기생은 '월화'였다. 그는 일부러 그녀에게 접근하여 살갑게 대하면서 다양한 정보들을 접할 수 있었던 것이다. 월화는 그곳에서 한 눈에 확 들어올 만큼 탁월한 미모를 갖춘 기생이었다. 게다가 뭇 사내들의 애간장을 녹일 만큼 애절하게 창을 잘 부르고 춤을 추는 실력 또한 남달리 탁월했다. 그야말로 한성에선 그 어느 여인도 따라올 수 없을 만큼 빼어난 기생으로 유명세를 떨치고 있었다. 그 기생집을 찾게 되는 한량

들은 다재다능한데다가 미색까지 겸비한 월화를 만나보려고 똥 마
려운 강아지처럼 그녀의 방을 기웃거리며 눈치를 보곤 했다. 하지
만 고관대작이나 상당한 재력가가 아니면 코빼기도 보기 힘든 기
생이 그녀였다.

　천한 기생의 신분이었으나 월화의 눈에는 오직 한 사람만이 보일
뿐이었다. 자상하고 따뜻한 심성과 의협심이 강한 시랑에게 그녀는
마음을 빼앗기고 말았던 것이다. 오매불망 그가 오기만을 기다리는
기생이 월화였다. 뭇 사내들의 술시중을 들고 품에 안겨야 하는 하
찮은 기생이었지만, 그녀의 순수한 마음은 오직 시랑을 향한 한 송
이 꽃처럼 활짝 피어있었다. 그녀의 뜨거운 가슴속에는 오직 한 사
내만이 존재할 뿐이었다.
　"시랑! 그동안 무엇을 하고 계셨기에, 월화의 마음을 이리도 까맣
게 태우십니까? 대체 어디에 꼭꼭 숨어계셨다가 이제야 오신 겁니
까?"
　월화가 술잔을 가득 채우며 그에게 묻는다.
　"내가 없어도 월화는 명문세도가들이 줄을 지어 찾는 조선 최고
의 꽃일진대, 호랑나비도 아니고 하찮은 작은 풀벌레에 불과한 나
를 기다릴 까닭이 있겠는가?"
　"시랑! 어찌 이리도 여인네의 여린 가슴을 아프게 하시옵니까?
월화는 시랑만을 위하여 피어나는 향이 짙은 야화인 것을 어찌 모
르신단 말이오?"
　그녀가 유혹의 눈길을 보내며 간드러진 목소리로 달콤한 유혹의
말을 미끼처럼 던진다.
　"야화라! 내 어찌 월화의 미색과 향기를 모르겠는가? 천하제일의

기생이 나를 사모한다니 그저 황송할 뿐이지. 헌데, 요즈음 일본 공사 미우라는 여길 자주 오곤 하는 겐가?"

그가 그녀의 눈치를 살피다가 조심스럽게 묻는다.

"무슨 중요한 일이 있는지, 미우라 공사의 수하들이 며칠 전에도 거나하게 술판을 벌인 적이 있었지요. 생사확인은 못했으나 은가면이란 자를 활로 쏘아 계곡 밑으로 떨어뜨렸다고 하면서 요시무라가 호탕하게 웃더이다. 그러면서도 뭔가 사뭇 불안한 모습을 감추질 못했습니다. 아마도 은가면이 죽지 않고 어딘가에 살아있는 모양입니다. 허긴, 천하무적인 조선의 호랑이가 그런 일본의 개들에게 물려 죽기야 하겠습니까?"

그녀가 약이 오른 뱀처럼 까만 두 눈을 반짝이면서 입술을 쫑긋거렸다.

그는 그 말을 듣고 고개를 끄덕이면서 어금니를 지그시 앙다물었다.

"그렇긴 하지. 그런데 그 외에 다른 말들은 없었는가?"

"글쎄요. 다른 중요한 대화는 없었던 것 같사옵니다. 허면 미우라 공사가 그토록 두려워하는 은가면은 대체 어떤 인물이옵니까?"

월화가 궁금하다는 듯 그에게 물었다.

"나도 은가면이 누구인지 궁금해. 아마도 미우라 일당의 적이 된 것을 보면, 탐관오리들을 벌하고 가난한 백성들을 보살피는 조선의 의적임엔 틀림이 없을 게야."

그가 헛기침을 하더니 멋쩍게 대답을 했다.

"그런 소문이 세간에 떠돌고 있는 게 사실이지만, 과연 어떤 인물인지 그게 궁금하옵니다."

"어허! 허면, 이젠 나를 버리고 의적 은가면을 그 고운 가슴속에

품기라도 하겠다는 겐가? 이것 참 큰일이 났구먼! 쯧쯧쯧!"

그가 일부러 질투를 하듯이 장난스러운 표정을 지어내며 혀를 찼다.

"시랑! 아무리 은가면이 뛰어난 성품을 가진 한량이라도 어찌 내가 시랑을 배반하고 딴 사내를 마음에 품겠사옵니까? 오직 제 마음속엔 우뚝 선 바위처럼 시랑이 자리를 잡고 있을 뿐이옵니다."

그녀가 다시 희고 고운 손으로 술을 따르며 입가에 매혹적인 미소를 흘린다.

"자아! 오늘은 내가 취하도록 마음껏 마셔 볼 작정이니, 세도를 부리는 고관대작들이 월화를 찾아도 귀를 막게나. 월화는 이대로 내 곁에 앉아있어야 할 것이야."

"저야 시랑하고 밤새도록 술잔을 나누고 정분을 나눌 수만 있다면야, 행복에 겨워 아무 생각도 없을 것이옵니다. 하지만 늘 그러셨듯이 취기가 돌면, 오늘밤도 눈 깜빡할 사이에 귀신처럼 휘익 사라지시겠지요."

"아! 그랬던기? 네기 억미살이 끼이있어 그린 짓인지, 취기가 돌면 도무지 답답해서 가만히 앉아있을 수가 없거든. 산이나 들로 야생마처럼 정신없이 뛰어다녀야 속이 후련해지니 어쩔 수가 없는 일이 아니겠는가? 월화! 그런 나를 좀 이해해 주게나."

그가 그녀에게 술 한 잔을 권하면서 미소를 짓는다.

그는 이미 술에 취해 몸을 제대로 가누지 못하는 월화를 요 위에 눕히고 이불을 덮어주었다. 그러고는 소리 없이 방문을 열고 밖으로 나갔다. 그는 바람처럼 춘흥관의 담을 훌쩍 뛰어넘어 어둠속을 내쳐달렸다.

햇살이 가득한 아침이었다. 대장간에서 요란한 망치질 소리가 들려온다. 벌겋게 달군 철판들을 큰 쇠망치로 얇게 두들겨서 다양한 연장들을 만들고 있는 사내들은 온몸에 땀을 줄줄 흘리고 있다. 그곳에서 뒷짐을 지고 서 있던 시랑을 보고 그의 형이 입을 열었다.

"시랑아! 구경만 하지 말고 좀 도와주면 안 되겠냐? 일손도 부족한데."

"형! 난 대장간의 일이 적성에 안 맞아. 이 고운 손으로 어떻게 대장간 일을 하냐고."

"그래, 너 같은 한량이 하기 싫은 일을 어떻게 할 수 있겠느냐? 넌 네가 좋아하는 그림이나 그려라. 사람마다 타고난 재능이 다른 걸 어찌할 수 없는 일이지. 그런데 넌 그동안 어디에 있었던 게냐? 가만히 따져보니 며칠 만에 네 얼굴을 보는 것 같구나."

그의 형이 일손을 멈추고 허리를 힘들게 펴면서 그를 쳐다본다.

"내가 하는 일이 좀 많아서 그래. 일이 잘 끝나면, 옛날처럼 형하고 물고기도 잡고 씨름도 해봅시다. 한성에서 제일 큰 기생집에도 우리 같이 가서 한번 크게 놀아보자고."

"너 기생집을 내 집처럼 드나든다고 소문이 자자하던데, 기생들 조심해라. 여자 하나 잘못 만나면 네 인생이 한방에 훅 가는 수가 있거든."

"알았어! 내 걱정은 말고 형이나 잘 해. 얼른 좋은 색시 만나서 혼인도 해야지. 그러다가 진짜 늙은 총각귀신이 되겠다."

"그러게 말이다. 좋은 색시 감이 있으면 네가 직접 중신을 서거라."

"알았어. 내가 한 번 제대로 알아볼 게. 반달 같은 눈썹에 앵두 같은 입술, 백옥 같은 피부에 아들을 쑥쑥 낳을 수 있는 풍만한 둔부를 가진 처자면 어떨까? 좋지? 그치?"

"이놈아! 내 주제에 그런 대단한 미색을 어떻게 얻겠느냐? 그저 얼굴은 평범하지만 곱고, 심성은 착하되 심지가 곧은 건강한 처자 정도면, 난 흡족해."

"어허! 그래도 장가는 가고 싶은 모양이네. 속으로 요것저것 따지고 나름대로 셈을 해둔 걸 보면."

"허면, 넌 마음에 둔 처자라도 따로 있는 게냐?"

"글쎄, 그건 나중에 말해 줄게. 아직은 아냐."

그는 대장간을 나와 집으로 발길을 돌렸다. 화가 난 얼굴로 모질게 야단을 칠 모친을 생각하니 가슴이 아려왔다. 늘 막내아들 때문에 속이 썩는 모친이라 마주 대할 때마다 미안한 마음뿐이었다.

그의 집은 한성에 있는 제법 큰 양반집 못지않게 넓은 마당이 있는 큰 기와집이었다. 대장간을 평생토록 지키던 부친은 일찍 세상을 떠났지만, 그의 모친은 아들 둘을 데리고 꿋꿋하게 살아왔던 것이다. 나이도 적은 편이 아니었지만, 젊은 사람처럼 허리가 꼿꼿했고 기력도 쇠하지 않고 정정했다. 그런대로 대장간 사업이 잘 풀려서인지 큰부잣집 못지않게 그럭저럭 부족함을 모르고 잘 살아가는 편이었다. 그가 대문을 가만히 열고 들어서자 대청마루에 장승처럼 서 있던 그의 모친이 실망한 얼굴로 길게 혀를 찬다.

"쯧쯧쯧! 시랑아! 넌 언제 철이 들 것이냐? 네 형의 반만이라도 좀 닮아 보거라. 어떻게 넌 그렇게 밥 먹듯이 외박을 하는 게냐? 나흘 동안이나 집을 떠나 행방이 묘연한데다가 찾을 길도 막막하여, 내가 얼마나 걱정을 했는지 알기나 하는 것이냐?"

그의 모친이 화가 난 듯 내뱉는 목소리가 대장간의 쇠망치소리처럼 허공을 내리쳤다.

"어머니 죄송합니다. 두 번 다시 이런 일은 없을 겁니다. 용서해 주십시오."

"용서는 무슨 용서! 네가 이런 적이 어디 하루 이틀이더냐? 대체 넌 어디서 무슨 짓을 하고 다니는 게냐?"

"서양그림을 배우느라고 이곳저곳 유명한 화가들을 찾아다니다가 그리된 것입니다. 넓은 아량으로 용서해주십시오."

"듣기 싫다! 한 번만 더 이런 일이 또 생긴다면, 그땐 널 내 아들로 여기지 않을 것이다. 알아들었느냐?"

"예! 잘 알았습니다. 이젠 아무리 힘들어도 가급적 집에서 잠을 잘 게요. 그래야 어머님의 마음도 편안하실 테니까요."

"헌데 밥은 먹은 게냐?"

"예."

"다음부턴 외박을 하려면 미리 내게 말을 해다오. 그래야 내가 밤새도록 네 걱정을 하지 않을 것이 아니냐. 난 너만 보면 가슴이 울렁거리고 어지러움 증이 생기는 것 같아 너무도 힘이 드는구나."

"죄송합니다. 앞으론 외박을 하기 전에 미리 말씀을 드릴 게요."

그는 고개를 절레절레 흔들면서 안방으로 들어가는 모친을 바라보면서 살았다는 듯이 비시시 웃음을 흘린다.

그는 자기 방으로 들어갔다. 언제나 아무도 없는 빈방이다. 하지만 그의 방 한쪽 구석에는 그가 만들어놓은 비밀장소가 하나 있다. 작은 장롱과 그 위에 쌓아놓은 짐들을 한쪽 구석으로 치우고 벽을 세게 손으로 밀면, 서너 사람 정도가 숨을 만한 제법 큰 공간이 나타난다. 그곳은 일 년이 넘도록 집안 식구들의 눈을 피해 가며 그가 만들어 놓은 비밀장소였다. 감쪽같이 동일한 벽지를 발라놓아서 그런 비밀장소가 벽 안쪽에 있을 거라고는 그 어느 누구도 눈치를 챌 수 없었던 것이다.

그 비밀장소 안에 그는 여러 벌의 옷과 은가면과 칼과 금궤와 은자들을 잔뜩 감추어놓았다. 집안사람들이 잠든 깊은 밤이 되면, 그 비밀스러운 공간에 숨겨두었던 은가면과 칼을 꺼내어들고 그는 몰래 외출을 하곤 했다. 그래서인지 집안식구들 중에서도 그의 정체를 아는 사람은 전무했다. 그의 형조차도 그곳에 그런 비밀스러운 공간이 있다는 걸 전혀 모르고 있었다.

시랑은 돋보기안경을 쓰고 독침을 장착한 은반지를 설계한 도면을 펼쳐보면서 하나씩 부속품을 조립해나갔다. 그것은 우연한 기회에 청나라 상인에게서 얻은 도면이었다. 사정거리는 한 보 정도로 짧지만 가까운 곳에서 적을 쓰러뜨릴 수 있는 반지형태의 비밀무기를 제조할 수 있는 도면이었다. 은반지를 낀 상태에서 엄지로 안전장치의 머리를 꾹 누르면 독이 묻은 가느다란 침이 튕겨나가 상대방의 목에 꽂히게 된다. 죽을 정도의 독은 아니지만 잠시 정신을 잃게 되는 소량의 독이 묻은 침이 발사되는 장치다.

그는 대장간에서 도면대로 부속품들을 만들어 조립을 했다. 그러고는 긴장한 얼굴로 엄지의 손톱 끝을 이용하여 은반지의 안전장치의 머리를 눌러 한지 위에 독침을 발사해봤다. 소리 없이 미세한 독침이 튕겨나가 한지에 정확히 꽂혔다. 성공이었다. 그는 한지에 꽂힌 독침을 눈여겨보면서 만족스러운 얼굴로 의미 있는 미소를 지어냈다.

짙은 어둠이 깔리자 그는 긴장한 얼굴로 은가면을 썼다. 그러고는 등에 칼을 메고 만물이 고요하게 잠든 밤에 아무도 몰래 방문을 스르르 열고 나오더니 어느새 담을 훌쩍 뛰어넘어 어둠속으로 다람쥐처럼 사라져갔다.

일본 공사관 안에는 미우라 공사와 요시무라와 자객들이 한 자리에 모여 있다. 미우라는 핼쑥한 얼굴로 수심이 가득한 눈빛을 감추지 못한다. 그는 한참 고개를 밑으로 숙이고 있다가, 별안간 두 눈을 치켜뜨고 냅다 고함을 쳤다.

"요시무라! 도대체 너는 어찌해서 그토록 대충대충 일처리를 하는 것이냐? 은가면이 화살에 맞아 죽었다더니, 어젯밤에 그놈이 내 집에 들어와 금궤를 몽땅 털어갔다. 애써 모은 내 금궤를 말이다. 한성에서 수십 채의 기와집들을 사고도 남을 만한 금궤를 도둑맞았는데, 네놈들은 그 시간에 대체 어디서 무엇을 하고 있었던 게냐?"

미우라는 호통을 치고 나서 한 손으로 자신의 뒷목을 잡았다. 흥분한 마음을 가라앉히고 심호흡을 깊이 하기 위해서였다. 뒷골이 띵하고 얼굴이 벌겋게 되도록 혈압이 오른 탓이었다. 나름대로 그는 화기를 씻어내려고 애를 썼지만 쉽지가 않은 모양이었다.

"그럴 리가 없습니다. 은가면은 분명히 제가 쏜 독화살을 등에 맞고 계곡 밑으로 굴러떨어져 죽었습니다. 저뿐만 아니라 제 수하들도 그걸 두 눈으로 똑똑히 봤습니다."

검은 옷을 입고 있는 요시무라가 날카로운 눈빛으로 미우라 공사를 쳐다보면서 말했다.

"허면, 또 다른 은가면이 내 집의 금궤를 훔쳐갔단 말이냐? 미친놈! 은가면은 죽지 않았어! 살아있는 게야! 무조건 그놈을 척살해서 그 목을 내게 가져오든지, 아니면 산채로 포박하여 끌고 오란 말이다!"

"하이!"

"앞으로 너희에게 열흘을 주겠다. 그 기간 안에 그놈을 잡아오지 못한다면, 요시무라가 그 대가를 받게 될 것이다."

"소인 요시무라! 반드시 은가면을 척살하여 그놈의 목을 바치겠습니다."

"만약, 실패하면 너는 일본으로 다시 돌아가게 될 것이다. 물론 네 오른팔 하나는 조선 땅에 남겨두어야 한다. 요시무라 그걸 약조할 수 있겠느냐?"

"요시무라의 명예를 걸고 그 약조를 반드시 지키겠습니다."

요시무라가 핏발이 선 눈으로 그를 바라보면서 대답을 했다. 힘 있게 말아 쥔 그의 주먹을 가슴에 댄 그의 눈에선 섬뜩할 정도로 매서운 살기가 뿜어져 나왔다.

건청궁의 비극

친일파의 수장이었던 김홍집이 고종을 알현하고자 강녕전으로 찾아왔다. 일단 고종의 마음을 진단해보고 일본인들 사이에 떠도는 기이한 소문을 은밀히 고하기 위해서였다.

"전하! 총리대신 김홍집이 전하를 알현하고자 합니다."

허리를 굽히고 서 있던 내관이 고종에게 아뢴다.

"어서 들라 하라."

고종이 무표정한 얼굴로 윤허를 내리고 그를 맞는다.

김홍집은 예를 갖추고 고종에게 공손하게 절을 했다.

"총리대신! 짐은 그대가 있어 마음이 든든하오. 하지만 이젠 일본인들이 기승을 부리지 못하도록 철저히 단속을 하고, 노서아와 손을 잡아서 일본인들에게 질질 끌려다니지 않는 견고한 조선을 만들어야 할 것이오."

"전하! 하오나 아직은 일본을 무시할 수 없는 입장이라서, 좀 더 상황을 지켜보신 후에 결정을 하셔도 늦지 않으실 거라 사료되옵니다."

"무슨 말씀을 그리 하시는 게요! 김홍집 총리대신이 일본 공사 미우라와 그리도 가깝다는 소문이 자자하던데, 그게 사실이었소? 조선의 왕실이 아니라 조선 땅을 삼키려는 일본을 위하여 목이라도 내놓겠다는 말씀이오?"

"전하! 아니옵니다. 소신이 어찌 조선을 버리고 일본의 앞잡이가 되겠습니까? 힘을 다하여 전하의 명을 받들겠나이다."

"허면 훈련대를 해산하고 그들을 시위대로 편입시키세요."

"그건 좀 곤란한 일입니다. 미우라 공사가 그 사실을 알게 되면, 가만히 보고만 있지는 않을 것이옵니다. 예상치 못한 큰 변란이 일어날 수도 있습니다."

"변란이라? 대체 그게 무슨 말이오?"

"미우라 공사는 전하께서 친일파 대신들을 내치시고 노서아파 대신들을 가까이 하신다는 것을 못마땅하게 여기고 심히 분개하고 있습니다."

"그래서요?"

"미우라 공사가 엉뚱한 기회를 엿보고 있다는 소문이 나돌고 있습니다. 아시다시피 그들은 중전마마를 못 마땅하게 여기고 있사온데, 세간에 떠도는 소문에 의하면……."

"지금 소문이라 하셨소?"

"그러하옵니다. 전하! 미우라 공사가 주도하는 세력들이 감히 중전마마를……. 차마 입에 담을 수 없는 불경스러운 소문이라, 더는 말씀드리기가 심히 난처하옵나이다."

김홍집의 얼굴빛이 별안간 잿빛으로 어두워졌다.

"뭐라! 하찮은 일본 공사 따위가 어찌하여 조선의 왕실을 제 발밑에 두고, 이래라 저래라 왕권에 도전하며, 주제넘게 참견 질을 한단 말이오? 게다가 일본의 칼끝을 왕실에 들이대고 협박까지 하다니! 이런! 쳐 죽일 왜놈들!"

고종의 얼굴이 붉어지더니, 별안간 탁상을 손바닥으로 호되게 내리치면서 언성을 높였다.

고종은 노서아와 손을 잡았으나, 이미 곳곳에 일본 공사 미우라가 심어놓은 수하들과 조선인들이 영향력을 행사하며 왕실의 목을 조이고 있었다. 일본 정부가 강대국인 노서아의 눈치를 어느 정도 보고는 있었지만, 이미 조선은 일본의 거대한 손아귀에 연약한 목을 잡힌 상태나 다름이 없었다. 청일전쟁에서 패배한 청나라는 날로 힘이 쇠약해져갔고, 일본은 교만한 얼굴로 고개를 쳐들고 긴 칼을 흔들며 보란 듯이 힘자랑을 하기에 여념이 없었다.

하지만 불행 중 다행으로 그러한 시기에 일본 정부는 강대국들의 눈치를 보느라고 일본 군사들을 다시 본국으로 철수토록 명했던 것이다. 중전은 그 틈새를 놓치지 않고 노서아를 끌어들이는 정책을 노골적으로 드러내면서, 친일파 인사들을 남김없이 쳐냈다. 미우라 공사의 전임자였던 이노우에는 일본에 있었지만, 이토 히로부미 총리에게 조선의 중전을 제거하기 위한 계략을 치밀하게 세워 낱낱이 보고했다. 이토 총리는 이노우에의 보고를 받고 고민을 하다가 결국 결단을 내렸다. 조선의 국모를 제거하되 반드시 일본 정부와 전혀 관계가 없는 사건으로 만들어야 한다는 명령을 하달했던 것이다. 그것이 바로 일명 '여우사냥'이었다.

　　이토 총리의 승낙을 받은 이노우에는 조선에 있는 신임 일본 공사 미우라에게 전보를 쳐서 곧바로 조선의 중전을 척살하라는 밀명을 내렸다. 조선에서 친일파 대신들이 내침을 당하고 일본 군사들이 밀려나게 된 까닭은 조선의 중전 때문이라고 여겼던 것이다. 그들은 조선의 중전이 노서아를 등에 업고 강력한 영향력을 조정에 미치고 있어서 그런 일들이 일어나게 되었다고 판단했다.

　　조선을 한입에 먹어치우려는 사악한 마음을 갖고 있었던 이노우에의 입장으로 보면, 조선의 중전이야말로 제일 먼저 제거되어야 할 커다란 거침돌과 같은 존재였다. 조선의 중전이 경복궁에 장승처럼 버티고 있는 한 일본 정부는 쉽사리 조선왕실을 무너뜨릴 수 없다고 여겼던 탓이다.

　　요시무라는 기생집 춘흥관에서 12명의 수하들을 모아놓고 술판을 벌이고 있었다. 그는 상다리가 부러질 만큼 푸짐한 음식들과 기름진 고기들을 주문하고 말술을 통으로 갖다놓았다. 여흥을 북 돋아 주기위하여 춘흥관에서 잘나가는 기생들도 모두 불러들였다. 그 안에는 월화를 비롯하여 십여 명의 기생들이 화려한 전통의상을 걸친 모습으로 각기 짝을 이루어 그들의 술시중을 들었다.

　　"오늘은 실컷 마시고 즐기는 날이다. 내가 오늘 큰마음을 먹고 한성에서 제일로 친다는 기생들도 불러들였다. 허니 그동안 몸에 쌓인 화기를 다 풀어내고, 아리따운 조선의 기녀들과 더불어 마음껏 놀아라. 단, 내일부터는 죽을 각오로 일을 해야 한다. 우리들은 생사가 달린 추적을 시작하게 될 것이다. 은가면을 열흘 안에 잡지 못하면 우리들은 죽은 목숨이나 다름이 없다."

　　요시무라가 어두운 얼굴로 말했다.

"요시무라상! 은가면을 열흘 안에 잡는다는 건 좀 어렵지 않겠습니까? 아시다시피 그놈의 실력이 대단하지 않습니까? 헌데 열흘이라니."

수하들 중에 하나가 못마땅한 표정으로 불만을 쏟아놓았다.

"뭐 그렇다고 기죽을 필요는 없다. 내가 누구냐? 일본 최고의 사무라이다. 게다가 너희는 일당백의 실력을 가진 고수들이 아닌가. 하찮은 조선의 은가면 따위는 이미 우리 손에 잡힌 거나 다름이 없으니, 아무 염려도 하지 말거라. 하하하!"

요시무라가 옅은 미소를 머금고 있는 월화의 어깨를 힘껏 끌어안으며 호탕하게 웃는다.

월화가 그에게 아양을 떨며 술 한 잔을 따라서 건네준다. 그녀는 은가면을 잡겠다고 우쭐거리는 요시무라를 보면서 속으로 한껏 비웃었다. 조선의 의적 은가면이 일본 자객들에게 잡히는 일은 결단코 없을 거라고 여기며 은근히 눈을 치켜떴다.

"무슨 수로 그토록 신출귀몰하는 은가면을 잡으시려는 겝니까? 그리 호락호락한 일은 아닐 것 같은데요."

그녀가 속마음을 감추고 요시무라에게 물어봤다.

그에게서 새로운 정보라도 얻어 보겠다는 의도가 담긴 물음이었다. 하지만 그는 기분이 상했다는 듯 그녀를 힐끔 흘겨보더니, 사발에 술을 가득 따라 벌컥벌컥 들이켰다. 그는 술 한 사발을 단숨에 마시고나서 빈 사발을 상 위에 거칠게 내려놓았다. '탁―' 하고 상 위에서 요란한 소리가 났다.

그의 두 눈에선 이글이글거리는 불꽃이 튀었다. 무슨 생각이 들었는지 요시무라는 빈 접시 여섯 개를 가져오라고 한 후에 그것을 수하들의 앞에 정확히 '타다다닥-' 던져 놓았다. 그러고는 삶지 않은 커다란 고기 덩어리를 주문했다. 월화가 건네준 고기 덩어리를 그는 허공에 높이 던졌다. 그 순간 실내에는 정적이 감돌았다. 그는 번개처럼 옆에 놓아둔 장검을 뽑아 공중에서 그 고기 덩어리를 여섯 조각으로 잘라 여섯 개의 빈 접시 안으로 떨어뜨렸다. 기생들은 비명을 지르다가 웃음이 섞인 경악의 박수를 쳤고, 수하들은 입을 다물지 못한 채 그의 실력에 감탄하여 '아-' 하고 탄성을 흘려냈다. 그야말로 무시무시하고 소름이 돋을 만큼, 빈틈 하나 찾아볼 수 없는 정확한 칼솜씨였다. 그는 손에 든 칼을 다시 칼집에 꽂고는 빈 잔을 월화에게 내밀며 술을 따르라고 했다. 그녀가 몹시 긴장한 얼굴로 그의 술잔에 술을 따르며 요시무라의 살기 어린 눈동자를 바라보고는 몸서리를 쳤다.

그 다음 날 깊은 밤이었다. 일본 공사관 안에는 50명에 가까운 낭인들이 모여 있었다. 몹시 긴장을 한 상태라 그런 건지 알 수 없는 냉기가 감도는 썰렁한 분위기가 이어지고 있었다. 그들 가운데에는 권총을 휴대한 자도 있었고 긴 칼을 잡고 있는 자들도 눈에 띄었다. 그들 앞쪽에는 검은 옷을 입은 요시무라와 자객들이 등에 칼을 메고 꼿꼿한 자세로 앉아있었다. 단상 앞으로 무관 오카모토가 올라갔다. 그는 미우라 공사의 전보를 받고 인천에서 한성으로 일본 군사 2개 중대를 이끌고 달려왔던 것이다. 그는 매서운 눈빛으로 사방을 둘러보더니 이윽고 카랑카랑한 목소리로 입을 열었다.

"오늘 내가 여러분들을 이곳에 모이게 한 것은, 미우라 공사께서 명하신 여우사냥이 바로 내일 이른 새벽에 시작된다는 것을 알려주기 위함입니다. 사실 우리의 계획이 이틀 정도 앞당겨졌습니다. 정보가 누설된 것 같아서 날짜를 바꾼 것입니다. 이제 우리는 죽음을 각오하고 사무라이 정신으로 천황폐하와 대일본제국을 위하여 정의로운 칼을 들어야 합니다. 우리의 앞을 막는 자들은 신분고하를 막론하고 제거해도 괜찮습니다. 총을 쏘든지 칼을 쓰든지 상관없습니다. 일본 군사와 조선의 훈련대가 우리와 함께 하게 될 것입니다. 조선의 국모를 죽이지 못하면 우리는 한 사람도 살아남을 수 없습니다. 허나 여우사냥에 성공하면 우리는 천황폐하의 훈장을 받고 일본의 영웅이 되어 역사 속에서 영원한 빛을 발하는 애국자가 될 것입니다.”

오카모토가 피를 토하듯 일장연설을 하고는, 커다란 한지 위에 먹물로 그린 경복궁의 지도를 활짝 펼쳐서 한쪽 벽에 걸어놓고 지휘봉으로 건물들을 하나씩 짚어가며 광화문에서 북쪽에 있는 건청궁으로 들어가는 길을 그들에게 반복하여 가르쳐주었다. 혹시 노서아나 미국 같은 대국에서 온 외국인들을 만나면 겁은 주되 절대로 손을 대지 말라고 명했다. 조선 내부의 문제를 노서아나 미국 같은 나라에 굳이 알릴 필요가 없다고 하면서 마른기침을 두어 번 했다. 그곳에 모인 일본인들은 기립박수를 치면서 천황폐하 만세를 외쳤다.

흥분을 한 모양인지 그들의 눈빛이 먹이를 앞에 놓고 서로 침을 흘리면서 싸우는 들짐승들처럼 사납게만 보였다. 온통 그들의 얼굴에서 이상한 광기가 흘러넘쳤다. 그들은 세 패로 나뉘어졌다. 한 패는 파성관으로 갔고 다른 한 패는 한성신보사로 갔다. 그리고 그 나머지 낭인들은 일본 공사관에서 그대로 대기했다. 그들은 독한 일본 술을 마시고 조선국모시해사건을 저지르기 위하여 피를 부르는 새벽이 오기만을 기다렸다.

오카모토는 요시무라에게 뭔가를 지시하고 황급히 자리를 떴다. 아소정에 있는 대원군을 가마에 태워서 경복궁으로 데리고 오라는 미우라의 지시를 실행에 옮기기 위해서였다. 오카모토는 빈 가마 하나를 준비해서 일본 군사 수십 명을 이끌고 공덕리 아소정으로 달려갔다. 무슨 일이 있어도 죽음을 각오하고 대원군을 납치하여 강녕전에 갖다놓지 않으면 안 된다는 미우라 공사의 엄명이 떨어진 상태라 잠시도 긴장감을 늦출 수가 없었던 것이다. 조선국모 시해의 주범은 미우라 공사가 아니라 대원군이라고 뒤집어씌우려는 미우라 공사의 악랄한 계획이 단계적으로 소리 없이 진행되고 있었다.

늦은 밤이었다. 가을이 무르익어 가는 도중이었지만, 그래도 밤엔 바람이 차갑다. 숲 속에서 불어오는 바람이 등골을 서늘하게 자극한다. 그는 은가면을 쓰고 산 속으로 달려갔다. 마치 말이 달리듯이 놀랍도록 빠른 속도였다. '횡– 횡–' 하고 바람소리를 내면서 그가 산 속을 달린다. 잠을 자던 다람쥐나 노루 같은 야생짐승들이 놀라서 고개를 쳐들고 귀를 쫑긋거린다.

그가 발걸음을 멈춘 곳은 허름한 초가 앞이었다. 그때까지도 환하게 호롱불을 켜놓은 집이었다. 불빛에 비친 그림자가 흔들리는가 싶더니 귀에 익은 도인의 헛기침소리가 문밖으로 새어나온다.

"시랑이냐?"

"예! 스승님!"

그가 대답을 했다.

"들어오너라."

"오랜만에 너를 보게 되었구나. 그동안 어찌 지냈느냐?"

어깨까지 내려오는 긴 머리에 검은 수염을 보기 좋을 정도로 기른 도인이 맑은 눈빛으로 그를 주시했다.

"스승님! 명하신 일을 아직 끝내지 못했습니다."

"시간이 없다. 먹구름이 푸른 하늘을 가리고 있구나. 이제 조선 땅이 풍전등화의 위기에 놓여 있는 형국이니, 참으로 큰일이 아닐 수 없다. 굶주린 늑대가 조선을 삼키려고 이빨을 드러냈다. 요망한 늑대가 국모의 목을 물어뜯기 전에 미리 막아야 한다."

"제 생명을 걸고 그 일을 반드시 성취할 것이옵니다."

"자, 받아라! 이것은 국모께서 하사하신 증표니라. 마마께서 가장 아끼시는 물건이라 하셨다. 귀한 것이니 잘 간수토록 하여라. 내가 마마를 대신해서 네게 주는 것이다. 이젠 네 손에 조선의 미래가 달렸구나."

그의 스승은 품속에서 은장도를 꺼내어 그에게 건네주었다. 푸른 여의주를 물고 있는 용의 형상이 섬세하게 조각된 은장도였다.

"마마! 황공하옵니다. 제가 부족하기 이를 데 없사오나 대업을 이루기 위하여 제 생명도 아끼지 않고 바칠 것이옵니다."

그는 자리에서 일어나 경복궁이 있는 쪽을 향하여 큰절을 하고 떨리는 두 손으로 은장도를 경건하게 받는다. 조선을 단숨에 집어 삼키려는 일본의 야망을 등에 업고 칼을 갈고 있는 미우라 공사를 속히 제거하지 않는다면, 중전이 위험해진다. 그녀의 생명이 한 치 앞도 내다볼 수 없는 위기에 처해있다는 걸 뼈저리게 느끼고 있었던 터라, 그는 비장한 각오로 어금니를 앙다물었다.

이미 일본인들 사이에는 일본 공사 미우라가 비밀리에 조선의 국모를 해치려는 끔찍한 계획을 갖고 있다는 소문이 은밀하게 떠돌았다. 미우라가 손을 쓰기 전에 먼저 그의 숨통을 끊어야 한다는 것이 스승의 생각이었다. 만에 하나 미우라 일당에 의하여 국모가 시해 된다면 국가적으로 감당할 수 없는 일이 생길 거라고 여겼다. 그 즉 시 거대한 일본 세력이 손을 뻗어 조선의 심장을 단숨에 움켜쥐게 될 것이 뻔했다.

조선이 하루아침에 일본의 밥으로 전락될지도 모른다는 불안감 이 그의 머릿속을 쉼 없이 맴돌았다. 초비상사태였다. 한시가 급했 다. 스승의 말에 의하면 조선의 미래가 경각에 달려있다고 했다. 잠 시라도 지체할 수 없다는 긴박한 상황이 그를 더욱 긴장시켰다.

"어떤 위험이 있어도 넌 조선을 위하여 대업을 완수해야 한다. 그 일은 내일 새벽을 넘겨선 결코 안 된다."

도인이 던진 말이 비수처럼 그의 뇌리를 깊숙이 파고들었다.

칠흑처럼 어둠이 깔린 새벽 3시경이었다. 그는 검은 옷을 입고 깃털처럼 가볍게 일본 공사관의 담을 훌쩍 뛰어넘었다. 발뒤꿈치를 살짝 들고 도둑고양이처럼 소리 없이 조심스럽게 걸으며, 그는 공 사관의 창문을 따고 안으로 침입했다.

경비병으로 보이는 서너 명의 일본 군사들과 마주치게 되자 그 는 탁월한 권법으로 삽시간에 그들을 때려눕히고 미우라 공사가 있는 방 안으로 들어갔다. 두렵고 불안한 마음을 가라앉히려는 듯 미우라 공사는 불상 앞에 단정한 모습으로 앉아 있었다. 그는 미우 라 공사의 곁으로 살금살금 다가갔다. 인기척이 느껴져서인지 깊 은 신음을 내던 미우라가 별안간 감았던 눈을 번쩍 뜨고 고개를 뒤 로 돌렸다.

"넌 누구냐?"

미우라 공사가 칼을 들고 서 있는 그를 보고 소스라치게 놀라 본능적으로 벌떡 일어나 뒷걸음질을 쳤다.

"난 은가면이다. 탐관오리들을 처단하는 저승사자이기도 하지. 나를 원망하지는 말거라. 조선을 능멸하고 훔치려는 야수를 보고만 있을 수가 없어서, 이렇게 찾아왔을 뿐이니까."

"네 놈이 조선의 대도 은가면이구나. 하지만 그렇게 맥없이 저승길을 갈 미우라가 아니라는 걸 보여주지. 은가면! 죽기 싫으면 칼을 바닥에 내려놓고 양손을 위로 높이 올려라! 흐흐흐!"

미우라는 허리춤에 숨겨두었던 권총을 잽싸게 꺼내어 그의 가슴을 겨누었다.

'……'

은가면은 어쩔 수가 없다는 듯 미우라를 노려보다가 칼을 바닥에 가만히 내려놓고 양손을 위로 들었다.

"은가면! 네가 한발 늦었다. 설령, 나를 죽이고 용케 경복궁 안으로 들어간다고 쳐도, 아무런 소용이 없을 게다. 아쉽게도 조선의 국모는 내가 보낸 자객들의 칼에 맞아 저세상 사람이 되어있을 테니까. 흐흐흐."

미우라가 그를 비웃으며 권총의 방아쇠를 당기려고 했다.

그는 미우라의 눈동자를 주시하면서 왼쪽 약지에 낀 은반지 위에 엄지를 살짝 옮겨놓았다. 그리고는 왼쪽 엄지손톱의 끝으로 은반지를 더듬다가 안전장치의 머리를 꾹 눌렀다. 그 순간이었다. 강한 용수철이 튕겨나가면서 작은 독침이 미우라의 목에 정확히 꽂혔다. 한쪽 손으로 목을 감싸면서 미우라가 비틀거리자 그는 손날로 미우라의 권총을 강하게 쳐냈다. 그와 동시에 주먹으로 그의 얼굴을 연타로 가격하고 우측 팔꿈치로 관자놀이를 돌려쳤다. 미우라는 외마디 비명소리조차도 내지 못하고 피투성이가 된 채 그대로 쓰러졌다.

그가 바닥에 내려놓은 칼을 다시 들고 미우라의 목을 단숨에 내려치려고 할 때였다. 삽시간에 일본 군사들이 총을 들고 그 방으로 들어와 사격을 하려고 하자, 은가면은 몸을 회전시켜 창문으로 튀어나가면서 날쌔게 단검을 뽑아 미우라에게 던졌다. 그 단검은 비틀거리며 일어서려는 미우라의 왼쪽 팔에 꽂혔다. 그는 외마디 비명을 지르고 다시 바닥으로 쓰러졌다.

"분하다! 미우라! 오늘은 내가 실패했지만, 다음 기회엔 반드시 대업을 이룰 것이다."

그가 좁은 복도로 내쳐 달리면서 중얼거렸다.

그때였다. 그를 뒤따라 나온 일본 군사들이 소총을 들고 우르르 몰려왔다. 한 차례 요란한 총성이 울리면서 그의 옆으로 '피융— 피융—' 하고 총알이 날아가는 소리가 계속 들려왔다. 그는 날렵한 살쾡이처럼 몸을 숙인 채 어둠을 타고 민첩하게 달아났다. 앞쪽에 소총을 들고 나타난 일본 군사들이 은가면을 보고 움찔하는 순간이었다. 그는 새처럼 허공으로 날아가 괴력이 실린 발차기로 그들의 목과 머리와 가슴팍을 가격하여 쓰러뜨렸다. 일순간에 그는 월담을 한 후, 다른 건물의 지붕을 넘고, 높은 벽을 타면서 바람처럼 사라졌다. 수십 명의 일본 군사들이 달려와 총질을 해댔지만, 이미 그는 어디론가 어둠속으로 종적을 감춘 후였다.

"어서 빨리 은가면을 잡아! 그놈을 놓치면 안 된다."

미우라 공사가 팔에 꽂힌 단검을 뽑아내고 흰 천으로 급하게 지혈을 하면서 주변에 있는 서너 명의 일본 군사들에게 냅다 소리를 질러댔다. 그들은 미우라의 불호령이 떨어지자 ‘하이.’ 하고 대답을 하고 문 밖으로 숨을 헐떡이며 뛰어나갔다.

아소정 안으로 난입한 자객들은 길을 막는 대원군의 하인들을 손과 발로 가격하여 단숨에 쓰러뜨렸다. 일본 군사들이 그들을 한쪽으로 몰아세우고 꼼짝 못하게 묶어놓았다. 그러고는 오카모토가 대원군이 있는 방 안으로 들어갔다. 대원군은 두 눈에 살기를 띠고 오카모토를 노려봤다. 이미 그들이 올 줄 알았다는 듯 대원군은 술상을 차려놓고, 혼자 술을 마시고 있었다.

“대원위 합하! 무관 오카모토입니다.”

“저번엔 미우라 공사가 와서 말도 안 되는 소릴 지껄이고 가더니, 이번엔 자네가 온 것인가? 나를 설득해보려고?”

대원군이 술 한 잔을 따라 마시면서 느긋한 목소리로 묻는다.

“지금 대원위 합하를 강녕전으로 모시려고 제가 온 것입니다.”

“강녕전이라니? 캄캄한 새벽에 내가 왜 그곳을 가야 한단 말인가?”

대원군이 시치미를 떼고 그에게 호통을 친다.

“미우라 공사님의 명이십니다. 지금 제가 대원위 합하를 모시고 가지 않으면 안 됩니다.”

“뭐라? 미우라 공사가 조선의 국왕이라도 된단 말이냐? 어찌하여 나를 이런 새벽에 강녕전으로 끌고 가려는 것인가?”

“대원위 합하! 오늘 아침 해가 떠오르게 되면, 신조선이 탄생될 것입니다. 앞으로 신조선을 이끌어 가실 분은 오직 합하뿐이십니다.”

“신조선이라? 그게 무슨 말도 안 되는 미친 헛소리냐? 조선의 국왕이 시퍼렇게 살아있거늘, 나를 역모의 괴수로 만들어 죽일 작정이냐? 천하에 고얀 놈들!"

대원군이 고래고래 소리를 질러댔다.

"대원위 합하! 그렇게 생각하시면 아니 되옵니다. 이것이 모두 조선의 미래와 개혁을 위한 일이옵니다."

"조선의 개혁이라? 일단, 술잔이나 나누면서 차분하게 애기를 나눠보자."

대원군은 일부러 시간을 끌려는 듯 길게 한숨을 내쉬면서 침묵을 지켰다. 아무래도 오카모토의 눈빛을 보니 그대로 돌아갈 자가 아니라는 느낌이 들어서였다. 분명히 자신을 결박해서라도 강녕전에 갖다놓을 것이 뻔했다.

위기를 넘길 수 있는 방법은 하나뿐이었다. 시간을 질질 끌다보면 날이 훤하게 밝게 될 것이고, 그러면 궁궐을 드나드는 외국 공사들이 두려워서라도 미우라가 계획한 여우사냥을 포기하게 될지도 모른다는 한 가닥 희망을 붙들고 있었던 노인이 대원군이었다.

대원군은 느린 동작으로 빈 잔을 오카모토에게 건네주고 천천히 술을 따랐다. 그가 두 손으로 대원군의 술잔을 받아 마시고 조심스럽게 눈치를 살폈다. 이미 그의 눈동자에 수심이 가득한 것을 예리한 시선으로 읽어낸 오카모토는 정신이 번쩍 들었다. 모든 것을 알고 있으면서도 조금도 내색을 하지 않은 채 대원군이 시간을 끌고 있다는 것을 오카모토가 알아차렸던 것이다. 그는 마음속으로 결단을 내려야만 했다. 강제로 대원군을 가마에 태우고 강녕전으로 끌고 가지 않으면 계획에 큰 차질이 생길 거라는 안 좋은 예감이 뇌리를 스쳤다.

"합하! 용서하십시오. 지금 강녕전으로 모시고 가야 하는데, 달리

방법이 없는 것 같습니다.”

　오카모토가 정중히 고개를 숙여 인사를 하고 자리에서 일어나 문 밖에 있는 수하들에게 손짓을 했다. 시간이 없으니 속히 끌고 나가라는 뜻이었다. 시간이 지체되어 날이라도 훤하게 밝게 되면, 모든 계획이 수포로 돌아갈 수밖에 없는 긴박한 상황이라, 오카모토는 속이 타고 마음도 조급해졌다. 생사의 갈림길에 자신이 서 있다는 느낌이 들었다. 아차 하면 모두 죽음의 길을 갈 수밖에 없다는 불길한 생각이 뼛속까지 스며들었다.

　오카모토의 얼굴이 심하게 일그러지자 일본 군사들이 방 안으로 들어가 대원군의 양팔을 단단히 붙들고 밖으로 매몰차게 끌고 나왔다. 아무리 버둥거리고 애를 써봤지만, 소용이 없었다. 이미 늙은 몸이라 젊은 일본 군사들을 물리칠 힘이 없음을 한탄하면서 대원군은 거칠게 숨소리를 토해냈다. 아무리 힘을 쓰며 몸부림을 쳐봤지만, 이내 다리가 풀려 몸이 휘청거릴 뿐이었다.

　“네 이놈들! 지금 내 집에서 감히 무슨 짓거리를 하는 게냐?”

　대원군이 눈을 부릅뜨면서 일본 군사들에게 소리를 질렀다.

　“대원위 합하! 저희들은 미우라 공사의 지시대로 움직이는 수하들입니다. 여우같은 중전을 경복궁에서 끌어내고, 다시 합하의 시대를 열어드릴 것이옵니다. 저희들이 시키는 대로 하시지요.”

　오카모토가 흉악한 눈빛으로 대원군을 조소했다.

　“이놈들! 나랏법을 무시하고 기어코 천벌을 받으려는 게냐? 너희가 지금 국모를 시해하고 조선을 한 손에 움켜쥐겠다는 것이 아니냐?”

　대원군이 오카모토에게 냅다 고함을 치면서 침을 튀겼다.

"노서아와 손을 잡은 중전에게 손발이 묶여 개죽음을 당하시렵니까? 그렇게 되기 전에, 미우라 공사의 도움을 받으신다면, 상황이 전혀 달라지겠지요. 그리되면 합하께서 죽임을 당하시는 것이 아니라, 오히려 조선인들이 감히 우러러 볼 수 없는 큰자리 하나를 꿰차게 될 것입니다. 안 그렇습니까?"

오카모토가 귓속말로 대원군에게 속삭인다.

"이건 있을 수가 없는 일이다! 네놈들이 나를 국모를 시해한 주범으로 삼으려는 술책인가본데, 그럴 수는 없는 일이다."

"거저 주는 떡이나 맛있게 드시고 허기를 면하시는 게, 이곳에서 생명을 잃는 일보단 더욱 가치가 있을 겁니다. 안 그렇습니까? 합하!"

눈을 감은 채 한 손으로 이마를 잡고 침묵을 지키는 대원군을 번들거리는 눈빛으로 주시하던 오카모토는 가마의 창문을 닫고 부하들에게 출발하라고 명령을 내렸다. 그들은 대원군을 태운 가마를 호위하며 어둠을 뚫고 경복궁으로 향했다.

"이런 짐승 같은 놈들! 총칼의 힘으로 네놈들이 오백년의 역사를 가진 조선을 한입에 삼키겠다는 게냐? 중전! 노서아와 손을 잡고 일본을 견제하려다가, 오히려 조선을 송두리째 일본의 먹이로 내어주게 되었으니 이를 어쩐단 말이오. 돌이켜보니 모든 게 내 불찰이었소. 내가 일찍 권좌에서 물러나 중전을 도왔다면 이런 끔찍한 망국의 설움을 맛보진 않았을 터인데! 이젠 나도 늙어서 힘이 없게 되었으니 어찌할 수가 없소. 중전! 그동안 애를 많이도 쓰셨는데."

대원군은 눈시울을 적시며 가마 안에서 홀로 땅이 꺼져라 한숨을 내쉰다. 그는 며느리와 정치적인 싸움을 했던 지난날들의 삶을 진심으로 후회하고 있었다.

어둠이 짙게 깔린 이른 새벽이었다. 오카모토는 대원군을 태운 가마를 앞세웠다. 그는 일본 군사들과 우범선이 이끄는 훈련대 군사들을 이끌고 광화문 앞으로 갔다. 그의 군사들이 경복궁 안으로 진입하려고 하자, 그들을 가로막는 일부 시위대 군사들과 그곳에서 총격전이 벌어졌다. 성문을 지키던 시위대 군사들은 예상치 못한 다급한 상황이 벌어진 것을 깨닫고 잔뜩 겁을 집어먹었다. 수적으로 보나 험악한 분위기로 볼 때 도저히 승산이 없다고 여겼던 것이다.

시위대 군사들은 일단 생명을 보존하기 위하여 미친 듯이 총칼을 버리고 군복까지 벗어던지며 경복궁의 담을 뛰어넘어 달아났다. 실제로 300명 정도 되었던 시위대 군사들이 거의 다 도망을 쳤다. 그들은 일본 군사들과 맞서 싸우는 것은 죽음을 자초하는 미련한 일이라 여기고, 자신들의 생명을 보존하기 위하여 모든 것을 포기하고 말았던 것이다.

오카모토 일당들은 큰 어려움 없이 광화문을 통과하여 경복궁 안으로 진입했다. 칼을 빼어 든 자객들을 가로 막으려고 일부 시위대 군사들이 나타나자 뒤에 배치되어 있던 일본 군사들이 소총으로 조준사격을 했다. 어둠을 가르는 불빛과 요란한 총성이 새벽하늘을 뒤흔들었다. 시위대 군사들은 삽시간에 썩은 짚단처럼 우르르 쓰러져버렸다. 그나마 소수 남아있던 용맹스러운 시위대 군사들도 패배가 분명해지자 뒤도 돌아보지 않고 어디론가 도망치기에 바빴다. 훈련이 제대로 안 된 시위대 군사들이라 오카모토 일당들과 맞설만한 능력이 없었던 것이다.

건청궁을 지키려는 일부 시위대 군사들이 검을 빼어들고 오카모토에게 달려오자, 자객들을 데리고 나타난 요시무라가 재빠르게 다가서며 그들을 남김없이 베었다. 칼날이 번뜩일 때마다 시위대 군사들은 피를 흘리며 바닥으로 꼬꾸라졌다. 요시무라는 긴 칼을 한 손에 들고 수하들과 함께 중전이 있는 건청궁을 급습했다.

훈련대 연대장이었던 홍계훈은 칼을 뽑아들고 일본 군사들을 막았다. 전후좌우로 돌며 그의 칼이 허공을 가를 때마다 일본 군사들이 피를 흘리며 쓰러졌다. 십여 명이 넘는 일본 군사들이 썩은 짚단처럼 베임을 당하자 요시무라가 오카모토에게 묻는다.

"저자는 누굽니까? 검을 다루는 솜씨가 조선인치고 제법입니다."

"훈련대 연대장인 홍계훈이란 자다. 훈련대 소속이지만 실제론 중전의 호위무사와 같은 놈이지. 네가 베어라."

"하이!"

요시무라가 홍계훈 앞으로 천천히 다가서더니 바람소리를 일으키며 전광석화와 같은 속도로 허공으로 치솟으며 칼춤을 추었다. 그의 칼을 어렵게 받아내던 홍계훈이 강한 기합소리를 내며 요시무라의 가슴을 향해 매섭게 칼끝을 날렸다. 그의 칼에 요시무라의 옷깃이 길게 잘라져나갔다. 너덜거리는 자신의 옷깃을 보고 요시무라가 당황하자 다른 자객들이 일제히 달려들어 홍계훈의 가슴과 등에 일본도로 대각선을 그렸다. 홍계훈은 서너 차례 자객들의 칼을 받아냈으나 결국 일본고수들을 이기지 못하고 패하고 말았다.

홍계훈이 칼에 찔려 피를 쏟으며 한쪽 무릎을 꿇자, 요시무라는 그를 단칼에 베고는 '놀라운 일이다. 조선 땅에 이처럼 대단한 실력을 가진 무인이 있을 줄은 몰랐다.' 하고 홀로 중얼거리면서 홍계훈의 죽음을 기억해두려는 듯 경외감이 어린 얼굴로 두 눈을 부릅떴다.

"요시무라! 사소한 감정에 사로잡힐 때가 아니다. 어서 중전을 찾아내야 한다!"

오카모토가 가쁜 숨을 헐떡이는 그에게 외쳤다.

그들은 경복궁 북쪽에 있는 건청궁 안으로 허기진 들개들처럼 떼를 지어 우르르 들어갔다. 요시무라 일당들을 막는 시위대 군사들은 자객들의 칼날에 맞아 밑둥이 잘려나간 풀잎처럼 맥없이 바닥에 눕혀졌다.

먼저 고종이 거하고 있는 장안당으로 들어간 요시무라가 고종을 쳐다봤다. 급작스럽게 들이닥친 일본 자객들을 바라보면서 고종은 가슴이 철렁 내려앉았다. 말로만 듣던 자객들이 시퍼런 칼을 뽑아들고 장안당까지 들어올 줄은 미처 상상치 못한 일이었다. 일본 공사가 주도하는 중전시해음모를 보고받았지만, 설마 그들이 야수처럼 칼을 들고 국왕이 거하는 자리까지 들어올 줄은 몰랐던 것이다. 고종은 떨리는 가슴을 억제하면서 자리에서 벌떡 일어나서 그들을 노려봤다. 하지만 고종의 다리가 휘청거렸다. 여차하면 조선의 국왕도 단칼에 베어버리겠다는 광기가 그들의 얼굴을 뒤덮고 있었다. 그들의 입에선 역겨운 술 냄새가 풀풀 났고, 눈동자엔 하나같이 미친 야수와 같은 독기가 서려있었다.

"대군주전하! 중전마마는 어디에 계십니까?"

요시무라가 살기를 감춘 징그러운 눈빛으로 묻는다.

"여기가 어딘 줄 알고 감히 왜인들이 칼을 뽑아들고 설치는가? 당장 물러가지 못하겠는가?"

고종이 목에 힘줄이 설 만큼 큰 목소리로 악을 썼지만, 넓적다리가 녹아버릴 것만 같은 두려움으로 온몸이 후들후들 떨려왔다.

요시무라가 히죽거리는 얼굴로 고종을 매섭게 노려보고 날카로운 칼끝을 고종의 목에 댔다. 그는 자리에 조용히 앉아있으라고 손짓을 하며 고종에게 겁을 주었다. 금방이라도 시퍼런 칼로 해코지를 할 것만 같은 기세라 고종은 하는 수 없이 입을 다물고 그의 말에 따르려고 했다. 벌렁거리는 심장의 고동소리가 고막까지 들려왔다. 그때였다. 놀란 고종의 얼굴이 잿빛으로 어두워졌다. 겁에 질린 울음소리를 내며 벌벌 떠는 세자를 요시무라가 비웃는 얼굴로 잠시 바라보더니, 칼집으로 세게 머리를 쳐서 바닥으로 쓰러뜨렸다. 세자가 칼집에 맞아 기절을 하자 궁녀들이 비명을 지르면서 달려가 그 앞에 엎드려 울음을 터뜨렸다.

그들은 장안당을 나와 여기저기 쑤시고 다니며 중전을 찾아내려고 애를 썼다. 요시무라는 곤녕합 옥호루로 들어갔다. 그곳은 중전의 침실이었다. 이미 중전은 상궁 옷으로 갈아입고 궁녀들 가운데 섞여 있었다. 시치미를 떼고 궁녀들 틈에 앉아 있는 중전의 얼굴엔 불안한 기색이 역력했다.

"너희 중에 누가 중전인가? 어서 실토하라!"

요시무라가 고개를 숙인 채 앉아있는 십여 명의 궁녀들을 향하여 소름이 끼치는 목소리로 으름장을 놓았다.

"이곳엔 중전마마가 안 계시느니라. 중전마마는 이미 궁궐 밖으로 나가셨다. 이곳엔 상궁과 궁녀들만 있으니, 어서 칼을 거두고 돌아가거라!"

나이가 든 제조상궁이 자리에서 벌떡 일어나 신경질적인 목소리로 그를 보고 야단을 치듯 대들었다.

"중전! 좋은 말을 할 때 어서 나오너라! 정 안 나온다면 하는 수 없지!"

요시무라가 그들을 노려보고 있는 제조상궁의 가슴을 긴 칼로 단숨에 베었다. 제조상궁이 피를 쏟으며 힘없이 쓰러지자 젊은 궁녀들이 경악하여 미친 듯이 비명을 질러댔다. 심약한 궁녀들은 신기가 내린 무녀처럼 바들바들 떨며 눈에 초점을 잃어갔다.

"내가 중전이다."

또 다른 젊은 궁녀 하나가 격한 감정을 추스르지 못하고 제자리에서 일어나 떨리는 목소리로 요시무라를 날카롭게 쏘아보며 부르짖었다.

요시무라는 그녀의 가슴을 칼로 찔렀다. 피가 그의 얼굴에 튀었지만 입가에 묻은 핏방울을 손등으로 닦아냈다. 그러고는 짐승처럼 혀끝으로 그것을 핥아먹으며 소름이 끼칠 정도로 징그럽게 웃는다. 그의 얼굴은 이미 사람이 아니었다.

"이것들이 죽기를 각오하고 중전을 감싸고 있어! 더는 볼 거 없다. 이 계집들을 남김없이 다 죽여 버려라!"

요시무라가 악독이 가득한 목소리로 자객들에게 명령을 내렸다.

그의 뒤에 서 있던 자객들이 도끼눈을 뜨고 번뜩이는 칼을 쳐든 채 궁녀들을 향하여 성큼성큼 다가올 때였다.

"내가 조선의 왕비다. 나를 죽이고 다른 궁녀들에겐 손을 대지 말거라."

천천히 자리에서 일어선 중전은 피눈물이 고인 얼굴로 요시무라를 뚫어져라 바라본다.

"요시! 네가 진짜 중전이란 말인가? 너무 젊어 보이긴 하지만 그래도 확인을 해봐야지."

요시무라가 품 안에 숨겨두었던 중전의 초상화를 꺼내어 펼쳐들고 유심히 비교해보더니 틀림이 없다는 듯 고개를 아래위로 끄덕인다.

"네 이놈들! 여기가 감히 어디라고 함부로 일본도를 빼어들고 설쳐대는 게냐? 이곳은 조선의 궁궐이다. 너희 일본 놈들이 무슨 권한으로 남의 나라 궁궐에 침입하여 조선의 국모와 나인들을 죽이려는 것이냐? 저자거리의 왈패들도 이런 짓은 하지 않는다. 지금은 내 나라 조선이 무력하여 네놈들에게 이런 난도질을 당한다만, 결코 이 사건을 조선의 백성들이 잊지 않을 것이다. 비록 내가 한 줌 흙먼지가 되어서라도 너희 일본 놈들을 저주할 것이다. 총칼을 앞세워 조선을 단숨에 삼키려는 너희 나라를 내가 죽어서라도 원수를 반드시 갚고 말 것이야."

중전이 피눈물을 흘리며, 요시무라에게 침착한 어조로 또박또박 말을 이어갔다.

"뭐라? 이 요망한 여우를 발가벗겨 토막을 내고, 그 시신에 석유를 뿌려 형체를 알아볼 수 없도록 불에 태워버려라! 타다 남은 뼛조각은 향원정 연못에 던지고, 아무런 흔적도 남기지 말라."

요시무라가 흉악한 마귀의 얼굴로 변하여 칼끝으로 중전의 옷을 풀어헤쳤다. 중전은 가슴에서 피를 흘리며 두 눈을 부릅뜬 채 요시무라를 노려봤다. 조금도 흔들림이 없는 당당한 중전의 얼굴을 바라보다가, 요시무라는 기가 죽어 흠칫 놀라면서 애써 마른 침을 꼴깍 삼켰다. 그녀의 눈동자에서 알 수 없는 강력한 기운이 쏟아져 나온 탓이었다. 요시무라는 다시 칼로 서너 차례 중전의 몸에 상처를 입혀 그녀를 쓰러뜨리고는 발로 가슴을 밟았다.

그러고는 짐승 같은 눈알을 번뜩이며 의식을 잃어가는 중전의 치마를 벗겨냈다. 실오라기 하나 걸치지 않은 알몸이 된 중전의 가슴에서 피가 가느다랗게 흘러내리고 있었다. 거친 숨소리를 내던 요시무라는 욕정에 사로잡혀 야수의 얼굴로 자신의 바지를 내렸다. 그것을 보고 궁녀들은 비명도 지르지 못하고 이마를 바닥에 댄 채 미친 듯이 몸부림을 쳤다. 궁녀들은 눈을 감고 귀를 막았다. 미친 들짐승들의 괴성과 신음이 실내를 뒤흔들었다.

지독한 술 냄새를 풍기며 요시무라는 실신한 중전의 가슴에 더러운 칼을 꽂았다. 다른 자객들도 차례로 중전의 몸에 수없이 칼을 꽂았다. 그것은 조선의 몸을 욕보이고 조롱하는 잔악무도한 일본의 칼날이었다. 조선이 일본에게 능욕을 당하고 무참히 짓밟히는 끔찍한 절망의 시간이 죽음처럼 흐르고 있었다. 그 칼을 타고 피가 분수처럼 사방으로 튀었다. 그들은 벌거벗겨진 중전의 시신을 홑이불로 둘둘 말아 후미진 녹원 숲 속으로 질질 끌고 나가 토막이 나도록 난도질을 하고 장작더미 위에 올려놓았다. 피가 흐르고 있는 중전의 몸 위에 석유를 뿌리고 불을 질렀다.

훨훨 타오르는 불길을 보면서 오카모토는 '드디어 끈질긴 조선여우의 목을 비틀었다.' 하고 승리감에 도취되어 야만스럽게 웃었다. 그의 웃음소리가 불길에 스며들어 검은 연기로 변했다. 그들의 뒤편에는 우범선이 서 있었다. 그 모든 잔악한 일본 자객들의 행위를 끝까지 지켜보면서 그는 숨소리를 죽였다. 그는 훈련대 2대대장이었고 조선의 국모시해에 가담하여 조금도 부끄러움을 느끼지 않았던 자였다. 오히려 고종을 앞세워 훈련대 해산을 도모했던 중전을 한없이 증오했던 자가 우범선이었다. 그는 미우라 공사의 충견 노릇을 한 인물이기도 했다. 우범선은 화염에 싸여 시커먼 연기로 사라져가는 중전의 시신을 멍하니 바라본다. '마마! 어찌하여 노서아와 손을 잡고 일본제국과 맞서신 겁니까? 결국 이런 끔찍하고 허망한 죽음의 길을 가시게 된다는 걸 모르신 겝니까? 멀리 내다보시고 일본과 화해하며 조선개혁에 동참하셨다면, 이처럼 허망하게 연기로 사라지는 일은 없었을지도 모릅니다. 외로운 저승길이지만 부디 평안히 가시옵소서.' 하고 우범선이 고개를 숙이며 술에 취한 사람처럼 웅얼거렸다. 그 앞에 서 있던 오카모토는 '여우사냥을 당한 조선의 왕비는 일본의 대적이었으나, 조선을 지키려는 마음만큼은 실로 대단하고 존경을 받을 만 했소이다. 참으로 당신은 놀라운 조선의 여걸이셨습니다.' 하고 혼잣말로 비아냥거렸다.

거친 숨을 몰아쉬는 요시무라의 칼끝에서 중전의 피가 방울방울 바닥으로 떨어진다. 그들은 중전의 옷가지들과 그녀가 즐겨보던 책들과 서양 옷들을 찾아내어 모두 시신과 함께 소각시켰다. 궁궐 안에서 아예 중전의 존재 자체를 전부 소멸시키자는 속셈이었다.

그 광경을 건청궁의 지붕 위에 숨어서 낱낱이 지켜보던 시랑은 터질 것 같은 분노로 몸을 떨었다. 금방이라도 옥호루로 뛰어들어가 자객들을 단칼에 베고 싶은 욕망이 끓어오르자 온몸의 근육들이 꿈틀거렸다.

"천하에 몹쓸 잔악한 왜놈들! 조선의 국모를 욕보이고 시해하다니! 그것도 모자라, 시신을 수없이 난자질을 하고, 불에 태워 흔적조차 없애버리려는 간악한 놈들! 어찌하여 이런 일이 조선의 궁궐 안에서 일어날 수 있단 말인가? 내가 네 놈들을 척살하여 조선의 국모를 죽인 원수를 기어코 갚고 말 것이다!"

시랑은 숨이 막혔다. 마치 가슴이 으깨어지고 피가 솟구칠 것만
같은 극심한 통증이 느껴졌다. 그는 눈 깜빡할 사이에 지붕 밑으로
내려가 나무 뒤에 몸을 숨겼다. 그러고는 칼을 바닥에 내려놓고 검
은 연기를 내며 녹원의 숲 속에서 불타고 있는 국모의 시신을 향해
큰절을 했다. 궁녀의 울음소리조차도 들리지 않는 극도의 긴장감과
공포로 물들여진 새벽이었다.

은가면은 나무 뒤에 숨어서 그들의 동태를 낱낱이 살폈다. 요시
무라의 수하들은 두 패로 갈라져서 건청궁 주변을 이리저리 돌아다
녔다. 그는 요시무라의 자객들을 예리하게 지켜보면서 그들을 처단
할 기회를 엿보고 있었다. 술을 많이 먹은 탓인지 자객들이 건청궁
의 담벼락을 향하여 소변을 보고 있을 때였다. 그는 그들의 뒤로 살
금살금 다가가 여섯 놈을 뒤에서 냅다 발로 내질렀다. 소변을 보던
자객들이 앞으로 꼬꾸라지면서 바지도 추켜올리지 못한 채 쩔쩔 맸
다. 번뜩이는 칼날이 허공을 가르자 일순간에 세 명이 쓰러지고 말
았다. 나머지 세 명은 황급히 칼을 뽑아들고 은가면을 향하여 반격
을 가해왔다. 그는 자객의 팔목과 다리를 벤 후에 그들의 하복부 위
에 붉은 대각선을 그렸다. 그들의 비명소리를 듣고 나머지 여섯 놈
이 요시무라와 함께 미친 듯이 달려왔다.

'요시무라를 포함하여 모두 일곱 놈이다. 벽을 등지고 싸운다면
세 놈과 싸우는 폭이 된다.' 하고 그는 마음속으로 계산을 해냈다.
아무리 고수라도 조선의 국모를 살해했으니 제 정신이 아닐 거라는
생각이 들었다. 정신적으로 흥분한 상태라 공격을 하는 과정에서
뭔가 큰 실수를 할 가능성이 농후하다고 내다봤다. 아니나 다를까,

한 놈이 이상한 기합소리를 내면서 마구잡이로 칼을 휘둘렀다. 옆구리에 빈틈이 생기자 그는 칼바람 소리를 내며 몸을 틀었다. 한 놈이 그의 칼을 맞고 썩은 기둥처럼 쓰러졌다. 또 다른 자객이 단검 두 개를 뽑아 그에게 던졌다. 그는 칼날로 그 단검을 쳐서 앞에서 공격하는 놈의 목에 박아 넣었다. 그리고 문짝에 박힌 다른 단검은 오른손으로 뽑아 그걸 던진 놈의 명치에 꽂았다. 귀신도 놀랄만한 신기에 가까운 솜씨였다. 거의 같은 시간에 세 놈이 쓰러지는 광경을 보고는, 나머지 세 명이 뒷걸음질을 쳤다. 자신들이 맞설 수 없는 엄청난 고수란 걸 깨달아서였다.

"물러서지 말라! 어떻게 해서라도 은가면을 놓치지 말고 죽여라. 오늘 이 자리에서 반드시 저놈의 목을 베어야 할 것이다."

요시무라가 긴 칼을 단단하게 움켜쥐면서 목이 터져라 외쳤다.

자객들은 칼바람을 일으키며 동시에 허공 위로 솟구쳐 날아왔다. 쨍쨍거리는 금속성 소리를 만들어내면서 은가면은 그들의 공격을 시퍼런 칼날로 받아냈다. 눈에 잘 안 보일 만큼 엄청난 속도감이 실린 예리한 칼질이었다. 하지만 시랑은 그들보다 한 수 더 빠른 솜씨로 그들의 칼날을 튕겨내고 목을 내리쳤다. 두 명이 쓰러지고 나머지 한 놈이 칼끝을 세우고 돌진할 때였다. 시랑은 사람의 키보다 두 배나 높이 치솟아 오르면서 공중회전을 하여 자객의 등에 칼을 꽂았다가 다시 뽑아들었다. 자객은 등에서 한 줄기 피를 쏟아내면서 힘없이 바닥으로 꼬꾸라졌다.

"네가 아무리 고수라도 일본 최고의 무사인 나를 이기진 못할 것이다! 대일본제국의 사무라이 검술이 뭔지 진수를 제대로 보여 주마!"

요시무라가 죽일 듯 무섭게 인상을 쓰면서 그를 노려봤다.

"요시무라! 온통 물욕으로만 가득한 너희 왜놈들의 검술이 숱한 전쟁에서도 살아남은 조선인들의 땅에서 진정한 승리를 가져올 거라고 믿는 게냐?"

"은가면! 무능한 조선의 하찮은 칼잡이! 내가 국모를 벤 성스러운 검으로 오늘 네 심장을 깊숙이 찔러주마."

"요시무라! 조선의 국모와 조선의 백성을 대신해서 내가 오늘 너를 심판하게 될 것이다."

"미친놈! 너야말로 범 무서운 줄 모르는 하룻강아지로구나. 아직까지 일본에서 검을 들고 나를 이긴 자가 없었다. 허니, 이런 작은 조선 땅에서 감히 무명의 칼잡이가 어떻게 나를 이길 수 있다고 지껄이는 게냐? 어리석은 놈! 어디 한번 덤벼 보거라!"

요시무라가 자신의 칼에 묻은 중전의 피를 추악한 짐승처럼 혀끝으로 길게 핥으며 그를 비웃는다.

'한 순간이라도 감정에 흔들리면 안 돼. 정신을 집중하고 칼날과 내가 한 몸을 이루어야 한다.' 하고 그는 마음의 소리를 들으며 정신을 통일했다. 그의 눈에는 가볍고도 거대한 칼이 상대방의 시선을 압도하고 있는 것이 보였다. 몸과 마음 자체가 이미 날이 선 칼이 되어 있었던 것이다. 큰소리를 치던 요시무라도 이내 진땀을 흘리기 시작했다. 은가면의 자세에선 단 한 치의 빈틈도 보이질 않아서였다. 그냥 날이 선 거대한 칼날만이 위협적으로 보일 뿐이었다. 그건 고수의 경지를 넘어선 자들만이 평생에 한두 번 정도 죽기 전에 경험할 수 있다는 '검신일체술'이었다. 검과 몸이 일체가 되어 상대방의 눈에 검만 크게 보이도록 하는 놀라운 비기였다.

요시무라는 바람처럼 날아서 그에게 십여 차례 칼을 휘둘렀다. 짧고 강한 칼바람 소리와 검과 검이 부딪치면서 들려오는 금속성 굉음이 어둠을 매섭게 갈라내고 있었다. 그도 전후좌우로 몸을 회전하면서 공방을 계속했다. 우열을 가릴 수 없을 만큼 막상막하의 실력이었다. 그는 정신을 집중하여 상대방의 칼날을 막아내면서 허리춤에 차고 있던 은장도를 뽑아 요시무라의 하복부를 찔렀다. 짧은 비명을 지르며 뒤로 몇 걸음을 물러서다가 요시무라는 칼을 바닥에 떨어뜨리고 무릎을 꿇었다. 시랑이 손에 쥔 검으로 요시무라의 목을 치려는 순간이었다.

어디선가 나타난 일본 군사 하나가 은가면을 알아보고 정신없이 소총을 쏘아댔다. 어느새 그의 옆구리를 스치고 지나간 총탄으로 인해 피가 흐르고 있었다. 손바닥으로 옆구리를 만져보니 흥건하게 선혈이 묻어났다. 팔에 힘이 빠져가고 있었지만 그는 사력을 다해 은장도로 요시무라의 목을 찌르고 장검으론 그의 가슴을 길게 베었다.

"하나는 국모의 한이 담긴 칼이고, 또 하나는 조선백성의 혼이 실린 칼이다."

그는 찬 바닥에 쓰러져 피를 흘리고 있는 요시무라의 귀에 대고 또랑또랑한 음성으로 말했다. 어둠속에서 칼을 든 시랑을 발견한 오카모토가 권총을 꺼내들고 조준사격을 계속했다. '탕― 탕― 탕―' 하고 총소리가 났다. 뒤따라온 일본 군사들도 그를 향하여 조총사격을 시작했다. 그의 머리 위로 '피융― 피융―' 하고 간담을 서늘하게 만드는 총알소리가 수없이 들려왔다. 그는 은장도를 다시 허리춤에 꽂고, 쏜살같이 건청궁의 담을 뛰어넘어 어둠속으로 사라져갔다. 여전히 경복궁 안에선 요란한 총소리가 어둠이 깔린 새벽을 깨우고 있었다.

오카모토는 일본 군사들에게 요시무라의 몸을 지혈하고 일본의 원이 있는 곳으로 속히 보내라고 지시했다. 미우라 공사가 일본에서 데려온 무술의 고수이자, 여우사냥에서 가장 큰 공을 세운 요시무라를 어떻게 해서라도 살려내려고 그는 애를 썼다. 요시무라는 무슨 일을 하든지 두려움도 없고 승부욕이 강한 자이며 정치적으로도 이용가치가 큰 인물이었다. 오카모토가 자신의 야망을 이루기 위하여 꼭 필요한 자객으로 점찍어 두었던 인물이 바로 요시무라였던 것이다. 자신이 직접 나서서 손을 댈 수 없는 일들을 대신 맡아서 귀신처럼 감쪽같이 처리해줄 수 있는 고수라고 여겼던 까닭에, 그는 요시무라를 살려내려고 나름대로 진땀을 흘렸던 것이다. '요시무라! 넌 죽어선 안 된다. 기어코 내가 널 살려낼 것이다.' 하고 오카모토가 중얼거렸다.

그날 동이 터오는 새벽이었다. 경복궁을 빠져나온 시랑이 쓰러진 곳은 월화의 방문 앞이었다. 새벽에 방문 밖에서 들려오는 이상한 신음을 듣고 월화는 눈을 번쩍 떴다. 얼른 옷을 챙겨 입고 그녀가 방문 밖으로 발을 내딛다가 화들짝 놀라고 만다. 시랑이 피를 흘리며 방문 앞에 쓰러져 있는 것을 발견하는 순간이었다. 그녀는 버선발로 내려가 그를 부축하여 자기 방으로 끌고 들어갔다.

"시랑! 대체 어디서 무슨 변을 당한 것이옵니까? 옆구리에서 피가 많이 흐르고 있어요. 내가 의원을 불러오겠습니다."

"아냐! 난 괜찮아! 깊은 상처는 아니니까, 염려하지 않아도 돼. 옆구리에 감을 수 있는 깨끗한 무명천이나 준비해줘."

그가 고통스러운 신음을 내면서 간신히 입을 열었다.

"알았어요. 그럼, 잠시만 기다리세요."

그녀는 옷장을 열어 무명천으로 된 깨끗한 치마를 이빨로 길게 찢어 그에게 주었다. 그는 늘 갖고 다니던 작은 가죽가방을 품 안에서 꺼내어 들었다. 그 안에서 복주머니 하나를 집어 들었다. 그러고는 상의를 벗고 그 복주머니 안에서 지혈제로 쓰이는 흰 가루를 손바닥에 듬뿍 쏟아내고 그것을 환부에 뿌리고 발라 지혈을 했다. 지혈을 한 후에, 그는 그녀가 건네준 무명천으로 허리를 둘둘 감았다.

"월화! 고마워."

그가 상의를 다시 입으면서 그녀에게 말했다.

"몸도 성치 않으신데, 아예 이 방에서 상처가 아물 때까지 숨어계시면 어떻겠습니까? 이곳은 아무도 들어오질 않습니다."

"아니야. 내가 가볼 곳이 있어."

"그 몸으로 어딜 가신단 말씀입니까? 웬만하시면 며칠만이라도 이곳에서 쉬다가세요."

"내가 여기 숨어있는 걸 알게 되면, 월화도 위험해질 수 있어."

"혹시, 일본인들에게 쫓기는 몸이 되신 건가요?"

"일본 공사 미우라 일당이 경복궁에 침입해서 국모를 시해하고 궁궐을 장악했어."

"예? 아니, 어떻게 그런 일이 일어날 수 있습니까? 전하와 궁궐을 지키는 조선 군사들은 대체 뭘 하고 있었단 말입니까? 그런 쪽발이 왜놈들에게 조선이 항복을 한 것이옵니까?"

그녀가 흥분한 어조로 물었다.

"오늘 새벽 조선의 국모가 살해되고, 그 시신이 경복궁 안에서 불타고 있으니, 조선이 망한 것이나 다름이 없잖은가! 나라에 힘이 없으니 전하께서 시퍼렇게 두 눈을 뜨고 살아계셔도, 그놈들을 막아낼 수가 없으셨던 게야! 그래서 왜놈자객들에게 국모가 벌거벗겨져 시해를 당하는 이런 끔직한 비극이 일어난 거지!”

그가 눈물을 흘리고 오열하며 주먹으로 방바닥을 탕탕 치면서 통탄을 금치 못했다. 한 인간의 힘으론 감당할 수 없는 역사의 비극이었다. 조선의 역사 중에서 가장 끔찍하고 수치스러우며 도저히 있을 수 없는 사건이었다. 그야말로 모든 조선인들의 분노를 터뜨리게 하는 야만적인 일본의 악행이었다. 건청궁 안에서 벌어진 조선 국모의 시해사건은 온 백성의 마음속에 꺼지지 않는 복수의 불을 지펴놓기에 부족함이 없었다.

넘실거리는 푸른 바다 위를 항해하고 있는 거대한 노서아의 군함은 조선을 떠나 블라디보스토크 항구로 가고 있었다. 군함의 갑판 위에는 노서아 군사들이 곳곳에서 군사훈련을 받고 있는 모습들이 보인다.

갑판 위에서 계단을 따라 밑으로 내려가면 장교들의 침실들이 있는 복도가 나온다. 그 앞을 지나 계속가면 끝 쪽에 황금색을 칠한 문이 나타난다. 그곳은 아무나 들어갈 수 없는 귀빈실의 문이다. 고급스러운 침대와 탁상과 화장실까지 갖춘 특별한 방이다. 그 안에 한 여인이 다소곳이 앉아 베베르 공사부인과 차분한 목소리로 대화를 나누며 가비(‘커피’의 음역어) 차를 마시고 있다. 곱고 검은 머릿결을 가진 그녀의 뒷모습은 아름답고 기품이 있어 보인다. 그녀가 미소 짓는 우아한 얼굴의 옆모습은 어디선가 많이 본 듯한 낯익은 느낌을 준다.

"오늘따라 가비 차에서 그윽한 향이 느껴지는 것 같아 참 좋습니다. 그런 가비 향 때문인지는 몰라도, 제 마음은 해안가에 있는 것같습니다. 창문 밖을 내다보면 마치 갈매기들이 훨훨 날아다니는잔잔한 조선바다를 바라보고 있는 것만 같습니다. 신기하게도 가비차는 깊고 고요한 마음의 평화를 누리도록 해줍니다."

"드디어 마마께서 가비가 가진 오묘한 맛을 알게 되신 것 같습니다. 모스크바에 도착하게 되면 제가 불란서에서 들여온 상질의 가비를 선물로 드리겠습니다. 독서를 하시면서 마시는 가비 차의 맛은 더욱 깊고 운치가 있을 것입니다."

베베르 공사부인이 차분한 음성으로 입을 열었다.

"고맙습니다. 나를 이곳까지 올 수 있도록 도와준 베베르 공사내외분과 손탁 부인을 평생토록 잊지 못할 것 같습니다. 감당할 수 없을 만큼 큰 은혜를 입었습니다."

"아닙니다. 은혜라니요? 저희들은 미약하나마 마땅히 해야 할 일들을 성심껏 했을 뿐이옵니다."

"그동안 많은 금궤와 돈을 어렵게 만들어 전하께 전부 내어드렸으니, 그 내탕금으로 머지않아 좋은 신식 무기들을 구입할 수 있을겁니다. 그리고 하늘이 정한 때가 되면 일본의 손아귀에서 조선을되찾을 수 있는 기회가 반드시 오게 되겠지요. 훗날 제가 궁궐로 돌아가 전하를 모시게 되면, 베베르 공사부인의 은혜를 잊지 않고 꼭갚겠습니다."

그녀가 베베르 공사부인에게 말했다.

그녀는 잠시 눈을 감고 경복궁에서 고종과 가비 차를 마셨던 마지막 날을 더듬어봤다. 그날 중전은 경복궁을 떠나기 전에 고종과 마주 앉아 수라상궁이 따라주는 가비 차를 한 모금씩 마셨다. 어찌 된 일인지 쓴 가비 차가 쓰지 않았고, 뜨거운 가비 차가 뜨겁게 느껴지질 않았다. 고종은 어둡고 불안이 가득한 얼굴로 하얀 찻잔을 한 손에 들고 천천히 두어 모금을 삼켰다.

"머지않아 미우라 공사는 어떻게 해서라도 저를 제거하려고 덤빌 것이고, 그와 동시에 조선은 일본의 먹이가 될 가능성이 크옵니다. 만에 하나 일본이 경복궁을 점령하고 전하를 위협하게 된다면 어찌 하시겠습니까? 그땐 노서아 공사관으로 피신을 하셔야 합니다. 그 렇지 않으면 심히 위험한 상황이 벌어질 것입니다."

중전이 걱정스러운 눈빛으로 고종을 바라보면서 차분한 목소리 로 말했다.

"허면, 내가 앞으로 해야 할 일들이 무엇이오?"

"제가 모아드린 금궤와 돈을 중국과 노서아와 덕국과 불란서의 은행에 분산시켜 맡기시고, 전하나 제가 찾을 수 있도록 해놓으십 시오. 그리고 최악의 사태가 벌어진다면 아무도 몰래 제 뒤를 이어 노서아로 망명하셔야 합니다."

"짐이 굳이 노서아로 가야만 한단 말이오?"

"손자병법 21계에 금선탈각(金蟬脫殼)이란 말이 있습니다. 황금매 미가 되려면 딱딱한 껍질을 벗어버려야 한다는 뜻이 아니겠습니 까? 새로운 변화를 일으켜 현재의 위기를 벗어나고자 하는 손자병 법의 전략이옵니다."

"허어! 중전께선 손자병법서를 통달하신 게요? 대단하십니다. 허 나 조선을 버리고 노서아로 가는 건 좀 그렇지 않소? 명색이 국왕인 데."

"전하! 최악의 사태가 벌어진다면 그리하셔야 합니다. 일본이 청일전쟁에서 빼앗은 요동반도를 왜 다시 청나라에 돌려줬겠습니까? 그건 불란서와 덕국과 노서아 삼국이 합세하여 일본을 압박했기 때문입니다. 군함까지 동원한 노서아의 입김에 교활한 짐승이 꼬리를 내린 게지요. 일본을 견제하려면 노서아의 힘이 절대적으로 필요한 때입니다."

"짐도 그렇게 믿고 있어요. 사실 일본을 견제하려면 노서아만한 나라가 어디에 또 있겠습니까?"

고종이 맞장구를 치듯 말했다.

"그렇다고 노서아를 너무 믿으셔도 아니 되옵니다. 그들 또한 먹이를 찾는 허기진 야생곰과 같으니까요."

중전의 눈동자가 흠이 없는 흑진주처럼 영롱한 빛을 발한다.

"허면 내가 노서아로 가게 될 때, 온 백성들이 나를 보고 무슨 생각을 하겠소? 소위 국왕이라는 자가 자기 백성을 버리다니 어찌 그럴 수가 있단 말이오?"

"전하! 아직도 제 말의 뜻을 모르시는 겝니까? 조선을 버리자는 것이 절대로 아니옵니다. 어떻게 해서라도 조선을 살리려는 전략이옵니다. 조선은 이미 청일전쟁에서 이긴 일본의 밥이 되어가고 있습니다. 그들이 왜 청일전쟁을 일으켰겠습니까? 조선을 독식하겠다는 겁니다. 나중에 그들은 저는 물론이고, 일본의 욕망을 채우는 데 방해가 된다고 여겨지면 전하까지도 독살하려고 덤빌 것이옵니다. 그러하오니 전하께서는 어떻게 해서라도 노서아를 방패 삼아 생명을 보존하셔야 합니다. 그래야 전하께서 다시 조선을 되찾을 수 있을 것이옵니다. 그리고 훗날 오백년의 종묘사직을 이어, 전하께서 꿈꾸시는 새로운 조선을 반듯하게 세우시옵소서."

중전은 자신의 말을 제대로 깨닫지 못하는 고종을 보고 답답하여 연설을 하듯 하나하나 해석을 해가며 말을 이어갔다. 왕실의 존폐를 앞에 놓고 알량한 자존심을 앞세운들 무슨 소용이 있겠느냐는 생각이 들어서였다. 일단 고종이 살아있어야 일본과 맞서서 싸울 수 있을 거라는 주장을 조금도 굽히질 않았다.

"알겠소. 중전께서 먼저 노서아로 떠나신 후에, 일본인들에게 조선의 주권이 모두 넘어가고 조선의 회생이 도저히 불가능해진다면, 그땐 나도 기회를 봐서 곧 뒤따라가겠습니다. 안에서 불가하다면 나라 밖에서라도 목을 내놓고 조선을 위하여 끝까지 싸워야지요."

"전하! 성은이 망극하나이다. 부디 무탈하게 위기를 잘 넘기시고 일본인들을 쫓아버릴 수 있는 지혜와 힘을 가진 성군이 되시옵소서. 집안의 쥐를 잡으려면 고양이가 필요하고, 고양이를 쫓아내려면 맹견을 끌고 와야 합니다. 그 맹견은 지혜로운 사람이 밥을 주면서 순하게 키울 수 있는 법이지요."

중전이 입가에 야릇한 미소를 보이며 고종을 바라봤다.

"허허허! 옳으신 말씀입니다. 허면 언제 중전을 다시 뵈올 수 있는 게요?"

"내일 경복궁을 빠져나가게 되면, 전하께선 장기간 저를 다시 볼 수 없을 것이옵니다. 하오나 일본인들이 물러가면 저도 경복궁으로 다시 돌아올 것입니다. 그리고 곤녕합에 거하고 있는 연아를 제 모습으로 변장을 시켜놓았습니다. 적당한 시기가 되면, 그 아이를 궁궐 밖으로 내보내시고 아비와 더불어 평안하게 살아갈 수 있도록 배려해주세요."

중전은 예를 갖추고 자리에서 일어나 고종에게 큰절을 했다. 그녀의 눈가엔 그렁그렁한 눈물이 고여 있는 것이 보인다. 고종은 아무 말도 하지 않고 있다가 고개를 얼른 밑으로 숙이고야 만다. 그녀

의 얼굴을 똑바로 쳐다볼 수가 없어서였다. 가지 말라고 손을 잡을
수도 없는 처지이니 그저 마음이 괴롭고 답답할 뿐이었다. 어느새
용안에서 눈물이 흘러내린다. 자꾸만 마지막으로 보는 중전의 모습
이 될지도 모른다는 불길한 예감이 들어서인지 홀로 가느다랗게 한
숨을 토해낸다.

가비 잔을 든 고종의 손이 가을바람에 나부기는 얇은 종잇장처럼
힘없이 흔들린다. '여우사냥'이라는 밀명으로 미우라 일당들이 중
전을 겨냥한 시해작전을 조만간 개시하게 될 거라는 소문을 이미
들은지라 고종은 심장이 떨려왔다. 끔찍한 사건이 벌어질 날이 더
욱 가까이 다가오고 있어서인지 정신마저 혼미해지는 것만 같았다.
하지만 자객들이 경복궁 안으로 들어왔을 때 중전은 이미 조선
땅을 벗어나 노서아로 가고 있을 거라는 확신이 들었다. 임오군란
이 일어났을 때에도 궁궐을 빠져나갔다가 귀신처럼 살아서 돌아온
중전을 떠올리며 '모든 일이 잘 될 게야. 중전의 탁월한 지혜와 전
략을 감히 누가 이길 수 있겠는가?' 하고 고종은 마음속으로 중얼
거렸다.

고종과 독대하고 마지막 인사까지 나눈 중전은 곤녕합으로 돌아
와 손탁 부인을 불러들여 비밀스러운 이야기를 나누었다.
"손탁 부인께선 베베르 공사부인의 언니뻘이 된다고 하셨지요?"
"예! 마마! 그러하옵니다. 제가 베베르 공사 처남의 처형이옵니
다."
손탁 부인이 밝은 미소를 보인다.
"먼 이국땅에서 가까운 자매가 함께 지내시니 외롭지도 않고 서

로 의지할 수 있어서 든든하시겠습니다. 마음의 벽을 훌훌 털어내고 이런저런 답답한 속마음을 다 꺼내어 보여주면서 편안하게 대화를 나눌 수 있으니 얼마나 좋으시겠습니까?"

"그러하옵니다. 소인이야말로 조선에서 베베르 공사부인과 가장 허물이 없는 가까운 사이입니다. 거추장스러운 옷을 벗어던지고 나신이 된 여인들처럼 망측스러운 이야기도 꺼리지 않고 내뱉으며 수다를 떨기도 한답니다."

손탁 부인이 한 손으로 입을 가리고 부끄러운 듯 웃는다.

"예? 아니 그러다가 나인들이 듣고 안 좋은 소문이라도 내면 어쩌시려고요?"

중전이 고개를 갸우뚱거리며 하얀 치아를 드러내고 살짝 웃는 얼굴로 묻는다.

"노서아 말로 서로 대화를 나누니까, 나인들이 들어도 그게 무슨 말인지 전혀 모를 것이옵니다. 마마!"

"하하하! 그렇겠군요. 노서아 말로 제 욕도 꽤 많이 하셨겠네요."

"마마! 그럴 리가 있겠습니까? 마마야 말로 조선의 국모이시고 가장 아름다운 분이 아니십니까? 저희들은 어떻게 화장을 해야 마마처럼 아름답게 보일 수 있을 지, 서로 궁금하게 여기면서 물어본 적은 있었습니다만."

"그래요? 중전이 진주가루를 얼굴에 잔뜩 발라서 온통 검은 점들을 하얗게 가리니까 그리도 곱게 보이는 거라고 한다면서요?"

"그런 소문은 들은 적이 없나이다. 감히 누가 그런 망측한 소릴 하겠나이까? 마마!"

"그냥 해본 농입니다. 손탁 부인! 헌데 한 가지 알고 싶은 것이 있습니다."

"그게 무엇이옵니까? 마마!"

"노서아에서 신식 무기를 사려고 부탁을 했는데, 소식이 전혀 없습니다. 혹시, 그런 이야기를 베베르 공사부인에게서 들은 적이 있습니까?"

중전이 무엇을 캐내려는 듯 손탁 부인의 눈동자를 빤히 쳐다보며 묻는다.

"마마! 이건 저와 베베르 공사부부만 아는 사실이온데, 말씀을 드리도록 하겠습니다. 허나 비밀을 꼭 지켜주셔야 합니다."

"아무렴요. 제 귀에 들어온 비밀은 아직까지 입 밖으로 나간 적이 없답니다. 그 정보가 힘이고 세상을 이기는 비결이 될 수도 있으니까요."

"아무래도…… 노서아 황제가 조선에 무기를 파는 것을 허락하지 않을 것 같다고 합니다. 조선의 군사들이 신식 무기로 무장하는 것을 노서아 황제께서 원치 않으신다는 뜻이 아닌가 싶습니다. 마마!"

손탁 부인이 귓속말처럼 작은 목소리로 말했다.

"그래요? 노서아에서 군대를 보내 조선을 지키시겠다는 거군요. 결국은 조선 땅에서 일본과 한바탕 전쟁을 하겠다는 게 아닙니까?"

"마마! 그럴 리가 있겠습니까? 조선 군사들이 신식 무기로 무장을 하면, 일본에서 더욱 긴장을 하고, 더 많은 군사를 조선에 보내게 될 것입니다. 그래서 노서아 폐하께선 그걸 우려하시고……."

손탁 부인은 입장이 난처해지자 말을 더듬었다. 그 일로 인하여 근심이 컸던 베베르 공사의 모습이 떠오르는 모양이었다. 조선과 일본의 정치적 싸움에 섣불리 휘말리는 일이 없도록 하고, 끝까지 상황을 지켜보다가 고종과 중전을 노서아 공사관으로 끌어들이라는 황제의 지시가 있었던 탓이다. 손탁 부인은 차마 그 말을 중전에게 제대로 전할 수가 없었다.

"괜찮습니다. 어차피 일본을 견제하려면 노서아의 힘이 필요하니까요. 걱정하지 마시고 다과나 드십시다. 제가 기회가 되면, 손탁 부인의 이름을 딴 호텔 하나를 지어드리고 싶습니다."

"예? 마마! 황공하옵나이다. 호…… 호텔이라 하셨습니까?"

손탁 부인이 허리를 숙이고 놀라는 표정을 감추지 못하고 되묻는다.

"내가 노서아로 떠나고 없어도, 손탁 부인께서 외국의 공사들과 노서아에서 오시는 손님들을 접대하면서 전하를 위하여 일해주신다면, 조선의 미래에도 큰 도움이 될 것 같아서요. 그래야 내가 노서아로 갔을 때, 손탁 부인께서도 나를 위하여 힘껏 도와주실 것이 아닙니까? 나중에 손탁호텔이 세워지면 내가 좋아하는 홍매화나무나 한그루 보내주세요. 내가 잘 키워보게요."

중전이 여유 있는 웃음을 입가에 흘렸다. 중전은 그녀에게 다과 접시를 슬며시 밀어주고 하나 들어보라고 정겹게 권했다. 그녀는 그 다과 접시를 받아들었다. 중전이 고종께 친히 부탁하여 호텔을 지어준다는 말에 적잖게 흥분이 되었는지 그녀의 손이 파르르 떨렸다. 서양요리를 만들어 대접하고 가비 차도 팔면서 외국의 귀빈들이 여러 날 쉬고 갈 수 있는 이층짜리 귀빈호텔. 그것이야말로 그녀가 늘 꿈꾸어왔던 소원이었다.

중전은 손탁 부인이 조선 땅에서 이루고자 하는 꿈이 무엇인가를 이미 소상히 알고 있었던 터라, 그녀의 마음을 움직이기 위하여 그런 제안을 했던 것이다. 그것은 중전의 입장에서도 그렇게 손해가 되는 일은 아니었다. 외국의 공사들과 걸쭉한 정치인들이 자주 찾

아오는 귀빈호텔이 세워진다면, 당연히 일본은 외국인들의 정치적
인 힘에 밀려서 영향력이 꽤 약해질 거라는 계산을 염두에 두고 있
었던 것이다.

노서아 공사와 밀접한 관계를 유지하고 있는 그녀가 외국의 귀
빈들을 위한 큰 호텔을 맡아준다면 명분도 있고, 자신의 전략을 전
개하는 데 큰 무리가 없을 것 같아서였다. 베베르 공사부인은 자국
의 이익을 위하여 움직이겠지만, 본래 덕국여자였던 손탁 부인은
마음씨도 착하고 충성심이 강한 심복과 같은 성품을 갖고 있었다.
먹이만 잘 던져주면 얼마든지 요리할 수 있는 인물이라고 여겼다.
중전은 그녀를 이용해서 조선에 도움이 될 만한 유익을 얻어내려
고 했다.

그냥 세월이 흘러가다 보면 틀림없이 일본 정부에서도 외국인들
을 위한 귀빈호텔을 조선에 세워 미리 선수를 칠 가능성이 농후하
다고 판단했던 터라, 그 말은 참 잘했다고 스스로 생각했다. 중전은
조선의 미래를 위하여 손탁호텔을 세워야 한다는 밀서를 써서 그것
을 제조상궁을 통하여 고종에게 전달했다. 고종은 중전의 말을 마
음에 새겨두겠다는 내용이 담긴 서찰을 곧바로 그 자리에서 쓰고,
내관을 불러 그 서찰을 곤녕합에 전달했다. 그리고 서찰을 손에 쥔
중전은 그것을 읽은 후에 불에 태워버렸다.

중전은 입가에 잔잔한 미소를 지어냈다. 손탁호텔이 세워지게 되
면 일본인들을 조선 땅에서 시원하게 쫓아내고, 바다 건너 섬나라
로 밀어내는 일에 꽤 도움이 될 거라는 확신이 들어서였다.

창문 밖으로 보이는 한없이 드넓은 바다를 바라보면서 중전은 불
안한 마음을 떨쳐내려고 애를 썼다. 군함을 타고 노서아로 가고 있

지만, 언제 다시 조선으로 돌아올 수 있을 것인지 알 수 없는 길이라 마음은 더욱 무겁기만 했다. 영원히 조선을 볼 수 없는 길을 향해 홀로 발걸음을 옮기고 있는 것인지도 모른다는 불길한 예감이 들어, 잠시 우울해지고 슬퍼지기도 했다. 야무지게 마음을 붙잡아 놓아도 어느새 절망의 노예가 되어버린 자신을 느끼는 순간 여지없이 두려움은 가슴의 속살을 파고들었다. 마치 굳건하게 세워놓은 담이 단번에 와르르 무너지는 것 같은 부정적이고 절망적인 마음은 작은 희망마저 꿀꺽 삼켜버릴 때가 많았다. 그것이야말로 내부의 큰 적이 아닐 수 없었다. 지워도 연실 살아나는 악몽처럼, 끊임없이 나타나 자신을 괴롭히는 것은 깜깜한 절망이었다. 무슨 일을 하든지 마음이 부정적으로 바뀌고 약해지면 모든 것이 쉽게 무너지고 만다. 아무리 절망적인 상황에 빠져 허우적거려도 한 가닥 희망만 붙잡을 수 있다면 난국을 헤쳐 나갈 힘이 생길 수 있다. 중전은 모진 세월의 풍파를 겪으면서 그 진리를 깨달았던 것이다.

'어떤 어려움이 있어도, 희망을 단단히 부여잡고 광명한 새아침을 열어야 해.' 하고 그녀는 조선의 미래를 가슴에 품었다. 경복궁에서 일본 군사들의 감시를 받으며 힘든 나날을 보내고 있을 고종과 몸이 약한 세자를 마음속에 떠올렸다. 정신이 유황불에 타서 한 줌 재가 되듯 그녀는 고통으로 심하게 몸서리를 쳤다.

그녀는 새로운 각오로 일순간 심호흡을 하고 눈을 크게 치켜뜨면서 입을 한 일 자로 힘있게 다물었다. '그래! 난 무엇을 하든지 포기하지 않고, 끝까지 잘 해낼 수 있다는 자신감 하나로 이제껏 살아오지 않았는가?' 하고 그녀가 혼잣말로 중얼거리고 허리를 꼿꼿하게 폈다.

인천 제물포에서 블라디보스톡 항구까지 가는데 적어도 군함으로 이틀이 걸리고, 그곳에서 다시 모스크바까지 마차와 기차를 타고 가는데 여드레 이상이 걸릴 거라는 말을 베베르 공사부인으로부터 듣게 된 중전은 참으로 긴 여정이라고 여겼다. '노서아로 가는 길이 그토록 멀 줄은 몰랐습니다. 그래도 베베르 공사부인이 곁에 있어주니 심심하지도 않고 좋습니다. 내가 언제 이런 큰 군함을 다시 타보겠습니까?' 하고 농담을 하면서 중전은 연실 즐거워하는 표정을 지어냈다. 내적으로 힘들어 하는 베베르 공사부인에게 부담을 주지 않기 위해서였다.

중전의 편안한 얼굴을 보고 베베르 공사부인도 불안한 마음을 지워내고 안심을 하는 듯 했다. 주변을 조심스럽게 둘러보던 베베르 공사부인은 허리춤에서 은색 육혈포를 꺼내어 그녀에게 슬며시 건네주었다.

"마마! 부탁하신 육혈포를 구해왔습니다. 세상이 워낙 험한지라 혹시 위험한 상황이 벌어질지도 모르오니 호신용으로 늘 갖고 다니셔야 합니다."

베베르 공사부인이 다소 염려스러운 얼굴로 중전을 바라봤다.

"고맙습니다. 노서아에서 육혈포를 쓸 일은 없겠지만, 아무래도 이것을 몸에 지니고 있으면 좀 든든할 것 같습니다. 그러고 보니 전하와 함께 권총사격연습을 하던 때가 그리워집니다."

그녀가 눈웃음을 보이고는 육혈포를 들고 꼼꼼하게 살펴보더니 창문 밖의 바다를 향하여 총구를 겨누며 사격하는 흉내를 내본다. 그러다가 그녀는 혹시 노서아 장교들이 보고 이상하게 생각할까봐 그것을 얼른 챙겨서 가방 안에 깊숙이 집어넣는다.

사실 바다 건너 모스크바까지 가는 것도 큰 어려움이지만, 그곳에선 어떤 위험이 꽈리를 튼 독사처럼 도사리고 있을 지 알 수 없는 일이었다. 자신의 생명과 조선을 지키기 위하여 모스크바로 가고 있지만 마음이 불안하기는 매한가지였다. 그녀는 끝이 안 보이는 바다 위에 시선을 고정시키고 따뜻한 가비 차 한 모금을 홀짝 마시고 하얀 찻잔을 만지작거렸다. 그녀의 흰 손가락 사이로 화롯불의 열기처럼 식지 않은 찻잔의 온기가 따뜻하게 스며들었다.

시랑은 사람들의 눈을 피하여 스승을 찾아갔다. 조선의 국모를 죽이기 위하여 계획을 세우고 자객들을 경복궁에 들여보낸 조선의 적. 왕실을 한 손에 쥐고 흔들려는 미우라 공사. 그 악한 자를 제거하지 못했다는 안타까운 소식과 중전이 일본의 자객들에 의하여 살해되었다는 것을 알려주기 위해서였다. 하지만 그의 스승은 모든 것을 오래전에 예상하고 있었다는 듯이 그의 말을 듣고 나서 다소 침통한 표정으로 고개를 끄덕였다.

잠시 후 그의 스승은 그에게 충격적인 비밀을 털어놓았다. 그것은 아무도 모르게 중전이 노서아로 망명했다는 놀라운 정보였다. 그 사실을 아는 사람은 고종과 그의 스승뿐이라고 했다. 그 사실을 함부로 외부에 발설하게 되면 노서아에 있는 중전도 생명을 부지하기 어려울 거라는 말을 하면서 입단속을 시켰다.

스승의 말을 새겨들으면서 그는 속으로 의심을 하지 않을 수 없었다. 뭔가 잘못 알고 있는 거라는 느낌이 퍼뜩 들었다. 분명히 자신의 눈으로 중전을 살해하는 장면을 봤는데, 그 중전이 죽지 않고 살아있다니 도무지 믿을 수가 없는 일이었다. 그의 스승은 중전이 자신의 모습과 닮은 궁녀를 가짜 중전으로 위장시켜놓고 일본 자객들의 눈을 속였다고 말했다.

뭔가 찜찜하고 불쾌한 느낌이 그의 마음을 뒤흔들었다. 궁궐이라는 거대한 권력과 조직의 힘에 의하여 자신도 모르게 이용을 당하고 있는 것이 아닐까, 하는 배신감 같은 것이 느껴지기도 했다. 직접 독대한 적은 없었지만, 시랑은 그만큼 중전을 신뢰하고 있었다.

하지만 다른 궁녀를 국모로 위장시켜 건청궁에 세워놓고 모스크바로 사라진 중전을 이해할 수 없었다. '전하와 조선을 버리다니, 어떻게 그럴 수가 있는 거지?' 하고 시랑이 중얼거렸다. 그래도 긍정적인 측면으로 되새김질을 해보면 국모가 노서아에 살아있다는 사실 하나만으로도 고종에게 큰 위안이 될 수 있을 것만 같았다. 중전이 노서아의 도움을 받아 일본군을 쫓아낼 수만 있다면, 다시 과거의 조선을 되찾을 수 있을지도 모른다는 막연한 기대감 같은 것이 생긴 탓이었다.

그래서인지 부글부글 들끓던 마음도 어느 정도 가라앉고 있었다. '그래! 중전마마께서 시해되지 않고 살아있다는 것 하나만으로도 조선엔 희망이 있는 거야!' 하고 연거푸 중얼거리면서, 그는 동이 훤하게 터오는 먼 하늘을 바라보다가 속이 허한 사람처럼 여러 번 마른기침을 해댔다. 옆구리에 통증이 느껴져서인지 그는 몸을 움츠리고 고통스러운 신음을 흘려냈다.

그는 잠시 눈을 감고 조선의 미래를 생각해봤다. 총칼로 무장한 군사들을 앞세운 일본의 침략을, 허술하기 그지없는 조선 군대가 어떻게 막아내고 생존하게 될 것인지 내심 염려가 되기도 했다. 하지만 조선은 절대로 꺾이지 않는다고 믿고 싶었다. 아니, 그렇게 조선이 일본에게 먹히질 않을 거라고 확신했다. '어떤 일이 있어도 조선은 절대로 죽지 않는다.' 하고 오기가 생긴 듯 그는 목에 핏대를 세우고 적장을 코앞에서 맞닥뜨린 장수처럼 두 눈을 부릅떴다.

시랑은 스승이 내어준 흑마를 타고 연아가 기다리는 초가로 정신 없이 달려가고 있었다. 그녀의 따뜻한 손길과 정감 어린 고운 미소가 불현듯 마음속으로 스며들었다. 아무 말도 하지 않고 옆에만 있어도 왠지 모르게 아늑하고 포근한 느낌을 주곤 했던 그녀가 너무도 보고 싶었다.

돌이켜보니 그녀를 처음 만난 건 닷새 전이었다. 그날은 하늘이 유난히도 파랗게 보이는 가을의 오후였다. 그는 흑마를 타고 쏜살같이 달리고 있었는데, 그의 뒤를 쫓아오는 요시무라가 쏜 화살이 그의 등에 꽂혔었다. 중심을 잃은 그는 순식간에 계곡 밑으로 굴러 떨어지고 말았다. 그는 푸른 나무들이 빼곡한 계곡 밑을 생각해봤다. 온통 푸른 나무들과 숲으로 뒤덮인 곳이었다. 그는 계곡 밑으로 떨어지면서 여러 번 회전을 하여 절벽 한 중간에 솟아있는 큰 나뭇가지들을 손으로 잡았지만 소용이 없었다. 약한 나뭇가지들이 '툭-툭-' 부러지면서 추락속도는 어느 정도 줄어들었지만 그대로 밑으로 하강했다. 그의 몸은 숲 속에 있는 큰 소나무 밑으로 떨어지면서 연한 나뭇가지들이 그의 몸을 여러 차례 감싸준 덕분에 간신히 생명을 건질 수 있었던 것이다. 하지만 피를 흘리면서 온몸은 차디 찬 돌처럼 굳어져 갔다. 누군가의 도움이 없었다면 그대로 그 자리에서 죽었을지도 모를 일이었다.

얼결에 엉금엉금 기어서 은행나무 밑까지는 갔는데, 피를 많이 흘린 탓에 그대로 정신을 잃은 모양이었다. 그러한 때에 그를 구한 처자가 연아였다. 그는 사경을 헤매다가 그야말로 운 좋게 하나 밖에 없는 생명을 건질 수 있게 되었던 것이다. 만에 하나 그곳에서 그녀를 만나지 못했다면, 이미 그는 이 세상 사람이 아니었을 거라고 여기면서 입가에 그윽한 미소를 머금었다.

영원히 잊을 수 없는 생명의 은인. 그녀가 바로 그의 생명을 구한 아름다운 처자였다. '하늘이 내게 보내준 천상의 선녀, 나의 영원한 수호천사! 그게 바로 당신이었소!' 하고 그가 입을 열어 고백한다. 그는 말을 타고 달려가면서 눈부시도록 빛났던 그녀의 얼굴을 마음속에 되새겨봤다. 반달 모양의 눈썹에 곱고 아름다운 눈동자와 백옥처럼 하얀 피부를 가졌고, 그 누구와도 비교할 수 없을 만큼 빼어난 미모를 가진 처자가 연아였다. 게다가 음성마저도 곱고 청아했으며 손길은 꽃잎처럼 부드럽고 햇볕처럼 따뜻하지 않았던가.

그는 그녀의 모습을 마음속으로 그려보기만 해도 가슴이 두근거렸다. 이번에 만나면 부끄러움을 무릅쓰고라도 꼭 청혼을 하겠다는 결심을 굽히지 않았다. 어서 빨리 그녀를 보고 싶어 미칠 것만 같았다. 그녀를 향한 그리움이 그의 마음속에서 붉고 뜨거운 용암처럼 끓어올라왔다.

그는 계곡 밑에 있는 초가 앞에 당도하자마자 허겁지겁 말 등에서 뛰어내렸다.

"내가 왔소! 어디에 있는 게요?"

그가 밝은 얼굴로 기쁨이 가득한 웃음을 입가에 터뜨렸다.

다급한 마음에 초가의 방문을 활짝 열고 그는 먼저 안을 들여다봤다. 어떻게 된 일인지 그곳엔 그녀가 없었다. 허름한 요 위에 누워있는 노인만 보일 뿐이었다. 그 노인은 그를 보자마자 기다렸다는 듯 눈을 휘둥그렇게 뜨면서 힘겹게 자리에서 일어나 앉는다.

"연아가 그리도 기다리고 있었는데, 왜 이제야 오는 겐가?"

노인이 안쓰러운 눈빛으로 그를 쳐다본다.

"어디 몸이 아프신 모양입니다. 안색이 너무 안 좋으십니다."

그가 걱정스러운 얼굴로 입을 열었다.

"안됐지만, 너무 늦은 것 같네. 연아는 이곳에 없어."

"예? 없다니요? 그게 무슨 말씀입니까?"

"연아는 궁궐로 들어갔네."

"궁궐로 들어가다니요? 그럼, 궁녀가 되었단 말씀입니까?"

"자네가 떠난 그 다음 날이었어. 궁궐에서 나온 제조상궁이 중전을 아주 많이 빼닮았다고 하면서 연아를 데리고 갔거든. 하늘처럼 높고 존귀한 분들이 궁궐에서 결정한 일이니, 미천한 범부인 내가 어찌 그 명을 거부할 수 있었겠는가?"

그 노인이 해소기침을 서너 번 하고는 길게 한숨을 뱉어냈다. 그러고는 고개를 절레절레 내저었다. 모든 게 끝났음을 암시하는 무언의 행동이었다.

그는 연아가 중전을 빼어 닮았다는 말을 듣고는 자신도 모르게 눈을 질끈 감고 말았다. 머리가 단단한 바위에 부딪치듯 번갯불처럼 번쩍 스쳐지나가는 기억의 잔상들이 그를 건청궁 안으로 옮겨놓고 있었다. 미친개처럼 칼을 들고 날뛰는 자객들의 짐승 같은 괴성과 신음들. 홀로 피투성이가 되어 죽어가던 한 맺힌 중전의 얼굴. 숨이 끊어진 후에도 마치 깊은 잠속에 빠져있는 듯 곱고 신비로운 모습. 허공에 대고 그녀는 무슨 말을 하려는 듯이 한 손을 그가 숨어있는 지붕 쪽으로 내밀고 입술을 파르르 떨다가 그대로 숨을 거두었다. 그는 마른 침조차 삼키지 못하고 눈물 어린 얼굴로 그 마지막 장면을 지켜볼 수밖에 없었다.

그 찰나였다. 아주 짧은 순간이었지만 이상하게도 그 시간이 길

게만 느껴졌다. 이른 새벽이라 대낮처럼 환하게 잘 보이지는 않았
지만 그는 노란 전등불 밑에서 숨을 거둔 중전의 얼굴을 오래도록
훔쳐봤다. 기이한 일이었다. 어디선가 본 적이 있는 낯설지 않은 아
름다운 얼굴이라는 느낌을 내내 지울 수가 없었다.

　쓸쓸한 가을바람이 어디선가 불어오고 있었다. 그가 노랗게 물든
부채꼴의 잎사귀들이 하늘을 가리고 있는 은행나무 앞에 서서 울음
이 섞인 쉰 목소리로 그녀의 이름을 나지막한 음성으로 불러본다.
　'연아!'
　그는 무심코 은행나무 한 중간으로 시선을 옮기다가 커다랗게 새
겨진 '中殿(중전)' 이라는 두 글자를 보고 이상한 생각이 들었다. 왜
중전이라는 글자가 그곳에 새겨져 있는 건지 의문이 생겼다. 혹시
그녀가 경복궁으로 들어가 중전대신 시해를 당했을지도 모른다는
생각이 들기도 했다. 그럴 리가 없다고 하면서 고개를 저었지만 자
신도 모르게 하체에 기운이 빠지면서 다리가 휘청거렸다.
　그의 손에 들려있던 은가면이 맥없이 바닥으로 툭 떨어졌다. 은
행나무 밑에 떨어진 은가면이 바람을 타고 좌우로 흔들렸다. 텅 빈
가슴을 더욱 깊이 휘젓는 가을바람이 그의 목덜미를 스치고 지나갔
다. 땅바닥에 버려진 가면은 무표정한 얼굴로 누워있었지만, 어쩐
지 슬픈 얼굴로 마냥 울고 있는 듯 보였다. 그 가면 얼굴 위로 어디
선가 날아온 붉은 단풍잎 하나가 여인의 미소처럼 신비롭게 떨어져
소리 없이 눕는다.
　땅바닥엔 누군가가 숯으로 만든 '生(생)' 자가 커다랗게 새겨져
있는 것이 눈에 띄었다. '중전이…… 살아있다. 연아가 중전이라
면…… 연아가 어딘가에 살아있다는 말이다. 헌데 연아가 왜 중전

이란 말인가?' 하고 그는 마음속으로 복잡한 생각을 정리하려고 애를 쓰다가 길게 신음이 섞인 한숨을 쏟아냈다.

바닥에 새겨진 '生' 자가 분명 뭔가를 암시하고 있음에 틀림없다는 확신이 들었다. 그것은 연아가 죽지 않고 살아있다는 것을 알려주기 위하여 일부러 크게 쓴 글자라고 나름대로 해석을 해봤다. '그렇지 않고서야 굳이 생 자를 쓸 이유가 없지 않은가. 그 비밀을 풀 수 있는 사람은 누굴까? 그래! 그건 딱 한 사람뿐이야.' 하고 그가 말했다. 그 사람은 연아의 아비였다. 아무리 골똘히 분석을 해봐도 그런 글자를 땅에 새길 사람은 오직 연아의 아비뿐이었다. '연아의 부친께 직접 물어보면 정확한 글자의 의미를 알 수 있을 게야!' 하고 그가 후딱 발걸음을 뒤로 돌렸다.

그는 아무런 머뭇거림도 없이 그 노인이 누워있는 초가로 헐레벌떡 뛰어가 방문을 활짝 열어봤지만, 그곳엔 아무도 없었다. 이곳저곳을 돌아다니며 그 주변을 빠짐없이 찾아봐도 그 노인은 영영 보이질 않았다. '이게 어찌된 일이지?' 하고 그가 중얼거렸다. 그 노인은 이미 어디론가 찾을 수 없는 곳으로 잠적해버린 후였던 것이다.

그녀와 헤어질 때 들었던 말이 그의 머릿속을 계속 맴돌았다. 만약 그녀를 찾지 못하게 되어도 절대로 낙심하지 말라는 그녀의 마지막 당부가 비수처럼 그의 마음을 찔렀다. 그 말의 뜻을 음미하면서 그는 그녀의 단아한 모습을 마음속에 그려봤다. 아무런 의미도 없는 말을 함부로 내뱉을 처자가 아니라는 생각이 들었다. '맞아! 내가 알지 못하는 무슨 비밀이 있는 게야. 그게 대체 뭘까?' 하고 그는 눈을 감은 채 마음속으로 고민을 했다.

중전과 닮았다는 이유로 궁궐로 들어가게 된 연아. 어디론가 사라진 그녀의 아비. 중전이 살아있다는 암시의 글. 그의 머릿속이 복잡해지면서 마음도 혼란스러워지고 맥이 빠졌다.

그는 무거운 발걸음으로 집을 향했다. 당분간 조용히 푹 쉬면서 독서나 좀 해야겠다고 마음을 먹었다. 그래야 찢어지고 상한 마음을 조금이라도 달랠 수 있을 것만 같았다. 그토록 연아를 마음에 두고 상사병을 앓는 총각처럼 마음을 바싹 태웠건만 결국 돌아온 것은 감당할 수 없는 절망과 괴로움뿐이었다. 그의 마음은 온통 구멍이 뚫려 아무렇게나 버려진 낡은 문짝처럼 볼품없이 초라하고 아플 뿐이었다. 그냥 아무 일도 손에 잡히질 않았다.

그는 대문을 열고 집안으로 들어가다가 모친의 방에서 흘러나오는 낯선 소리에 귀를 기울였다. 처음 들어보는 소리들이었다. 무슨 생소한 경전 같은 걸 읽고 있는 것 같았다. 그가 방문을 열고 안으로 들어가면서 모친에게 물었다.

"어머님! 그게 뭡니까? 새로 나온 불경인가요?"

그가 모친 손에 들려있는 책자를 보고 묻는다.

"아니다. 이건 어렵게 구한 야소교('예수교'의 음역어)의 경전이다."

"예? 야소교요? 그럼, 개종을 하신 겁니까?"

"그래. 내가 다니는 야소교에선 온 세상을 창조하신 조물주의 사랑과 부활을 믿는단다."

"부활이라면?"

"조물주의 아들이신 야소께서 십자가에 달려 돌아가셨다가 장사한 지 사흘 만에 무덤에서 살아나오셨지. 그걸 야소교에선 부활이라고 하느니라. 야소를 믿는 자들은 조물주의 은혜로 부활과 영생을 얻게 된단다."

그의 모친이 부드럽지만 경외감이 어린 목소리로 그에게 야소교의 진리를 자세히 설명하려고 애를 썼다.

"죽은 사람이 어떻게 부활을 합니까? 그게 말이나 된다고 생각하세요?"

"사랑과 부활은 야소교의 비밀이자 불변의 진리이거늘, 무지한 네가 어찌 그걸 이해할 수 있겠느냐? 야소께선 모든 사람들을 사랑하시고 지옥인생길에서 인간들을 구원하시길 원하신다."

"전 죽을 때까지 불교를 믿어 조선을 구할 수 있는 장군으로 환생할 겁니다. 어머님이나 열심히 야소교를 믿고 부활영생하세요."

그가 모친에게 장난스럽게 한마디를 불쑥 내뱉고 방문을 가만히 닫는다.

방 안에서는 잠시 침묵이 흐르다가 다시 야소교의 경전을 부지런히 읽는 모친의 목소리가 쉬지 않고 흘러나왔다.

그는 자기 방으로 가서 요를 펴고 자리에 벌러덩 누워버렸다. 그의 머릿속에선 오직 연아의 모습만 오락가락할 뿐이었다. 중전의 모습을 한 연아가 건청궁에서 피살된 것인지, 아니면 중전으로 분장한 연아가 먼 나라로 떠난 것인지 도무지 헷갈려 제대로 판단을 할 수가 없었다.

하지만 분명한 것이 하나 있었다. 그건 죽은 자가 살아나는 야소교의 부활처럼, 그녀는 어딘가에 살아있을 거라는 굳건한 믿음이었다. 그녀가 일본 자객들의 칼에 찔려 비참하게 죽은 것이 아니라, 어딘가에 몸을 숨기고 반드시 살아있을 거라는 확신이 들었다.

복잡한 생각을 거듭할수록 그의 가슴은 점점 더 답답해지고 숨이 목까지 차올라 견딜 수가 없었다. 아무래도 스승을 만나 이런저런 이야기라도 하지 않으면 가슴이 터져버릴 것처럼 고통스러웠다. 그의 스승에게 두서없이 수다를 떨다보면 마음도 어느 정도 안정이 될 거라고 여겼다. 그는 뒤얽힌 실타래처럼 온갖 잡념에 시달리다가 베개를 베고 몰려오는 피곤을 삭히지 못한 채 깊은 잠속으로 빨려 들어갔다.

그 다음 날 오후였다. 그는 스승의 초가 앞에 있는 커다란 노송 밑에서 먼 하늘을 바라보고 서 있었다. 그간 있었던 일들을 스승에게 몽땅 털어놓아서인지 그런대로 속이 후련해졌다. 그의 스승은 그가 얘기를 꺼낼 때마다 가끔 고개를 끄덕이면서 인내심을 갖고 그의 말을 끝까지 다 들어주었다. 그러다가 '인생이란 관객이 없는 텅 빈 무대 위에서 끊임없이 긴 이야기를 만들어야 하는 고독한 광대의 몸짓과 같은 것이다.' 하고 의미 깊은 한마디를 던지고 그의 스승은 굳게 입을 다문다.

저녁노을이 붉게 물든 하늘이 산 너머로 아름답게 펼쳐져 있는 것이 보인다. 그의 옆에서 한참 침묵을 지키고 있던 스승이 드디어 말문을 연다.

"시랑아! 내가 하는 말을 잘 듣고 마음에 새겨야 한다. 극비 사항이긴 하지만, 너도 알아야 할 것 같아서 이제야 진실을 말하게 되었구나. 사실 나는 이제껏 중전마마께서 조직하신 통신사 밀정들을 관리하고 있었다."

도인이 긴장한 얼굴로 마른 침을 삼킨다.

"예? 통신사 밀정이라뇨?"

그가 당황스러워하는 얼굴을 감추지 못하고 심각하게 묻는다. 뭔가 중전과 숨겨진 인맥의 줄이 닿아 서로 연락을 하고 있는 사이라

는 건 이미 오래전부터 알고 있었지만, 그의 스승이 통신사 밀정이
었다는 사실은 처음 듣는 말이었다. 그 비밀을 자신에게 털어놓는
이유가 뭔지 내심 궁금함이 앞섰다. 한편으론 그만큼 조선을 지키
려고 나름대로 피땀을 흘리고 있었던 스승이 자랑스럽게 여겨지기
도 했다.

통신사 밀정이란 구체적으로 어떤 일을 하는 자들인지 스승에게
상세히 물어보려고 하다가 그는 가까스로 참고 입을 다물었다. 스
승의 얼굴만 빤히 바라보고 있으면, 스승이 직접 그 조직에 대한 비
밀들을 제대로 알려줄 것 같아서였다. 잠시 침묵이 흐르더니, 스승
이 무거운 입을 다시 열었다.

"지금까지도 일본을 비롯하여 여섯 나라에 두 명씩, 밀정들이 파
견되어 활동을 하고 있다. 그건 조선을 지키고 살리려는 중전마마
의 뜻이었어. 그 조직을 여태껏 그분의 명을 받아 내가 관리하고 있
었는데, 얼마 전에 그 분께서 만드신 그 조직을 고스란히 전하에게
넘겨드렸다. 허니 이젠 내가 중전마마의 밀정이 아니라 전하의 밀
정이 된 게야."

"그럼, 은가면인 저도 전하의 밀정이 되는 겁니까?"

"넌 밀정은 아니다. 하지만 은가면은 조선을 위하여 생명을 바칠
수 있는 영원한 의적으로 남아야 한다. 은가면은 불멸의 존재이자
조선의 혼을 상징하기 때문이다. 무슨 일이 있어도 너는 끝까지 나
를 도와야 한다. 지금 우린 같은 곳을 바라보며 한 길을 가고 있는
게야."

"명심하겠습니다. 스승님!"

"아무래도 네가 노서아의 모스크바로 가서 그곳에서 활동하는 밀
정이 건네주는 서찰을 받아와야 할 것 같구나. 나보단 젊고 유능한

네가 큰 어려움 없이 그 서찰을 한성까지 가져올 수 있을 것 같아서 하는 말이다. 네가 나를 도와줄 수 있겠느냐?"

"조선을 지키기 위한 일인데, 어찌 제가 스승님의 명을 거역할 수 있겠습니까? 노서아로 가겠습니다."

그는 힘 있게 안광을 발하고 겸손하게 스승의 명을 받아들였다.

"한 가지 명심해야 할 일이 있다. 그것은 노서아에서 만나게 될 밀정과 한마디의 말도 해선 안 된다는 것이다. 그 밀정의 얼굴을 보거나 목소리를 듣게 되었다면, 그 즉시 마음속에서 지워버려야 한다. 눈을 감고 귀를 막아라. 네게 주어진 임무는 오직 노서아의 밀정이 건네주는 서찰을 이상 없이 조선으로 가져오는 일이다."

도인은 나지막한 음성으로 말을 마치고 굳게 입을 다문다. 어쩌면 생명이 위험할지도 모를 임무가 그에게 주어진 것 같아 도인은 마음이 편치 않았다. 그것은 변장을 하고 노서아의 모스크바까지 다녀와야 하는 험하고도 고된 여정이었다. 언제 어디서 무슨 일을 당하게 될 지 알 수 없는 밀정의 길이라 더욱 그러했다.

하지만 도인은 시랑이 모든 일정을 잘 마치고 돌아올 수 있을 거라는 믿음을 결코 저버리질 않았다. 그만큼 그의 스승은 그의 능력을 인정하고 있었다. 큰 어려움 없이 시랑이 노서아 밀정이 건네주는 서찰을 갖고 무사히 조선으로 돌아올 거라는 확신이 들자 도인은 마음이 편안해지는 모양이었다. '그래! 넌 잘 해낼 수 있을 게다!' 하고 도인은 시랑의 어깨를 힘 있게 잡고 어루만져 주었다.

그러나 도인은 이상하게도 감당하기 어려운 불안한 마음이 자꾸만 생기자 그것을 억제하려고 무의식적으로 입안에서 흘러나오는 신음을 힘겹게 목울대로 다시 넘기고야 만다.

도인은 자상한 중전을 마음속에 떠올렸다. '중전마마! 역적으로 몰려 처형을 당할 위기에 빠진 저를 구해주시고 통신사 밀정들을 관리할 수 있는 너무도 큰 직책을 주셨던 것을, 소인은 한시도 잊은 적이 없었습니다. 부디 노서아에서도 강건하시고 조선을 위해 큰일을 하시옵소서.' 하고 도인은 합장을 하고 마음속으로 기원했다. 중전의 도움으로 도인은 산 속에서 도를 닦고 제자를 키우며 조선의 밀정들을 관리하는 일들을 여태껏 해올 수 있었던 것을 진심으로 고맙게 여겼다.

도인은 지난날들을 조용히 회상하며 눈을 감았다. 긴 세월의 그림자가 무겁게만 느껴지는 고요한 시간이 하염없이 흘러가고 있었다.

시랑은 조선의 미래와 스승을 위하여 기꺼이 목숨이라도 내놓겠다는 각오로 노서아로 갈 준비를 하게 되었다. 스승의 가르침대로 아무 곳에서나 잘 수 있도록 철저하게 훈련을 받았다. 들판이나 남의 집 처마 밑이나 깊은 산 속에서도 잠을 자야만 했다. 먼 길을 가다 보면 춥고 불편한 곳에서도 홀로 잠을 자야 할 일이 생길 수도 있기 때문이다. 그러한 상황을 대비해서 철저하게 훈련을 받은 자들이 밀정들이었다. 그들에겐 환경을 능히 이길 수 있는 일종의 극기 훈련이 필요했다.

시랑은 노서아 음식과 문화와 언어와 지리에 관한 공부도 소홀히 하지 않았다. 노서아에 살고 있는 동양인처럼 보일 필요가 있어서였다. 그는 밀정이 되기 위한 여러 가지 고달픈 과정들을 정신력으로 이겨내야만 했다. 그러한 훈련들이 조선을 지키고 구하는 일에 나름대로 적잖은 영향을 줄 수 있는 중요한 요소들이라고 여겼다. 때에 따라선 밀정이 고종에게 건네준 서찰 하나로 인하여 조선의

미래가 전혀 다른 쪽으로 변화될 수도 있다는 것을 그는 알고 있었
다. 머지않아 노서아로 가게 되면, 조선에서는 한 번도 볼 수 없었
던 새로운 세상을 접할 수 있을 거라는 기대감이 그의 마음을 설레
게 했다.

국모시해사건이 일어난 직후에 일본 공사 미우라는 주범이 일본
낭인들이 결코 아니라고 발뺌을 하느라고 바빴다. 그것은 대원군을
앞세운 훈련대 군사들이 일으킨 반란이었다고 거짓주장을 내세웠
다. 얄팍한 속임수로 고종과 외국 공사들의 눈을 가리려고 했던 것
이다. 일파만파 번지게 될 사건의 후유증을 가급적 최소화시켜서
일단 막아보자는 전략이었다.

고종은 손에서 석유냄새가 잔뜩 나는데도 그걸 만진 적이 없다고
우기는 어린아이와 뭐가 다를 것이 있느냐면서 분통을 터뜨렸다.
차라리 작은 손바닥으로 연못을 가리고, 연못의 존재를 부인하라며
탄식을 하기도 했다.

그래도 일본인들이 저지른 범행이 아니라고 미우라 공사가 우기
자 지나가는 개들도 웃겠다는 말로 고종은 그의 주장을 묵살했다.
일본 옷을 입고 있었던 자객들의 얼굴을 직접 본 고종은 국모시해
사건의 주범을 그 누구보다도 명확히 알고 있었던 것이다. 자신에
게 칼끝을 겨눈 요시무라의 얼굴을 떠올리고 고종은 분노의 감정을
억제하지 못하고 몸을 심하게 떨었다.

그날 한 내관은 건청궁에서 시신들을 수습하는 과정에서 금가락
지 하나를 발견하게 되었다. 그것은 시신을 불태운 자리에서 두어
걸음 정도 떨어진 곳에서 발견된 금가락지였다. 아마도 자객들이
시신을 옮기는 과정에서 자연적으로 떨어졌거나 아니면 중전이 죽

어가면서 자신의 존재를 고종에게 알리기 위하여 그 반지를 근처에
떨어뜨렸을지도 모른다는 생각이 들기도 했다.

황금으로 정교하게 만들어진 고운 자색 단풍잎 하나가 붙어있는
아름다운 금가락지였다. 그 반지의 안쪽에는 '이명복' 이라는 이름
이 또렷하게 새겨져 있었다. 그 반지를 발견한 내관은 안쪽에 새겨
진 이름을 보고 소스라치게 놀랐다. 그것은 고종의 본명이었다. 그
반지가 틀림없이 중전의 것이라고 여긴 내관은 그것을 아무도 모르
게 고종에게 바쳤다. 고종은 그 반지를 한 손에 쥐고 설움이 솟구쳐
올라와 제대로 숨조차 쉬지 못하고 심하게 기침을 해댔다. 가슴속
으로 무언가가 쑤욱 들어와 심장을 짓누르는 듯 극심한 고통을 상
반신에서 느꼈다.

고종의 눈에서 뜨거운 눈물이 하염없이 흘러나왔다. 필시 중전이
건청궁을 빠져나가기도 전에 일본 자객들에게 참살을 당한 게 틀림
없다고 여기면서 오열을 토해냈다. '중전! 노서아로 떠나기도 전에
그렇게 왜놈들에게 붙잡혀 처참하게 죽임을 당한 것이오? 그렇지
않고서야 그 가락지가 시신을 불태운 자리 근처에서 나올 리가 없
지 않소? 왜 궁궐을 떠나지 않고 그곳에 머물러 있었던 게요? 대체
어쩌자고?' 하고 고종이 두 주먹을 움켜쥐고 울음 섞인 목소리로
가슴을 쳤다.

고종은 가까운 곳에 있는 젊은 내관을 불러 중전이 노서아로 떠
나기 전까지 아비 노릇을 하면서 도움을 주라고 궁궐 밖으로 내보
냈던 내관을 찾아보도록 명했다. 하지만 어떻게 된 일인지 그 내관
의 종적도 찾을 길이 막연했다. 그 내관이 어디로 증발한 것인지 아
는 자가 한 사람도 없었다. 언제부터인가 소식도 끊어진 채 행방불
명이 된 터라, 고종은 필시 일본 공사 미우라의 자객들이 그 내관까

지 찾아내어 죽인 것이 분명하다고 여겼다. '쳐 죽일 놈들!' 하고 고종이 어금니를 지그시 다물고 두 눈을 감았다. 고종은 눈을 감은 채 온몸을 벌벌 떨면서 아무런 말도 하지 못하고 오래도록 침묵을 지켰다.

노서아 공사 베베르와 미국 서기관 알렌은 조선국모시해사건이 있었던 날 아침 일곱 시경에 고종의 연락을 받고 입궐하게 되었다. 그런데 수십 명의 일본 낭인들이 긴장한 얼굴을 감추지 못하고 궁궐문 밖으로 몰려나오는 것을 직접 목격하고 의문을 품지 않을 수 없었다. 이른 아침에 경복궁에서 일본 낭인들이 떼를 지어 나온 이유가 도대체 무엇인지 궁금했던 것이다.

나중에 그들은 건청궁에서 조선국모시해사건이 있었음을 알고는 치를 떨었다. 어떻게 하찮은 일본 낭인들이 궁궐로 들어가 감히 조선의 국모를 시해할 수 있느냐는 분노가 솟구쳐 올라왔다. 그런 까닭에 주범은 대원군이 아니라 일본이었음을 그들은 조금도 의심치 않았다.

터무니없는 거짓말로 위기를 넘기고 모든 상황을 일본에 유리하게 이끌어가기 위한 미우라 공사의 주장을 그들은 공개적으로 윽박질렀다. 한마디로 국모시해사건의 주범은 대원군이 조종하는 훈련대가 결코 아니라, 일본이었음을 강력히 주장하기에 이르렀던 것이다.

그날 숙직을 했던 노서아 군관 사바틴과 시위대를 이끌고 일본 자객들과 맞대응을 했던 미국의 다이 장군이 조선에 파송된 외국 공사들에게 정확한 정보를 넘겨주었다. 조선의 궁궐에서 일어난 엄청난 사건의 정황을 제대로 입수한 각국의 언론들이 자국의 신문들을 통해 일본 정부의 천인공노할 조선국모시해사건을 낱낱이 보도하게 되자, 일본 총리는 일단 사태를 수습해보려고 애를 썼다. 그 사건은 일본 정부와는 전혀 무관한 일이라고 딱 잡아뗐다.

일본 정부는 고민을 하다가 조선국모시해사건은 노서아를 등에 업고 일본을 배척하는 정책을 내세웠던 국모에게 반감을 가진 일부 어리석고 혈기 넘치는 일본 낭인들의 소행이었다고 뒤늦게 발표를 했다. 국제적인 문제로 사건이 크게 확대되어 비난의 화살들이 숱하게 날아오게 되자, 상황을 어떻게 해서라도 가급적 축소해보려는 일본 정부의 얕은 꾀였다.

하지만 고종을 비롯하여 조선에 거하는 외국의 공사들과 조선의 백성들은 그런 속임수에 말려들지 않았다. 그들은 그러한 엉터리 주장을 조금도 믿으려는 기색이 없었다. 흉악한 일본의 욕망이 밑바닥에 깔린 끔찍한 사건이었음을, 그들은 손바닥을 보듯 훤하게 들여다보고 있었다. 오카모토에게 붙잡혀 강제로 가마를 탔던 대원군조차도 일본의 야욕을 채우기 위한 희생 제물에 불과했던 것이다.

고종은 일본 군사들에 의하여 강녕전 안에 연금된 몸이 되고 말았다. 날마다 고통스러울 정도로 감시를 받고 왕권을 행사할 수 없을 만큼 온갖 정신적인 압박에 시달렸다. 말만 국왕이지 언제 어떻게 살해될지 알 수 없는 불안한 나날들이 전개되고 있었다.

오래전 중전이 염려했듯이 일본인들이 음식물에 독약을 넣었을지도 모른다는 의심이 생겨 마음 놓고 수라상을 받을 수가 없었다. 고종은 독극물을 주입할 수 없는 삶은 달걀 외에 어떤 궁궐 음식도 입에 대지 않았다. 다만 신뢰할 수 있는 손탁 부인이나 알렌 부인이 궁궐 밖에서 정성스럽게 직접 만들어온 음식들만 겨우 입에 댈 뿐이었다.

일본 정부는 친일파 중심의 김홍집 내각을 수립하고 고종에게 서양인처럼 조선인들도 머리를 짧게 깎아야 한다는 단발령을 강요했다. 전통적인 왕권을 약화시키고 조선을 하나로 묶고 있는 유교정신을 소멸시키려는 의도가 깔린 정책이었다. 일본 상인들이 조선인들에게 양복이나 구두 혹은 모자를 팔아야 하는데, 상투를 튼 머리로 인해 전혀 장사가 안 된다고 불만을 털어놓은 적이 있었는데, 그것이 동기가 되어 단발령이 공포되었다는 소문도 있었다.

하지만 그것은 뿌리가 깊이 내린 조선의 정신을 단번에 꺾고 왕권도 약화시키려는 일본의 계략이었다. 고종이 단발령을 거부하자 친일파인 유길준이 무장한 일본 군사들을 끌고 궁궐로 들어와 머리를 깎지 않는 자들을 모두 참살할 듯 설치며 극심한 공포감을 조성했다. 유교사상으로 본다면 도무지 말도 안 되는 일이었으나, 고종은 더 버틸 여력이 없었다.

고종은 일본의 강압에 못 이겨 단발령을 받아들이고 말았다. 일단 일본이 경복궁을 점령한 상태라 그들의 말을 따르지 않을 수가 없었던 것이다. 고종의 상투는 지명을 받은 정병하가 직접 잘랐고, 세자의 머리는 유길준이 깎았다. 고종은 침묵을 지키며 그저 무덤덤한 얼굴로 바닥에 떨어지는 머리카락들을 보고 있었다.

하지만 붉게 충혈 된 눈가엔 투명한 눈물이 그렁그렁하게 고여 있었다. 고종은 마음속 깊은 곳에서 든든한 버팀목처럼 자신을 항시 지켜주었던 중전을 그리워하고 있었는지도 모른다. 중전이 자신의 곁에만 있었어도 조선의 국왕이 신하에게 머리를 맡기고 조선인을 상징하는 상투까지 잘라내야 하는 부끄럽고 통탄할 일은 일어나지 않았을 거라고 여겼다. 조선의 왕권이 무너지고 일본 세력들이 걷잡을 수 없을 만큼 제멋대로 국왕을 흔들어대는, 그야말로 고종이 감당할 수 없는 최악의 사건들이 전개될지도 모른다는 예감이 들기도 했다. 국왕의 권위가 땅에 떨어져 짓밟혔음을 상징하는 치욕적인 사건이었다.

일본은 고종과 세자가 자발적으로 머리를 깎았으니 유생들과 백성들도 마땅히 조선국왕께 충성하는 마음으로 스스로 머리를 깎아야 한다고 전국적으로 단발령을 공포하기에 이르렀다. 방을 통해 공포된 내용을 읽게 된 유생들과 백성들은 더욱 분개하여 전국 각지에서 항일의병들이 일어나게 되었다. 불난 집에 석유통을 수없이 굴려 넣은 꼴이었다. 조선국모시해사건의 분노가 가라앉기도 전에 단발령으로 조선의 미래와 전통을 끊어버리려고 하는 일본을 도저히 용납할 수가 없었던 것이다.

고종은 일본 군사들의 감시를 피해 국내의 밀정들에게 연락하여 밀서를 경기도 연합의병대 지휘부에 전달했다. 그것은 의병들에게 군호를 주어 조선의 군사로 인정하니 일본 군사들과 죽음을 불사하고 끝까지 싸우라는 밀명이었다. 그리고 김홍집 친일내각에서 시행하는 모든 일들을 결코 따르지 말라는 비밀스러운 내용이 담긴 고종의 밀서였다. 그로 인하여 의병들은 더욱 단합하여 힘을 모았고, 친일파 관료들을 찾아내어 척살하는 일도 과감하게 시행했다.

항일의병들의 세력이 거세지자 김홍집 내각의 실세였던 유길준은 경복궁 안에 있던 군사들까지 동원하여 항일의병 토벌작전을 벌이기도 했다. 그로 인해 경복궁을 수비하던 군사들의 숫자가 갑자기 줄어들었고, 고종이 노서아 공사관으로 도망을 갈 수 있는 구멍이 뚫리게 되었던 것이다. 그런 틈새를 이용하여 손탁 부인과 베베

르 공사와 이완용은 고종이 무탈하게 노서아 공사관으로 피신을 할
수 있도록 계획을 세웠다. 그들은 실수 없이 고종과 세자를 노서아
공사관으로 이동시킬 수 있는 만반의 준비를 해놓았던 것이다.

# 회 상

노서아의 모스크바에 있는 가비 찻집에서 검은 머리를 짧게 자른 양장 차림의 여인이 창밖의 경치를 감상하면서 조용히 앉아있다. 그녀는 김이 모락모락 올라오는 가비 찻잔을 들고 우아하게 한 모금을 마신다. 그러고는 그 찻잔을 탁상 위에 가만히 내려놓고, 갈색 가죽가방 안에서 조심스럽게 무언가를 꺼낸다. 하얀 손가락으로 그걸 한참 어루만지면서 오래도록 바라보고 눈시울을 촉촉이 적신다. 그것은 빨간 단풍나무 모양으로 만들어진 노리개였다.

그녀는 유리잔에 담겨진 물을 손가락으로 한 방울씩 찍어 테이블 위에 '연아' 라는 이름을 쓴다. 그녀가 가비 차의 향기를 맡으려는 듯이 길게 숨을 들이마시고는 눈을 살포시 감는다. 궁궐에서 있었던 지난날의 기억들을 찬찬히 더듬어보았다. 두꺼운 책장을 한 장씩 길고 가느다란 손가락으로 넘기듯이, 그녀는 과거의 기억 속으로 들어갔다.

중전은 노서아로 떠나기 전에 자신과 얼굴이 닮은 처자를 찾아내라고 조선에서 활동하는 밀정들에게 밀명을 내렸었다. 그들이 찾아낸 처자가 바로 연아였다. 그녀는 이십대 중반의 처자였는데, 홀아비와 함께 깊은 골짜기 밑에 있는 한적한 초가에 살고 있었다. 가만히 뜯어보면 몸의 자태나 얼굴도 무척 중전을 닮았다. 대례복을 입히고 화장만 그럴듯하게 시켜놓으면, 나인들도 잘 알아보기 힘들 정도로 그녀는 중전과 닮은꼴이었다. 틈틈이 부친으로부터 학문을 익혀 남달리 생각도 깊고 지혜로운 면이 있는 착한 처자였다.

"네가 연아라는 아이냐?"

제조상궁이 데려온 처자에게 중전이 나지막한 목소리로 묻는다.

"그러하옵니다."

"참으로 나를 많이 빼어 닮은 아이로구나. 이제 오늘부터 네가 중전이고, 내가 연아다."

"마마! 어찌 그런 말도 안 되는 말씀을 제게 하시옵니까? 무지하기 이를 데 없는 소녀가 감히 중전이라뇨?"

"난 네가 사는 초가에서 며칠 동안 머무르다가 아주 먼 나라로 떠나게 될 것이다. 허니 나를 도와다오. 이 사실은 너와 나 그리고 내 분신 같은 제조상궁과 전하만이 아는 일이다."

"하오나 미천한 제가 감히 중전마마의 자리를 어떻게 지킬 수 있단 말씀입니까?"

"그건 조금도 염려하지 말거라. 제조상궁이 네 혀가 되고 네 눈과 손발이 될 것이니라. 그리고 네 아비는 한성에서 평안히 살도록 좋은 집을 마련해주었으니, 아무런 염려도 하지 말거라. 넌 그저 외출을 금하고 곤녕합만 지키고 있으면 된다.”

중전이 차분하지만 부드러운 음성으로 그녀에게 말했다.

그렇게 곤녕합에서 여러 날 동안 연아는 중전의 모습으로 분장을 하고 중전으로부터 다양한 교육을 받았다. 중전이 자리를 빈 사이에는 제조상궁이 중전의 명을 받아 걸음걸이로부터 시작하여 그녀에게 온갖 궁궐의 예법과 필요한 지식들을 신속히 가르쳤다. 의외로 그녀는 총명했다. 놀랄 만큼 빠른 속도로 중전의 말투와 걸음걸이까지도 닮아갔다.

중전은 제조상궁이 가져온 사진들과 초상화들을 녹원의 숲 속에 모아놓고 전부 불에 태웠다. 단 한 장의 사진이나 그림도 남기지 말아야 한다는 각오로, 중전은 손수 훨훨 타오르는 불길 속에 자신의 모습들을 살라버렸던 것이다. 일본인들이 중전을 알아보거나 기억하지 못하도록 하기 위해서였다. 연아와 헤어질 날이 다가오자 중전은 그녀를 불러 마지막으로 당부할 말들을 전했다.

“연아야! 이젠 아쉬워도 헤어져야 할 날이 가까이 왔구나. 내가 멀리 떠나가 있어도 네가 무척 보고 싶을 것만 같구나.”

중전이 따뜻한 눈빛으로 연아에게 말을 건넸다.

“중전마마! 이토록 조석으로 찬바람이 도는 때에, 허름하고 보잘 것 없는 초가에서 어찌 지내시려고 하십니까? 마마께서 거하시기엔 너무 누추한 곳이옵니다.”

연아가 걱정스러운 눈빛으로 고개를 들지 못하고 중전에게 진심이 담긴 충언을 아뢰었다.

“염려하지 말거라. 내 몸은 살아있어도 이미 산 것이 아니니라. 네가 지금껏 산 곳이라면, 이미 네 몸이 된 내가 어찌하여 그 초가에서 며칠을 살 수 없다는 게냐? 내 백성이 사는 곳이면 그곳이 생지옥이라도 나는 이를 악물고 며칠이 아니라 십년, 이십년이라도 살 것이다. 그래야 조선이 산다. 왕실이 조선의 백성과 한 몸이 되지 못한다면 어찌 조선의 미래가 있겠느냐?”

중전이 짧게 한숨을 내쉬고 무엇인가를 결심한 듯 말했다.

그러고는 중전은 그녀에게 서찰 하나를 건네주면서 연아에게 읽어보라고 했다. 그 서찰을 다 외운 다음에 소각해서 없애라고 명했다. 연아는 ‘알았습니다.’ 하고 공손하게 대답을 하고 그 서찰을 펴서 천천히 읽어 내려갔다. 시간이 부족한 터라 서찰을 통하여 연아에게 조선의 혼을 불어넣으려는 중전의 깊은 뜻이 담긴 글이었다.

‘조선은 오백년의 역사를 가진 훌륭한 나라다. 지금은 조선이 힘을 잃고 어려움을 당하고 있지만 반드시 언젠가는 자주독립국가로 거듭나게 될 것이다. 일본도 노서아도 덕국도 불란서도 미국도 믿어선 안 된다. 대외적으로 타국과 좋은 협력관계를 맺는 것은 좋으나 왕실의 안위와 조선을 지키기 위해서라도 튼튼한 국방력을 키우고 침략야욕을 가진 일본을 늘 경계하지 않으면 안 된다. 이 땅은 외세가 아니라 조선인의 힘으로 지켜져야 한다.’

연아는 중전이 준 서찰을 두 손으로 들고 끝까지 읽어 내려갔다. 손끝에서 알 수 없는 힘이 느껴지기도 했다. 그녀는 손가락에 잔뜩 힘을 주어서인지 손끝이 약간 떨리기도 했다.

“내 생각이긴 하다만, 감히 일본인들이 건청궁으로 침입해 조선의 국모를 죽일 순 없을 것이다. 그건 스스로 무덤을 파는 일이니, 아마도 국모를 감금하거나 폐위시켜 궁궐 밖으로 내치려고 할 것이다. 허나, 만에 하나 전혀 예상치 못한 위험한 일이 생길지도 모른다. 허니 그 서찰을 매일 마음속에 되새기고 암송하여 정신력을 키워야 한다. 그것이 내 마음이고, 내 혼이며 국모의 소원이니라."

중전은 눈가에 흥건하게 고인 눈물을 보이지 않으려고 하늘을 올려다보면서 한이 맺힌 목소리로 연아에게 말했다.

"명심하겠습니다. 중전마마! 만약 제가 죽는 한이 있어도 중전마마의 명예에 누가 되지 않도록 제가 할 일은 어려워도 반드시 해낼 것이옵니다."

연아가 눈물이 흐르는 얼굴로 중전을 바라봤다.

"고맙구나! 연아야! 그리고 이건 전하께서 친히 하사하신 금가락지다. 내가 붉은 단풍잎을 좋아하는 것을 아시고, 반지 위에 그 모양을 새겨주셨단다. 그것은 전하께서만 아시는 중전의 증표다. 늘 손가락에 끼고 있어야 한다. 알겠느냐?"

"예!"

연아가 중전이 건네주는 반지를 두 손으로 받는다. 중전의 반지라는 걸 자신도 모르게 의식해서였는지 그녀의 손이 달달 떨렸다.

"모든 위기를 잘 넘기고 왕실이 안정되는 적당한 시기가 되면, 다시 네 아비와 더불어 한성에서 다복하게 살 수 있도록 해줄 것이니 아무런 염려도 하지 말거라."

중전이 연아를 측은한 눈빛으로 바라봤다.

"황공하옵니다. 중전마마."

연아가 희망이 어린 밝은 얼굴로 고맙다는 듯 고개를 아래로 공손하게 숙였다.

중전은 곁에 서서 눈물을 글썽이던 제조상궁을 불렀다.

"제조상궁! 내가 한 가지 부탁을 할 게 있네."

"마마! 하명하시옵소서."

"해가 지기 전까지는 연아를 중전의 모습으로 변장시켜 곤녕합에 있게 하고, 밤에는 자네가 연아를 데리고 자게. 당분간 잠자리에 들 때는 다른 궁녀와 동일한 의상으로 갈아입혀야 하네. 무슨 말인지 알겠는가?"

중전이 근심이 가득한 눈빛으로 말했다.

"염려하지 마옵소서. 중전마마. 말씀대로 행할 것이옵니다."

제조상궁이 대답을 했다.

만에 하나 늦은 밤이나 새벽에 일본 자객들에 의하여 척살되는 일을 막으려는 중전의 지혜였다. 연아에게 궁녀 옷을 입혀 놓으면, 그녀를 중전이라고 생각할 일본인들은 없을 거라고 여겼다. 설마하니 무죄한 궁녀들을 일본인들이 살해하지는 않을 것이라고 믿었데. 일단 중전이 궁궐에서 빠져나간 것을 알게 된다면, 그들도 칼을 거두고 조용히 물러가게 될 거라고 확신했다.

중전은 초라한 연아의 옷으로 갈아입고, 조선처자처럼 머리를 한 갈래로 땄다. 고종에게 시집을 오기 전의 모습이었지만, 여전히 곱고 아리따운 자태가 드러났다. 얼굴의 피부가 곱고 주름이 없는 동안인지라 마치 처자처럼 보였다. 중전은 미리 준비해놓은 가마를 타고, 제조상궁과 함께 일본 군사들의 눈을 피해 경복궁을 빠져나 갔다.

연아로 변장한 중전의 눈시울에 눈물이 맺힌다. 어쩌면 다시는 돌아올 수 없는 먼 길을 떠나야만 하는 자신의 처지가 한심하고 괴로울 뿐이었다. 한적한 곳에서 마차에 오른 그녀는 몇 번씩 뒤를 돌아보면서 아쉽고 서러운 마음을 접지 못했다.

고종은 중전이 경복궁을 떠나기 전에 나이 많은 충복들 가운데 성품이 올곧은 내관 한 사람을 뽑아 중전에게 보내주었다. 중전은 그를 연아의 아비로 분장시켜 궁궐 밖에서 마차를 기다리게 했다. 그 내관은 충성심이 강하고 고수의 무술실력을 가진 자였다. 그뿐만 아니라 한의학적인 지식도 남달리 풍부하여 병까지 고칠 수 있는 능력을 가진 자였다. 인천항을 통해 중전이 무사히 노서아의 군함을 탈 수 있도록 돕고 지키는 역할이 그 내관에게 주어져 있었던 것이다.

중전은 약속장소에서 만난 내관과 함께 연아가 살던 초가로 갔다. 그리고 베베르 공사는 그 비밀이 외부로 새어나가지 않도록 온통 신경을 쓰며 노서아의 군함이 인천항으로 올 수 있도록 급히 연락을 취했다. 그 군함이 언제 오게 될 것인지 정확한 날짜를 알 수 없어서, 중전은 미리 궁궐 밖에 있는 은밀한 처소에 머물며 베베르 공사부인을 기다려야만 했다. 은근히 궁궐을 감시하고 있는 미우라 공사와 일본 군사들의 눈을 속이기 위해서라도 절대적으로 필요한 연출이었다.

그곳에서 중전은 완전한 연아의 모습으로 며칠 동안 아무도 모르게 서민의 삶을 살아야만 했던 것이다. 계곡 밑에 있는 외진 초가라서 왕래하는 마을사람들도 없었고, 며칠 숨어있기에는 그 보다 더 안전하고 좋은 장소가 없을 것만 같았다.

다행스럽게도 일본 공사 미우라는 중전이 곤녕합에 머물고 있는 줄로만 알고 전혀 의심을 하지 않았다. 하지만 중전은 하루하루의 삶이 불안과 고통의 연속일 뿐이었다. 노서아에서 군함이 속히 와야 조선을 떠날 수 있기에 더욱 그러했다. 적어도 미우라 공사가 주관하는 여우사냥이 시작되기 전에 조선을 떠나야 한다는 조급함이 그녀를 더욱 불안하게 만들었다. 베베르 공사부인이 아무도 몰래 보내주기로 한 마차가 미우라 공사에게 발각되거나, 혹은 중전이 노서아 군함을 타려고 궁궐 밖에 기거하고 있다는 사실이 알려지게 된다면 미우라 공사가 보낸 자객들이 달려와 중전을 살해할 것이 뻔했다. '마차를 타고 무사히 인천까지 가야 하는데.' 하고 날마다 중전은 입속으로 웅얼거렸다.

그렇게 닷새가 흘러간 후였다. 어둠이 깔린 밤에 베베르 공사부인이 노서아군 장교 한 사람을 데리고 그 초가 앞에 나타났다. 마당 앞에서 그녀를 기다리던 중전은 황급히 그 마차를 타고 인천항으로 출발했다. 생사를 건 모험이 시작된 것이나 다름이 없었다. 밤바람이 찬 가을임에도 불구하고 등이 축축해질 만큼 식은땀이 흘러내렸다.

베베르 공사부인이 노서아로 데리고 가는 조선처자로 변신을 하기 위해서 중전은 한복을 벗고 그녀가 가져온 서양 옷으로 갈아입었다. 얼굴을 감추기 위하여 모자를 쓰고 도수 없는 금테 안경을 썼다. 외형적으로 보면 도무지 중전이라고 볼 수 없을 정도로 달라진 모습이었다.

인천에서 미우라 공사의 지시를 기다리고 있었던 오카모토와 일본군 장교들은 한밤중에 나타난 마차를 보고 이상한 예감이 들었는지 신경을 곤두세우고 시선을 집중했다. 누가 마차를 타고 가는 건지 궁금해서 그들은 잘 보이지 않는 마차 안을 들여다보느라고 이마에 굵은 주름이 생겼다. 어두운 밤이라 그런지 마차 안에 누가 타고 있는지 전혀 보이질 않았다. 하지만 중전은 달빛에 반사되는 오카모토와 그들의 허연 얼굴을 바라볼 수 있었다.

지극히 짧은 순간이었지만, 오카모토의 일그러진 얼굴과 흔들림 없는 중전의 얼굴이 서로 마주치는 상태에서 엇갈려 지나갔다. '조선을 집어먹으려는 더러운 야수의 하수인들.' 하고 중전이 눈을 부릅뜨며 마음속으로 외쳤다. 그녀의 머릿속에는 전임 일본 공사였던 이노우에와 미우라 공사와 오카모토와 많은 친일파 관료들의 얼굴이 하나씩 지나가고 있었다. 중전을 척살하기 위하여 칼을 빼어들고 혈안이 되어있는 짐승 같은 무리들이었다. 중전을 제거하고 고종을 독살한 후에 친일내각을 앞세워 조선의 국왕이 없는 나라에서 배가 터지도록 조선의 살점을 뜯어먹으려는 악귀들. 그들이 바로 중전이 증오하는 일본 정치인들이었다.

가만히 생각해보니 허약하기 이를 데 없고 오직 어미 한 사람만을 의지하며 살아온 세자를 남겨두고 홀로 떠나게 된 것이 심히 가슴 아픈 일이었다. 게다가 대원군에게 눌려 하루도 기를 펴지 못하고 눈치를 보며 이제껏 살아온 고종을 경복궁에 남겨두고 떠나자니 땅을 치고 통곡하고픈 마음뿐이었다. '중전이 없는 경복궁. 국모가 없는 조선. 피를 흘리며 일본의 야수들에게 살점을 뜯기고 있는 조선백성들. 신음하며 밤잠을 이루지 못하는 유약한 고종. 그리고 노서아로 도망치고 있는 나는 대체 뭐란 말인가?' 하고 그녀는 북받치는 설움을 참지 못해 흰 손수건으로 자신의 입을 틀어막고 속으로 흐느꼈다.

그날 밤 인천에는 많은 일본 군사들이 한곳에 집결해 있었다. 그들은 일본으로 들어가기 위해서 그곳에 모여 있는 군사들이었다. 하지만 그것은 미우라 공사가 계획한 일이었다. 조선국모시해사건을 저지르기 전에 고종과 중전이 경계심을 풀고 추호의 의심도 하지 않도록 위장하기 위한 고도의 전략이었다. 일본 군사들이 모두 본국으로 돌아가고 있다는 것을 고종과 중전에게 보여주려고 했던 것이다. 그래서 대부분의 군사들은 일본으로 떠났고 나머지 2개 중대의 군사들은 미우라 공사의 지시만을 기다리면서 그곳에 대기하고 있었다.

그런 상황 속에서 만에 하나 뭔가 수상하게 여긴 오카모토가 중전을 마차에서 끌어내어 심문을 하고 그녀의 정체를 알아냈다면, 어떤 일이 벌어졌을까. 만약 그런 일이 생겼다면 하루아침에 중전의 계획이 수포로 돌아가고 그녀의 운명도 그곳에서 끝나게 되었을 것이다. 참으로 위험천만한 순간을 아슬아슬하게 잘 넘긴 셈이었다.

중전은 인천에서 일본 군사들의 눈을 피해 노서아의 군함을 타고 그렇게 극비리에 조선을 떠났던 것이다.

그녀는 조선을 떠나기 전에 닷새 동안이나 한 집에서 한 솥밥을 먹었던 내관에게 특별한 엄명을 내렸던 기억들을 더듬어봤다. '아무래도 머지않아 시랑이 이곳을 찾아올 것이니, 그때까지 궁궐로 들어가지 말고 기다리세요. 어떤 일이 있어도 내가 가슴에 담아놓은 비밀을 끝까지 지켜 주셔야합니다. 내관께서 며칠 동안 이곳에서 보고 듣고 경험한 모든 일들은 무덤 속까지 가지고 가셔야 할 것입니다. 내가 떠난 다음에 궁궐로 돌아가서 전하께 상세히 보고를 하시거나 혹은 일본 공사에게 잡히신다면 내관께선 생명을 잃게 되실 겁니다. 아무도 찾을 수 없는 먼 곳으로 떠나셔야 합니다. 그간 연아의 아비가 되어 저와 동행하셨던 내관을 잊지 않겠습니다. 고맙습니다.' 하고 중전은 내관에게 마지막 인사를 하고 서너 개의 금

궤를 도피자금으로 건네주었다. 그리고 은행나무에 '중전'이라는
글자를 새겨두라고 내관에게 명을 내렸다. 조선을 떠나기 전에 연
아가 중전이었음을 내심 시랑에게 밝히고 싶은 마음이 있었던 걸
까. 어쩌면 그것은 다시 그를 만날 날이 있음을 의미하는 한 가닥
희망의 빛이었는지도 모른다.

　거역할 수 없는 중전의 명이 떨어진지라, 그 내관은 시랑이 찾아
올 때까지 입을 봉하고 그 초가에 기거하고 있었다. 그가 오면 연아
가 중전이었다고 고백하려다가 그만 마음을 바꾸었다. 조선 땅에서
는 그 비밀을 아무도 알아선 안 되고, 그렇다고 시원하게 밝힐 수도
없는 일이었다. 그 비밀을 섣불리 공개해서 감당할 수 없는 재앙을
자초하는 어리석음을 범하지 않기 위해서였다.
　오래도록 고종 곁에서 내관생활을 해왔지만, 궁궐을 떠나 평민복
장을 한 중전을 자신의 딸로 삼고, 닷새 동안이나 초가에서 살았다
는 것이 그저 꿈만 같았다. 가만히 따져보면 평생에 두 번 다시 경
험할 수 없는 너무도 생소하고 기이한 나날들이었다. 그래도 내심
광대처럼 연극을 하면서 지냈던 꽤 흥미로운 기간이라고 여겼다.
그는 긴장이 풀리자 슬며시 긴 웃음을 입가에서 흘려냈다.
　'사흘 간 중전마마는 조선의 국모가 아니셨지. 첫사랑을 잊지 못
해 방황하는 시랑의 연인으로 모든 걸 내려놓고 가난한 조선처자의
삶을 사셨어. 긴 세월이 흘러가도 난 이곳에서 보낸 날들을 결코 잊
지 못할 게야. 그 닷새 동안 진정 아름답고 순수한 사랑을 가진 조
선의 여인을 만나볼 수 있었으니까. 중전마마! 소인도 죽을 때까지
그 비밀을 가슴에 묻겠습니다.' 하고 내관은 은행나무 밑에서 홀로
중얼거렸다. 중전이 하사한 금궤들을 손가락으로 조심스럽게 어루

만지며 그 내관은 만족스러운 표정을 지어내다가, 중전의 모습을 떠올리고 경외심이 어린 눈빛으로 길게 웃는다.

그 후에 그 내관은 연아를 만나기 위하여 달려온 시랑을 보게 되었다. 하지만 연아가 궁궐로 들어갔다는 말만 그에게 남기고, 그곳에서 급하게 도망을 치고 말았던 것이다. 그 내관은 한 가지 마음에 걸리는 일이 있었다. 그것은 연아를 찾아 헤매는 시랑에게 진실을 애기해주지 못했다는 죄책감이었다. 인연이 되면 다시 만날 수 있게 될 거라고 하면서 내관은 불안하고 안타까운 마음을 달랬다. 아무도 알아선 안 되는 비밀을 가슴에 담아둔 처지라 조선에선 도저히 살 수가 없을 것만 같았다. 자신을 찾아낼 수 없도록 땅덩이가 큰 청나라로 도망을 가서 농사나 짓고 가축이나 키우며 살아야겠다는 마음뿐이었다. 그 내관은 걸음을 멈추고 고종이 있는 경복궁 쪽을 향하여 큰절을 했다. '전하! 만수무강 하시옵소서. 불충한 죄인은 청나라로 떠납니다.' 하고 낯설고 먼 길을 향해 발걸음을 재촉했다.

조선국모시해사건이 일어난 지, 두 달 반이 지나간 어느 추운 겨울날 오후였다. 노서아의 모스크바에 있는 가비 찻집 밖에는 흰 눈이 내리기 시작했다. 삽시간에 흰 눈은 모스크바 시를 하얗게 뒤덮었다. 조선에서 내리는 눈보다 훨씬 더 많은 눈이 삽시간에 눈을 뜰 수 없을 만큼 펑펑 쏟아졌다. 모피코트로 온몸을 휘감은 노서아 여인들은 그 눈을 그대로 맞으면서 어디론가 바쁘게 지나가고 있었다. 조선의 겨울보다 더 춥고 쌀쌀한 냉기가 겨울바람을 타고 칼날처럼 매섭게 휘몰아치는 땅. 그곳이 노서아의 모스크바였다.

왼쪽으로 짧고 하얀 깃털이 달린 은색 털모자를 살짝 눌러 쓰고 짙은 회색 코트를 입은 한 미모의 조선 여인이 보인다. 그녀는 가비 차를 한 모금 삼키고 눈물이 밴 얼굴로 슬픈 미소를 머금는다. 정처 없는 나그네와 같은 자신의 신세가 슬프고 처량하게만 느껴졌던 걸까. 그녀는 어깨를 떨며 가느다랗게 한숨을 토해내고야 만다. 창밖에 내리고 있는 흰 눈발을 멍하니 쳐다보고 있던 그녀가 입을 열었다.

"전하! 연아가 일본 자객들에게 가슴을 물어뜯기고 치욕을 당하며 수없이 칼질을 당해 피투성이의 시신이 되었다죠? 게다가 그 시신 위에 석유가 뿌려지고 한 줌의 재로 산화되어 흔적도 없이 사라졌다는 말을 들었습니다. 그 생각만하면 지금도 온몸이 갈기갈기 찢어져 바람에 흩어지듯 너무도 아프고 괴롭습니다. 그게 바로 옥호루에 쓰러져있어야 할 제 모습이니까요."

그녀는 허공에 대고 한 맺힌 목소리로 그렇게 말하고 손수건을 꺼내어 눈시울을 닦아냈다.

분하고 고통스러운 마음이 자꾸만 이성을 잃게 만들었지만, 이미 어쩔 수 없는 과거의 일이었다. 돌이킬 수 없는 시간들을 지나쳐 온 그녀였다. 먼 나라 노서아에 덩그마니 버려진 나그네처럼 존재하고 있는 자신을 스스로 재인식하면서 그녀는 초라해진 마음을 야무지게 다잡는다. 타국에서 그녀가 할 수 있는 일이란 죽지 않고 하루하루를 억세게 견뎌내는 것이었다. 어떤 고난과 역경이 휘몰아쳐도 살아남아야 한다. 칼을 들고 궁궐에 들어가 죄 없는 궁녀들과 중전을 죽이고 조선을 능욕한 왜놈들을 생각만하면 너무 억울하고 분해서 제대로 잠을 잘 수도 없을 것만 같았다.

그녀는 모스크바에서 베베르 공사부인이 마련해준 집에 거하면서 절망의 밑바닥까지 더듬게 되었다. 날마다 무서운 고독과 슬픔이 파도처럼 가슴속에서 넘실거렸다. 어느 순간엔 차라리 옥호루에서 죽었다면 더 좋았을지도 모른다는 생각이 들어 흠칫 놀라기도 했다.

하지만 그 어두운 절망의 웅덩이에 그대로 갇혀있어선 안 될 것만 같았다. 그녀는 베베르 공사부인에게 그 집을 반납하고, 노서아 은행에 저축해두었던 왕실의 비자금 일부를 찾아 큰 저택을 구입했다. 꽤 넓은 정원이 있는 궁궐처럼 제법 큰 성이었다. 그 저택에서 전문적으로 일을 할 수 있는 하인들을 채용하고, 덕국에 주문하여 제작한 승용차도 구입하여 직접 운전기술도 배웠다. 노서아 황실과 접촉하고 조선을 위한 정치를 과감하게 펼치기 위하여 필요한 것들이었다. 겉으론 엄청난 재력을 가진 노서아의 백작부인처럼 화려하게 보였다.

그럴듯하게 꾸미고 여러 가지 호조건들을 하나 둘 갖추게 되었지만, 그렇다고 내면적인 삶 자체가 변화된 것은 아니었다. 그녀의 삶은 여전히 외롭고 쓸쓸하기만 했다. 밤만 되면 겉모양만 그럴듯한 헝겊인형처럼 속이 허전하고, 마음은 날마다 깊은 절망의 나락 밑으로 굴러떨어지는 것만 같았다. 따뜻한 마음으로 자신을 지켜줄 사람이 주변에 아무도 없다는 불안감이 가중되면서 감당하기 어려운 우울증과 고독이 밀물처럼 몰려왔다.

힘이 들수록 마음을 새롭게 다잡아야 한다고 그녀는 주문을 외우듯 중얼거렸다. 더 마음이 약해져서는 안 될 것만 같았다. 조선과 고종을 위해서라도 앞으로 뭔가 새로운 계획을 세우고, 힘없는 나라를 지키고 살릴 수 있는 묘책을 간구해야 된다는 각오로 그녀는 아프도록 아랫입술을 앞니로 지그시 깨물었다.

일본을 견제하기 위해서라도 노서아 황실이 조선을 가까이하고 도울 수 있는 길을 찾아내야 한다는 일념에 사로잡혀 감당하기 어려운 불안감이 엄습해 올 때도 있었다. 하지만 노서아의 황제 니콜라이 2세를 직접 알현할 수 있게 된다면, 신식 조총과 무기들을 구입하여 고종에게 보낼 수 있을지도 모른다는 희망에 젖기도 했다. 조선의 건청궁에 갇혀서 마음대로 궁궐 밖을 나갈 수 없었던 과거의 인생에 비하면, 한결 언행이 편하고 자유로운 상태라고 하면서 자신을 마음껏 위로하는 일도 잊지 않았다.

실제로 노서아에선 아무도 그녀를 간섭하거나 통제하는 사람이 없었다. 베베르 공사부인과 손탁 부인이 직접 도와준다면 노서아 황실과 관계를 맺는 일도 그리 어려운 일이 아닐 거라고 여겼다. 무슨 일이든지 치밀하게 계획을 세우고 정직한 시간과 땀을 후회 없이 넉넉히 쏟아 붓는다면, 안 되는 일이 없을 거라는 신념을 키워나갔다. 그것은 장기간 홀로서기에 익숙해진 그녀의 삶속에서 뿜어져 나오는 열정이기도 했다.

'선조 때도 20만 명의 왜군들이 조선 땅으로 쳐들어와 7년간의 전쟁인 임진왜란을 겪었다. 허나, 그 모든 시련과 고통을 이겨낸 조선이 아니던가. 조선인이 마음만 먹는다면 세상에서 못 할 일이 없다.' 하고 그녀는 두 눈에 힘을 주면서 심호흡을 하고 움츠러든 가슴을 활짝 폈다.

그녀는 따끈한 가비 차 한 모금을 목안으로 삼켰다. 자주 마셔서 중독이 된 걸까. 가비의 독특한 향과 맛이 혀끝에서 시작하여 머릿속 깊은 곳까지 안개처럼 잔잔하게 퍼져나갔다. 그녀는 시랑의 모습을 떠올렸다. 그토록 첫 사랑을 찾아 헤매고 있는 시랑을 마음속에 되새겨보니 가슴이 쓰려왔다.

그와 더불어 연아의 모습으로 지냈던 사흘간의 행복을 찬찬히 기억의 창고 안에서 꺼내어 더듬어봤다. 빠져나올 수 없는 정치라는 거대한 생사의 늪에서 기적처럼 잠시 벗어나 부끄러움을 타는 순진한 조선의 여인으로 살았던 사흘. 그건 평생에 두 번 다시 올 수 없는 꿈결과 같은 나날들이었다.

어쩌면 그녀가 태어나서 누릴 수 있었던 가장 자유롭고 행복한 시간들이었는지도 모른다고 여겼다. '만약 시랑이 내 정체를 알았다면, 어떤 모습으로 나를 대했을까?' 하고 중얼거리다가 그녀는 고개를 가볍게 내젓고야 만다. 이미 지나간 일들이었고, 그것은 이렇다 할 답도 찾기 어려운 생뚱맞은 물음이었다.

하지만 그동안 그가 어떻게 변했는지, 그의 얼굴이라도 한 번만 볼 수 있었으면 좋겠다는 생각이 문득 들었다. 어린 시절 궁궐로 들어가지 않고, 평범한 조선처자로 살다가 사랑하는 남자를 만나게 되었다면 어떤 인생의 밑그림이 그려졌을까, 하고 상상의 나래를 펴보기도 했다.

아마도 남들처럼 평범한 아내가 되어 자녀들을 낳고 그런대로 자신에게 주어진 삶을 흡족하게 여기면서 무탈하게 살았을 것만 같았다. 만약 그렇게 되었다면, 조선을 위하여 자신의 생명까지도 담대히 바칠 수 있는 희생적인 왕비의 삶은 없었을 거라고 생각했다.

'그래. 나는 지금까지의 삶을 결코 후회하지 않아. 다만 가보지 못한 길을 그저 아쉬워할 뿐이지.' 하고 말했다. 가느다란 한숨을 입술로 흘리고 그녀는 가비 차 한 모금을 꼴깍 삼킨다. 그윽한 가비향 때문이었을까. 그 옛날 신륵사에서 만났던 장난꾸러기 소년의 얼굴과 시랑의 모습이 잠시 그녀의 눈앞에 어른거렸다. 그녀는 마음의 손가락으로 가만히 소년의 모습을 더듬어보다가 성인이 된 시랑의 얼굴을 그려보고 자신도 모르게 입가에 작은 웃음을 흘려 냈다.

그녀는 베베르 공사부인의 도움으로 모스크바에 있는 크렘린 궁으로 초대를 받게 되었다. 그녀가 노서아에서 알렉산드라 황후를 은밀히 만날 수 있는 전무후무한 자리였다. 그 황후는 외부사람 만나기를 꺼려하는 소심한 니콜라이 2세를 한 손에 쥐락펴락하면서 노서아를 통째로 주무르는 존재였다.

그녀는 사전에 그러한 정보를 파악해두었던 터라 마음의 각오를 단단히 해야만 했다. 가정적인 노서아 황제가 결혼을 한지 일년밖에 되지 않았으니, 당연히 알렉산드라 황후에게 푹 빠져 있을 거라고 내다봤다. 외형상으론 노서아의 황제가 통치자로 보이겠지만, 실권을 틀어쥐고 있는 사람은 황후임에 틀림이 없을 거라고 여겼다.

'그래! 조선을 지키려면 알렉산드라 황후를 움직이는 수밖에 없다!' 하고 그녀가 마음속으로 중얼거렸다. 그 황후의 생각이 곧 노서아 황제의 명이나 다름이 없을 거라는 확신을 놓치지 않았다. 세상을 힘으로 지배하는 자들은 남성들이지만, 그들의 가슴을 움켜쥐고 이리저리 마음대로 움직이는 존재들은 가냘픈 여성들이 아닌가. 암탉이 울면 집안이 망한다는 속담이 있지만, 실제론 건강한 암탉이 있어야 싱싱한 달걀을 먹을 수 있게 마련이라고 하면서 그녀는 긴장을 했다.

내실에서 만나게 된 노서아의 황후는 갈색 머리에 아름다운 푸른 눈동자와 눈부시게 흰 피부를 가진 젊은 여성이었다. 그녀는 백성들이 함부로 바라볼 수 없는 고귀한 황후 이전에 영국적인 분위기를 물씬 풍기는 매력적인 부인으로 보였다. '영국 빅토리아 여왕의 손녀이자 독일의 공주였던 알렉산드라 황후의 손에 조선의 미래가 달려있다. 어떻게 해서라도 황후를 설득해야만 해.' 하고 그녀가 마음속으로 다짐을 했다.

심장이 몹시 두근거렸지만 심호흡을 느리게 하면서 불안한 마음을 천천히 다스렸다. 아무래도 적당한 표정관리가 필요할 것만 같았다. 그녀는 허리와 어깨를 곧게 펴고 밝은 얼굴로 입가에 잔잔한 미소를 머금었다.

이윽고 베베르 공사부인이 그녀를 노서아 황후에게 소개했다. 한때 조선의 왕비였던 여인이지만, 망명하여 노서아에 머물게 된 분이라고 품위 있는 목소리로 소개를 하자 황후는 만면에 화사한 미소를 보이며 반가움을 금치 못했다. 이미 베베르 공사의 보고를 통해 조선왕비에 관한 많은 얘기들을 잘 알고 있다고 하면서 관심 어린 눈빛으로 그녀를 바라봤다. 사람의 마음을 통찰하는 섬세하고도 깊은 눈동자였다. 그녀도 밝게 웃는 얼굴로 고개를 숙여 정중하게 예의를 갖추고 노서아 황후에게 인사를 했다.

황후는 그녀에게 자리에 앉으라고 점잖게 손짓을 했다. 그녀는 조심스럽게 자리에 앉자마자 오월에 있을 니콜라이 2세 황제의 대관식을 축하하는 선물이라고 하면서 황금십자가 목걸이를 선물로 내놓았다. 일곱 가지 색깔의 보석들이 박혀있는 화려하고 아름다운 목걸이였다. 베베르 공사부인의 도움을 받아 불란서에서 온 보석 상인을 통해 구입한 목걸이였다. 황후는 그 선물을 받고 어린아이처럼 기뻐했다. 그녀가 봐도 황후와 너무나 잘 어울리는 목걸이였다.

　'왕세자께서 피가 멈추지 않고 흐르는 질병으로 말미암아 오랫동안 아프셨다는 말을 들었습니다. 하지만 십자가는 치유의 능력이 있다고 합니다. 야소께서 십자가에 달려 피를 흘리시고 돌아가셨으나, 사흘 만에 다시 부활을 하셨습니다. 왕세자께서도 믿음을 갖게 되면 부활하신 야소의 능력으로 반드시 치유될 것이라고 저는 믿습니다.' 하고 그녀가 확신에 찬 눈빛으로 말했다. 경복궁에 있을 때 언더우드 선교사부인으로부터 가끔 들었던 야소교의 진리를 기억해내서 순발력 있게 그럴듯한 말을 건넸던 것이다.

　그녀의 말을 듣고 나서 황후는 잠시 눈물을 글썽이더니 황금십자가에 입을 맞추고 고맙다는 말을 그녀에게 반복했다. 그러고는 머지않아 왕세자의 병이 부활하신 야소의 능력으로 치유될 거라는 믿음이 생겼다고 그녀에게 고백했다.

　황후의 마음이 열리게 되자 그 기회를 놓치지 않고 그녀는 일본이 조선의 궁궐을 점령하여 위기에 빠져있음을 고했다. 간절한 마음으로 위기를 맞고 있는 조선을 살리기 위하여 노서아의 도움을 요청했다. 노서아가 도움을 주지 않는다면 조선은 일본의 식민지가 되고 말 거라고 하면서 안타까운 눈빛으로 황후를 주시했다.

　베베르 공사부인의 통역을 듣고 난 황후는 고개를 끄덕이면서 어떻게 도움을 주면 좋겠느냐고 물어왔다. 황후도 그녀와 같은 생각을 하고 있었던 터라, 그녀의 말을 신뢰하며 그대로 받아들였던 것이다. 황후는 그녀와 시선을 마주치면서 입가에 따뜻하고 잔잔한 미소를 머금었다. 황후가 환한 얼굴로 웃는다는 것은 어느 정도 마음이 열려지고 호감을 갖게 되었다는 의미였다.

　그녀는 베베르 공사를 타국으로 보내지 말고 조선에 유임시켜달라고 부탁하면서 미리 준비해둔 고종의 청원서를 황후에게 건네주었다. 그리고 조선의 국왕이 노서아 공사관으로 거처를 옮길 수 있도록 허락해달라고 요청했다. 이왕이면 군사들을 동원해서 노서아 공사관을 지켜야 한다는 말도 빠뜨리지 않았다. 그렇게 하지 않으면, 일본은 조선을 한 손에 쥐고 만주로 돌진하여 대륙 진출의 꿈을 이루게 될 거라고 걱정을 했다. 만약 그런 사태가 벌어진다면 노서아가 위험에 처하게 될 지도 모른다고 하면서 불안한 눈빛으로 황후의 답변을 기다렸다.

심하게 긴장을 한 탓인지 가슴이 벌렁거렸다. 하지만 진심은 언어의 장벽을 뛰어넘어 통할 수 있을 거라는 믿음을 잃지 않고 그녀는 황후의 눈동자에 초점을 맞추었다. 베베르 공사부인의 말에 귀를 기울이던 황후는 고개를 끄덕이면서 상 위에 있는 가비 잔을 우아하게 들고 한 모금을 마시고 잠시 눈을 감은 채 뭔가를 생각하더니 니콜라이 황제 2세의 허락을 얻도록 해주겠다고 그녀에게 약조했다. 일본을 견제할 수 있도록 노서아의 신식 조총과 여러 신무기들도 조선으로 보내주겠다는 확답도 받아낸 터라, 그녀의 얼굴에선 불안한 그늘이 사라지고 밝은 빛이 떠올랐다. 황후의 마음을 단번에 사로잡은 그녀의 승리였다.

베베르 공사부인도 뜻대로 되었다는 듯 그녀를 바라보고 엷은 미소가 어린 얼굴로 두 눈을 두어 번 껌뻑거렸다. 그녀는 진솔한 마음을 담아 고맙다는 말을 황후에게 전하면서 화사하게 웃었다. 황후의 마음이 의외로 자신의 뜻대로 움직여지고 있음을 확신할 수 있어서였다.

'일본의 덫에서 벗어나는 길은 전하께서 노서아 공사관으로 도피하는 길밖에 없지 않은가. 훗날 일본의 세력이 약해지면, 다시 환궁

을 해서 노서아의 손아귀로부터 해방되어야 조선의 살길이 열릴 것
이다.' 하고 그녀가 속으로 중얼거렸다.

니콜라이 황제 2세는 황후의 제안을 그대로 받아들였다. 그 결과
멕시코로 발령을 받게 될 베베르 공사를 조선의 노서아 공사로 유
임시키기로 하고, 오히려 과감하고 결단력이 있는 스페이르를 조선
에 파송하여 일을 돕게 했다. 몰래 고종을 노서아 공사관으로 빼돌
려서 일본 정부를 마찰 없이 무력화시키고, 조선을 송두리째 삼켜
보겠다는 지혜로운 계산이 심층에 깔린 노서아 황후의 결정이었다.
일본이 노서아 공사관을 공격하거나 조선을 삼키기 위하여 전쟁
을 도발하게 된다면, 노서아는 피하지 않고 그 도전장을 받아들이
기로 굳게 결심을 한 상태였다. 어차피 겪어야 할 싸움이라면 일본
이 더욱 강성해지기 전에 전면전을 펼쳐서 일본을 무력화시키려는
계획을 갖고 있었던 것이다.

아관파천

1896년 2월 11일 고종이 노서아 공사관으로 피신한 사건인 '아관파천(俄館播遷)'으로 인하여 일본은 심한 타격을 받게 되었다. 경복궁 안에 고종을 연금시켜놓고 온갖 협박을 하며 마음대로 옥새의 도장을 찍어, 조선을 찢어먹으려고 했던 일본의 계획이 수포로 돌아가고 말았던 것이다. 노서아 공사관에서 고종이 보호를 받고 있는 한, 그 모든 영향력의 열쇠가 노서아 공사관으로 넘어간 셈이었다.

그렇다고 일본이 만만히 볼 수 없는 노서아와 전쟁을 할 수도 없는 노릇이었다. 노서아와 맞서 전쟁을 치르기엔 일본의 재정과 군사력이 너무 부족한 상태였다. 사무라이 정신으로 죽기를 각오하고 전쟁에 임한다고 쳐도 군사력에서 턱없이 밀리니 백전백패가 분명한 사실이었다.

이토 총리와 이노우에의 입장은 그야말로 닭 쫓던 개가 지붕을 쳐다보는 격이 되고 말았다. '얼마나 어렵게 만든 기회인데, 이처럼 무기력하게 노서아 공사관으로 옥새를 넘기다니 이런 기가 막힌 일이 어디에 또 있단 말인가?' 하고 이토 총리는 찻잔을 내던지며 비명에 가까운 소리를 질러댔다. 그 광경을 지켜보면서 이노우에 백작은 머리를 밑으로 숙이고 참을 수가 없다는 듯 산 짐승의 울음소리를 내면서 탄식을 했다.

아관파천으로 인하여 일본은 청일전쟁과 조선국모시해사건을 통해 조선의 목을 단단히 움켜쥐고 마음대로 끌어당기려 했던 모든 꿈과 힘을 전부 상실해버렸다.

베베르 공사는 인천에 있던 수병 일백 명을 데려다가 노서아 공사관을 철통같이 지켰다. 일본 군사들의 공격을 받게 되는 만일의 사태를 대비하기 위해서였다. 그로인해 노서아 공사관에서 마련해준 방에서 일본의 간섭을 받지 않고 오직 집무에만 몰입할 수 있게 된 고종은 어느 정도 마음의 평정을 되찾게 되었다. 아무리 혈기가 왕성한 일본이라도 노서아를 건드려 전쟁을 일으킨다면 패할 것이 분명한데, 바보짓을 하지는 않을 거라는 확신이 들어서였다. '미련한 짐승이라도 뜨거운 불속으로 들어가 스스로 죽음을 맞이하는 어리석음을 범하진 않을 것이야' 하고 마음속으로 생각했다.

일본이 꼬리를 내리고 몸을 사리면, 그 땐 환궁을 해서 땅바닥에 떨어진 왕실의 권위와 조선의 옛 모습을 되찾을 수 있을 거라고 여겼다. '그래! 잠시 이곳에 거하다보면 반드시 좋은 기회가 올 것이다. 때를 기다려야 해.' 하고 고종은 스스로를 위로하며 연약한 마음을 바로 세워 불안을 잠재우려고 애를 썼다.

노서아 공사관으로 피신한 고종은 일본이 세운 친일내각의 핵심 인물들인 김홍집, 유길준, 정병하를 비롯하여 역적 대신들을 무조건 잡아 죽이라는 명을 내렸다. 국모를 시해하고 궁궐까지 점령한 일본의 하수인들을 용서할 수가 없었던 탓이다.

그 당시 친일내각의 총리대신이었던 김홍집과 농상공부대신 정병하는 가마를 타고 퇴청하다가 순검에게 체포되어 경무청으로 끌려가는 도중에 흥분한 백성들에게 포위를 당했다. 그들은 '저 친일파 앞잡이들을 때려죽여라.' 하고 외치는 조선 백성들의 부르짖음을 들으며 광화문 앞에서 몰매를 맞고 쓰러져 죽고 말았다. 탁지부대신 어윤중은 그 다음날 고향으로 내려가다가 용인 어사리에서 분노한 백성들에게 붙잡혀 농기구에 맞아 죽임을 당했다.

유길준과 우범선은 일본으로 망명하여 자신들의 생명을 겨우 보존했다. 이곳저곳에서 단발령을 반대하고 조선국모를 시해한 일본 정부를 규탄하는 백성들의 아우성이 하늘을 찔렀고, 많은 유생들을 기반으로 하는 항일의병들의 봉기가 전국적으로 벌떼처럼 일어났다. 이러한 걷잡을 수 없는 상황 속에서 항일의병들의 활동이 본격화되자 일본인들이 길거리에서 매를 맞는 일들이 허다했다. 그들의 상가와 집들이 분노로 들끓는 백성들의 손에 의하여 활활 불에 타기도 했다. 고종조차도 가슴속에서 부글거리는 격한 감정을 쉽게 진정시킬 수가 없었던 것이다.

조선국모시해사건으로 말미암아 일본 정부는 외국 여론에 의해서 국제적인 지탄을 받으며 곤경에 빠지게 되었다. 의외로 그 사건이 큰 국제문제로 확산되자 일본은 은근히 긴장하지 않을 수 없었다. 사태를 수습하는 차원에서 사건이 일어난 지 열흘 만에 가담자

48명을 송환하여 히로시마 지방법원에서 재판을 받게 하고 그들을 일단 감옥에 집어넣었다.

하지만 그들은 일본에서 애국영웅으로 대접을 받으며 감옥 안에서도 호위호식을 하다가 일 년 만에 무죄로 석방되어 훈장을 받기도 했다. 그들 중에 일부는 극우파 일본 세력의 후원을 받아 일본 정계의 요직을 맡게 된 자들이 많았다. 조선인의 눈으로 볼 때 도무지 있을 수 없는 조치였고 가슴을 치며 울분을 터뜨릴 일이었다.

고종은 일본에 파송된 통신사 밀정들이 보낸 밀서들을 화롯불에 뜨끈하게 달구었다. 백지에 시커멓게 나타나는 글자들을 반복하여 읽다가, 마음속 깊은 곳에서 솟구쳐 올라오는 피맺힌 울분을 터뜨리고야 만다. 일본 정부에선 조선국모시해자들 48명을 극형으로 다스리는 것이 아니라, 적당히 봐주면서 증거불충분이란 명분으로 그들을 석방해주었고, 대부분 영웅대접을 받으며 일본의 국가요직을 맡게 되었다는 보고를 받고나서 고종은 분통을 터뜨렸다.

"내가 네놈들을 결단코 가만두지 않을 것이다. 궁궐에 칼을 들고 들어와서 국모를 살해한 미친 들개 같은 왜놈들의 죄를 낱낱이 밝혀내고, 조선 백성의 이름으로 네놈들을 남김없이 척살하여 그 뼛조각들을 자근자근 씹고 말 것이야!"

고종은 눈에 핏발을 세우며 양 손을 벌벌 떨면서 성난 호랑이처럼 노서아 공사관이 떠나가라 큰 소리로 부르짖었다. 고종이 거하는 내실 앞을 지나가던 젊은 노서아 여성이 너무 놀라 몸을 심하게 움츠렸다. 그녀가 들고 있던 쟁반이 밑으로 떨어졌다. 가비 찻잔들이 바닥에 닿자마자 요란한 소리를 내며 그대로 깨졌다. 그녀는 아깝다는 표정을 지어내며 박살이 난 찻잔의 파편들을 한 손으로 조심스럽게 주웠다.

홍매화

일본 히로시마 종합병원에 장기간 입원한 환자들 가운데 유독 인상이 험악한 자가 눈에 띄었다. 그는 시랑의 칼을 맞고 쓰러졌던 요시무라였다. 그는 목과 가슴에 생긴 깊은 상처 때문인지 하얀 면포를 감고 있었지만, 눈빛은 여전히 야수처럼 이글거렸다.

병실의 침대 위에 환자복을 입고 간신히 앉아있던 그는 아직도 몸에 통증이 있는지 대화 도중에 간간히 얼굴을 심하게 찡그렸다. 기침을 하다가도 양손으로 목을 잡고 견디기 힘들다는 듯 격하게 인상을 쓰기도 했다. 목과 가슴을 커다란 쇠꼬챙이로 쿡쿡 쑤시는 것 같은 통증 때문이었다. 검은 색 양복을 입은 오카모토가 그의 앞에 서서 잠시 침묵을 지키고 있다가 굳게 다문 입을 열었다.

"요시무라! 요즈음 건강은 좀 어떤가?"

"덕분에 많이 좋아졌습니다. 제대로 완치가 되려면 적어도 몇 개

월은 더 병원에 있어야 할 모양입니다."

"경복궁에서 은가면의 칼을 맞고 쓰러졌을 때, 그 자리에 내가 없었다면 너는 이미 한 줌 흙먼지가 되고 말았을 것이다. 그 당시에 넌 죽은 시체나 다름이 없었거든. 재빨리 병원으로 후송되어 봉합수술을 받지 못했다면, 그대로 숨이 끊어졌을 거야. 내가 바로 네 생명의 은인이지."

"고맙습니다. 저를 살려주신 은혜는 절대로 잊지 않고 꼭 갚겠습니다."

"음! 그래야지. 그게 무사의 도가 아니겠는가? 아무튼 몸이 정상으로 회복되면, 네가 꼭 해야 할 일이 하나 있다."

"그게 뭡니까?"

"노서아로 가서 조선의 밀정들을 제거하는 일이다."

오카모토가 그의 귀에 얼굴을 가깝게 대고 뱀처럼 혀를 널름거렸다.

"조선의 밀정들이요?"

"음! 두 명인데, 한 놈은 너를 칼로 벤 은가면이야. 그놈이 조선의 밀정이 되어 모스크바에서 노서아의 황실과 내통하고 있다는 정보가 입수되었거든. 그리고 다른 한 명은 신원미상의 여성이다."

"은가면! 내 수하들을 모두 죽인 놈! 내가 그놈을 반드시 척살하여 원수를 갚을 것입니다!"

요시무라가 분노로 으르렁 거리는 짐승처럼 누런 이빨을 드러냈다. 그의 두 눈에서 간담을 서늘하게 만드는 독한 살기가 번뜩였다. 일본 최고의 무사라고 자처하던 자신의 목과 가슴에 겁 없이 칼질을 해대고 조롱까지 한 은가면을 도저히 용서할 수가 없어서였다. 은가면의 몸을 갈기갈기 찢어 한 맺힌 복수를 하겠다고 으름장을 놓으며 오카모토를 향해 연실 거품을 물고 침을 튀겼다.

오카모토는 그를 예리한 눈으로 주시하다가 귓속말로 '네 수하들을 죽이고, 네 자존심을 짓밟은 은가면을 모스크바에서 암살하고 돌아오라.' 하고 지령을 내렸다. 오카모토는 은가면이 비록 조선인이었지만 당할 자가 없는 무술의 지존이라고 하면서 살살 그의 감정을 자극하여 분노가 폭발하도록 부채질을 했다. 오카모토는 나름대로 자신이 이토 총리와 이노우에의 인정을 받을 만한 공을 세우려고 머릿속으로 빈틈없이 계산을 하고 있었던 것이다. 요시무라를 모스크바로 보내어 은가면과 그곳에서 활동하고 있는 밀정을 비밀리에 제거하여 고종을 고립시키고, 노서아의 황실이 조선에 영향력을 전혀 미치지 못하도록 사전에 막아보겠다는 속셈이었다. 그래야 공을 세운 대가로 일본정계로 진출해서 자신의 꿈을 이룰 수 있게 될 거라고 그는 확신했다.

오카모토는 요시무라의 어깨를 가볍게 토닥이면서 속히 쾌유되기를 빈다고 상냥하게 말했지만, 그의 속마음은 그게 아니었다. 여전히 자신의 야망을 채우기 위하여 그는 부하들을 이용하거나, 자신에게 유리하도록 모든 일들을 은밀하게 뒤에서 조종하는 일에 익숙해져있었다. 그는 자신의 목적을 이루기 위해선 끈질긴 인내심을 갖고 기회를 엿보며 때를 기다릴 줄도 알았다. 요시무라도 그의 야망을 달성하기 위하여 필요한 하나의 소모품에 불과할 뿐이었다.

오카모토가 돌아간 후였다. 요시무라는 짐승처럼 괴성을 지르며 침상 밑에 감추어 두었던 날선 단검을 꺼내어 베개를 마구 찌르고 쑤시며 돌아버릴 것 같다는 듯 불덩이 같은 분노를 거칠게 쏟아냈다.

조선국모시해사건이 일어난 지 1년 3개월이 되었을 무렵이었다. 땅이 꽁꽁 얼어붙은 추운 겨울에 시랑은 스승인 도인을 찾아가 큰절을 하고 모스크바로 떠난다는 말을 남겼다. 압록강을 건너 만주로 해서 노서아의 모스크바로 들어가려고 작정을 했던 것이다. 무역을 하는 상인처럼 위장을 하고 생사를 알 수 없는 먼 길을 떠나면서 긴장이 되기도 했지만, 그동안 고된 훈련을 받고 만반의 준비를 마친 상태라 큰 부담감은 없었다.

야소교에 흠뻑 빠져있는 모친과 대장간 일로 하루도 쉬지 못하는 형에겐 노서아의 그림을 배우러 멀리 유학길을 떠난다고 속였다. 몇 달이 걸릴지 혹은 일 년이 넘을지 알 수 없는 먼 길이라고 하자, 그의 모친은 참고 있었던 눈물을 쏟아냈다. '절대로 너를 노서아로 보낼 수는 없다.' 하고 그의 모친이 뜯어말렸지만, 소용없는 일이었다. 이미 그의 마음은 모스크바를 향하고 있었다.

그의 형은 시랑의 고집을 절대로 꺾을 수 없다는 것을 전부터 알고 있었던 터라, 더는 그를 붙잡으려고 애를 쓰지 않았다. 그의 형은 걱정스러운 얼굴로 '조심해서 잘 다녀오너라.' 하고 짧은 말 한마디로 인사를 대신했다.

양손을 붙들고 다시 놓지 않으려는 모친의 손길을 뿌리치고 그는 도망치듯 대문을 나섰다. 아무리 참으려고 해도 눈물이 나올 것만 같아서 두꺼비처럼 고개를 위로 쳐들고 두 눈을 껌뻑거렸다. 그냥 쓰리도록 마음이 아파서 뒤도 돌아보지 못하고 발걸음을 앞으로 옮겼다. 통증으로 일그러진 가슴을 홀로 달래면서 잰걸음으로 길을 재촉할 뿐이었다. 얼마나 걸었을까. 그의 앞에 나타난 여인이 있었다. 놀랍게도 그녀는 월화였다. 어떻게 알았는지 그가 노서아로 떠난다는 것을 눈치 채고 급하게 달려온 모양이었다.

"시랑! 기어코 그리도 먼 길을 떠나야만 하십니까? 노서아로 가신다면서요?"

월화가 커다란 눈을 동그랗게 뜨면서 눈물로 옷깃을 적셨다.

"월화가 여기까지 오다니 어인 일인가?"

"저를 버려두고 노서아의 그림을 배우러 진짜 유학을 가시는 겝니까?"

"놀랍군! 내가 그런 말을 꺼낸 적이 없었는데, 어찌 그 사실을 알고 있는 겐가?

"한성의 온갖 정보망을 갖고 있는 여인이 월화이옵니다. 어찌 제가 마음에 둔 시랑의 일거수일투족을 모르겠사옵니까?"

"아무튼 내가 노서아의 그림을 배우게 되면 제일 먼저 월화의 초상화를 그려줄 것이야. 조선 제일의 미색을 가진 여인이니까. 하하하!"

"시랑! 노서아 여인들은 앞가슴을 거의 내놓고 무릎이 드러나는 짧은 치마를 입고 거리를 활보한다는 말을 들었습니다. 혹, 한눈을 파시거나 바람을 피우는 일이 생긴다면, 제가 노서아로 찾아가서 시랑을 납치해올 것이옵니다."

"뭐라? 노서아는 상상할 수 없을 만큼 멀고, 끝이 안 보일 정도로 넓은 땅이야. 연약한 여인의 몸으론 갈 수 없는 곳이지. 그런 곳을 월화가 찾아온다는 건 말도 안 돼."

"전 갈 수 있습니다. 가다가 지쳐 쓰러져 죽는 한이 있어도, 시랑을 생각하면 행복할 것이옵니다."

"알았어! 내가 월화의 마음을 어찌 모르겠는가? 한 눈 팔지 않고 그림공부를 잘 하고 돌아올 게. 그럼, 된 거지?"

"예! 이건 제가 만든 떡과 약과이옵니다. 출출하실 때 저를 생각하시면서 드세요.”

그녀는 예쁜 색깔을 가진 한지로 장식한 작은 대나무 바구니를 내밀고 얼굴이 진달래꽃처럼 발갛게 변했다.

“월화! 정말 고마워! 잘 먹을게!”

그는 그녀가 준 바구니를 받아들고 가벼운 미소를 지어냈다.

그녀는 미친 듯이 그를 와락 품에 안고 눈물을 흘렸다. 어쩐지 다시 볼 수 없는 아주 멀고도 험난한 길을 떠나는 것 같은 예감이 들어서였다. 여인만이 가진 직감적인 본능으로 그녀는 그것을 느끼고 있었다.

그도 울먹이는 그녀를 보면서 속이 쓰리고 안쓰러운 마음이 들었다. 한성의 기생이긴 하지만 그래도 순수한 사랑의 꽃을 나름대로 피워보려고, 그토록 한 사내를 마음에 품은 채 열정을 쏟아내는 모습이 사뭇 아름답게만 보였다. 궁궐과 일본 공사관의 정보를 빼내려고 그가 의도적으로 자신을 이용하고 있다는 것을 알고 있으면서도 전혀 내색을 하지 않고, 오직 자신의 감정에만 몰입하는 여인이었다. 기생이 되지 않고 좋은 배우자를 만나 혼인을 했다면, 반가의 여인들 못지않게 일부종사하는 훌륭한 열녀의 삶을 살게 되었을 거라는 생각이 들었다. ‘때를 잘 못 만난 가엾은 여인이로다.’ 하고 그가 머릿속으로 되새김질을 했다.

하지만 그의 마음속에 뿌리 깊게 자리를 잡고 있는 여인은 월화가 아니라 자영을 닮은 연아였다. 그는 마음속으로 ‘연아! 그대는 지금 어디에 있는 게요? 한 번만이라도 볼 수 있다면 소원이 없을 것 같소.’ 하고 속으로 중얼거렸다. 그는 월화의 등을 도닥거려주고 잠시 위로를 해준 후에야 다시 먼 길을 향해 떠날 수 있었다.

그녀가 모스크바에서 맞는 두 번째 겨울이었다. 말을 하면 입김이 허옇게 안개처럼 뿜어 나올 만큼 유난히도 추운 날이었다. 길가에 잠시 서서 주변을 둘러봤다. 온 세상은 하늘에서 흩뿌려지는 눈으로 온통 하얗게 뒤덮여갔다. 그녀는 여유로운 시간이 생기면 모스크바 시내를 구경하거나 가끔 무료함을 달래기 위하여 가비 찻집에서 휴식을 취했다. 그녀는 말없이 가비 찻집 안으로 들어가 자리를 잡고 편안하게 앉았다. 자주 오는 곳이라 낯설지는 않았지만, 왠지 모르게 자꾸만 긴장이 되었다. 그녀는 누군가를 기다리고 있는 건지 수시로 손목시계를 들여다보면서 주변을 예사롭지 않은 눈빛으로 둘러봤다.

실내에선 곡의 제목을 알 수 없는 아름다운 음률이 색다른 분위기를 연출해냈다. 축음기의 스피커를 타고 흘러나오는 악기소리는 마치 맑은 시냇물이 흐르듯 실내를 적시며 허공을 부유했다. 그녀는 어디선가 들은 적이 있었던 음악이라고 여겼으나 정확하게 기억이 나질 않았다. 노서아 음악이었지만 분명히 한두 번쯤 들은 적이 있었던 곡임에 틀림이 없다는 생각이 들었다. 그녀는 가비 차를 조금씩 마시면서 긴장된 마음을 누그러뜨리려고 호흡을 천천히 가다듬었다.

그 가비 찻집 안에는 서너 명의 노서아 사내들이 코가 크고 눈도 큰 여인들과 마주 앉아 담소하며 연실 입가에 호탕한 웃음을 터뜨렸다. 노서아의 기질을 드러내듯이 그 사내들은 긴 가죽구두를 신고 있었는데, 음악의 리듬에 맞춰 발바닥으로 바닥을 '탁, 탁, 타다닥-' 두드리며 흥겹게 콧노래를 불렀다. 뭔가 그들이 알고 있는 노래가 축음기의 스피커를 통해 연주되고 있는 모양이었다.

그때였다. 금테 안경을 쓴 건장한 사내가 가비 찻집 안에 나타났
다. 그는 검은색 중절모자를 쓰고 무릎 밑까지 내려오는 긴 서양외
투를 입은 사내였다. 고개를 약간 숙이고 양손을 외투 겉주머니 안
에 푹 찔러 넣고 있었지만, 그의 얼굴은 영락없는 동양인이었다.

허옇게 김이 서린 안경 너머로 사방을 두리번거리던 사내는 품
안에서 은장도 하나를 슬쩍 꺼내어 들었다. 푸른 여의주를 물고 있
는 용이 조각되어있는 은장도였다. 그는 창가 쪽에 있는 탁상으로
시선을 옮겼다. 그 탁상 위에 놓여있는 작은 은장도를 조심스럽게
안경 너머로 훔쳐봤다. 붉은 여의주를 입에 물고 있는 용이 새겨진
은장도였다. 그는 그것을 눈여겨 재확인했다. 그러더니 그는 붉은
여의주가 박혀있는 은장도가 놓여있는 탁상 위에, 자신이 갖고 있
던 푸른 여의주를 가진 은장도를 살짝 내려놓는다.

한 쌍의 은장도가 나란히 놓인 것을 확인한 그 사내는 고개를 숙
이고 조용히 나무의자를 끌어당겨서 그녀를 마주보고 앉았다. 그건
그가 조선에서 온 통신사 밀정임을 상대방에게 알리는 비밀스러운
행동이었다.

그 사내는 자신의 앞에서 가비 차를 말없이 마시면서 여전히 창
밖에 시선을 두고 있는 조선 여인을 바라보았다. 가만히 가슴에서
얼굴 쪽으로 시선을 이동시키면서 그녀를 쳐다보다가 그는 흠칫 놀
라움을 금치 못했다. 지나치게 긴장을 한 탓이었는지, 그의 동공이
점차로 확대되었다. 갑자기 혀가 안으로 말려들어가 더듬거리는 목
소리로 겨우 무거운 입을 열었다. 하지만 이상하게도 실어증에 걸
린 사람처럼 그의 입에선 '힉― 힉―' 하고 바람이 새는 소리만 나올
뿐이었다. 소리를 완전히 잃어버린 벙어리처럼 그의 입에선 한마디

의 말도 나오질 않았다. 다만 잊을 수 없는 이름 하나가 그의 머릿속을 끊임없이 맴돌 뿐이었다.

은색 모자를 눌러 쓰고 있었지만 그녀는 연아를 무척이나 빼어닮았다. 아니 그녀는 연아가 틀림없었다. 하지만 그는 머릿속에서 천둥번개가 치고 숨이 꽉 막히는 것 같은 통증을 가슴에서 느낌과 동시에 머리가 터질 것 같은 경악을 금치 못했다.

그녀의 오른쪽 귀밑으로 두 치 쯤 아래쪽에 있는 작은 팥알 크기의 흑갈색 점 하나를 찾아내는 찰나였다. 그의 눈동자가 천장에 달아놓은 전등불에 반사되어 유난히도 반짝거리며 안광을 발했다. 그는 다시 그녀를 찬찬히 뜯어보면서 그녀의 이름을 마음속으로 더듬거리며 불러본다.

"자…… 자영!"

푸르스름하게 변한 그의 입술이 드러누워서 날개를 떠는 작은 풍뎅이처럼 부르르 진동을 일으켰다.

가비 찻잔을 내려놓은 그녀는 가방 안에서 서찰 하나를 꺼내면서 그의 얼굴을 무심코 쳐다보다가 호흡이 거칠어졌다. 어디선가 많이 본 듯한 얼굴이라고 여겼는지 그녀가 그를 뚫어지게 바라보고 있었다. 그가 쓰고 있던 금테 안경을 한쪽 손으로 조심스럽게 벗자, 그녀는 심장이 딱 멎는 것만 같았다.

서서히 그녀의 얼굴이 무언의 환희로 채워져 갔다. 그렁그렁한 눈물 속에서 눈꺼풀이 심하게 흔들렸다. 그녀의 눈동자에 시랑의 얼굴이 또렷하게 새겨졌다. 그녀는 입을 다물지 못하고 손에 들고 있던 서찰을 밑으로 툭 떨어뜨리고야 만다. 그가 몸을 굽혀 그 서찰을 왼쪽 손으로 천천히 집어 들면서 그녀의 눈동자를 깊은 눈빛으로 길게 주시했다.

실내에는 아무 일도 없었다는 듯이 여전히 축음기에서 흘러나오는 감미로우면서도 경쾌한 노서아 음악이 그들의 귓가를 스쳤다.

그건 선한 왕자가 악마의 마법에 걸려 백조가 된 공주를 구해내고 마침내 사랑을 이루게 된다는 내용을 담고 있는 아름다운 곡이었다. 불현듯 그녀는 그 곡의 제목을 기억해냈다. 신기한 일이었다. 그것은 경회루에서 연회가 벌어졌을 때, 축음기의 스피커를 통해서 들었던 노서아 곡임에 틀림이 없었다.

차이콥스키가 작곡한 '백조의 호수'. 가슴을 어루만지는 사랑의 음률이 그들의 숨결을 따라 흘렀다. 그들의 영혼을 겹겹이 옭아매어 단번에 사로잡는 아름다운 곡이었다. 아무 말도 하지 못한 채 입을 다물고 있는 그들 사이엔 심장이 두근거리는 소리가 머릿속으로 점점 더 크게 공명되고 있었다. 그만큼 뜨거운 침묵 속에서 놀라움으로 흥분된 감정이 두 사람 사이를 끊임없이 교류하고 있었던 것이다.

그는 그녀가 노서아로 망명한 중전임을 비로소 깨달았고, 그녀는 그가 그토록 찾아 헤매던 자영을 보고 있다는 것을 마음속으로 느꼈다. 누가 가르쳐준 것도 아니었지만, 무언의 눈빛 속에서 읽혀지는 서로의 한 맺힌 감정이었다. 먼저 무슨 말을 해야 할 것인지 망설이면서 그들은 몸이 떨리는 혼란스러움에 빠져있었다. 그들은 말없이 당황스러운 표정으로 상대방의 얼굴을 뚫어지게 바라보고 있을 뿐이었다. 어떤 말로 대화를 시작해야 좋을 것인지, 서로 머뭇거리며 탐색전을 펼치고 있었다. 하지만 움찔거리는 어깨와 가슴의 근육으로 떨림이 느껴질 만큼 그들의 심장은 쉬지 않고 두근두근 심하게 방망이질을 해댔다.

'내가 지금 보고 있는 사람은 연아가 아니라 분명코 자영이다. 그럼, 연아가 자영이고 중전이었단 말인가? 하지만 내가 만난 연아는 오른쪽 귀밑 쪽으로 팥알 하나만 한 점이 없었다. 그렇다면 연아와 자영은 절대로 동일인물이 아니다. 과연 연아는 어디로 증발한 걸까? 혹시 그녀가 정말 옥호루에서 중전대신 죽임을 당했단 말인가? 하고 그는 마음속으로 놀라움을 금치 못했다. 아무리 지나간 기억들을 이리저리 파헤치며 살펴봐도 자신이 은행나무 밑에서 만났던 연아가 어떻게 된 것인지 도무지 알아낼 길이 막연했다.

가비 찻집 밖에선 여전히 흰 눈이 내리고 있었다. 가끔 눈보라가 휘몰아치기도 했다. 두꺼운 털모자를 눌러 쓴 낯선 동양인 사내가 창문 밖에 서 있었다. 그 사내는 그들의 만남을 예리한 눈빛으로 낱낱이 지켜보면서 거친 호흡소리를 냈다. 그 사내는 긴장한 얼굴로 허리춤에 감추어둔 예리한 단도를 어루만지면서 그들이 밖으로 나오기만을 기다렸다.

얼마나 시간이 지났을까. 시랑이 찻값을 계산하고 있었을 때였다. 그녀가 먼저 가비 찻집의 문을 열고 밖으로 나왔다. 그 기회를 놓치지 않고 낯선 사내는 그녀의 입을 면수건으로 강하게 틀어막았다. 눈 깜빡할 사이에 그 사내는 강제로 그녀를 끌고 한적한 골목길로 이어지는 공터로 갔다.

그녀를 죽이려고 그 사내가 허리춤에서 칼을 꺼내려는 순간이었다. 그녀는 양손바닥으로 그 사내의 가슴을 강하게 밀어냈다. 그 사내가 중심을 잃고 비틀거릴 때, 그녀는 몸을 돌려 잽싸게 도망을 쳤다. 그 사내는 재빠르게 단도를 꺼내어 그녀에게 던졌다. 비호처럼 몸을 날린 시랑이 오른손으로 그 단도를 아슬아슬하게 쳐냈다. 단도가 바닥으로 떨어져 흙바닥에 꽂혔다. 그 사내는 오른쪽 다리에

차고 있던 다른 단도 하나를 꺼내어 쓰러진 시랑에게 던졌다. '윽―' 하고 짧은 비명소리를 내고 그가 몸을 숙였다. 그 사내가 던진 단검이 그의 복부에 꽂혀 붉은 피가 흘러내렸다.

"내가 누군지 기억이 나느냐? 난 경복궁에서 은가면의 칼에 찔렸던 요시무라다. 흐흐흐."

"네가 정말 요시무라인가? 믿을 수가 없구나."

"이래도 모르겠느냐?"

요시무라가 털모자를 잠깐 벗었다가 다시 썼다.

시랑은 요시무라의 얼굴을 확인하고 놀라움을 금치 못하고 몸을 떨면서 '하아―' 하고 고통스러운 신음을 토해냈다.

"중전마마! 위험합니다. 어서 피하십시오. 이 자가 바로 경복궁에서 중전마마를 시해한 요시무라입니다."

창백해진 얼굴로 공포에 질려 당황하고 있는 그녀를 보고 그가 있는 힘을 다해 외쳤다.

중전을 시해한 자라는 말을 듣고 그녀는 소스라치게 놀랐다. 일순간 두려움이 사라지고 오히려 감당할 수 없는 분노가 가슴속에서 솟구쳐 올라왔다. 그녀는 이글거리는 두 눈으로 요시무라를 노려봤다.

"중전이라? 이럴 수가 있나? 그럼, 진짜 중전이 모스크바에서 활동하는 밀정이었단 말인가?"

그 사내가 그녀를 힐끔 쳐다보면서 고개를 꺄우뚱거리고 이해할 수 없다는 듯 인상을 썼다.

시랑은 죽음을 각오하고 그녀를 보호하려는 듯, 피가 흐르는 배를 움켜쥔 채 고개를 쳐들었다. 그가 한쪽 무릎을 꿇고 다시 일어나보려고 다리에 힘을 주었다. 그것을 눈치 챈 그 사내는 날렵하게 허공으로 튀어 올라 한쪽 발로 그의 턱을 세차게 걷어찼다. '팍-' 하고 거친 소리가 나더니 그가 피를 흘리며 눈 바닥에 나가떨어졌다. 그 사내가 날카로운 단도로 그의 가슴을 내리찍으려고 손을 높이 쳐드는 순간이었다.

'타앙- 탕-' 하고 두 발의 총성이 공터를 뒤흔들었다. 그녀의 오른손에 들려있는 육혈포에서 푸르스름한 연기가 흘러나왔다. 화약 냄새가 눈바람을 타고 사방으로 퍼져나갔다. 그 사내는 고개를 들어 그녀의 얼굴을 바라보고 도저히 믿을 수가 없다는 듯 놀라서 입을 다물지도 못한 채, 단검을 바닥에 떨어뜨린 손으로 그녀를 가리키면서 잠시 벌벌 떨다가 그 자리에 그대로 힘없이 꼬꾸라지고 말았다. 왼쪽 얼굴을 눈 바닥에 댄 그 사내는 눈꺼풀을 몇 번 떨다가 숨이 끊어지고 말았다. 그 사내는 눈을 뜬 채 싸늘한 시신이 되어 그곳에 덩그마니 쓰러져있었다.

시랑이 그 사내의 얼굴을 확인해보려고 피 묻은 손으로 그의 털모자를 천천히 벗겨냈다. 그 사내의 이마엔 두 개의 총알구멍이 선명하게 드러났다. 붉은 피가 뭉클뭉클 그곳에서 흘러나왔다. 그 사내는 조선의 밀정이 된 두 사람을 모두 죽이려고, 모스크바까지 뒤따라온 요시무라가 틀림없었다. '설마 했는데, 건청궁에서 내 칼에 쓰러졌던 요시무라가 어떻게 여태껏 살아있었던 걸까? 도무지 믿을 수가 없는 일이야!' 하고 그가 의심 어린 표정으로 연실 그 사내의 얼굴을 뜯어봤다. 이마에서 붉은 피가 흥건하게 흘러나오고 있는 그의 시신 위로 하얀 눈이 점차 쌓여갔다. 그 눈 위를 흐르는 피가 붉은색에서 엷은 분홍색으로 바뀌다가 나중엔 흰 눈에 덮여 사라지고 말았다.

　그녀는 화약 냄새가 채 빠지지도 않은 육혈포를 들고 있다가 신속히 그걸 가방 안에 집어넣었다. 그러고는 그를 부축하여 으슥한 골목길 입구에 세워두었던 검은색 승용차에 태웠다. 생각보다 복부의 상처가 깊어 보여서, 일단 자주 왕래하던 모스크바 병원으로 그를 데리고 가기로 마음을 먹었다. 피가 계속 흐르고 있어서 속히 응급처치를 받고 봉합수술을 받지 않으면 생명이 위험할지도 모른다는 생각이 들기도 했다. 무슨 일이 있어도 그를 병원에 입원시키고 장기치료를 받을 수 있도록 신경을 써서 배려해주지 않으면 안 될 것만 같았다. '수술이 잘되어야 할 텐데.' 하고 그녀가 눈살을 약간 찌푸리며 속으로 걱정을 했다.

　그녀가 운전하는 승용차의 앞유리로 눈발이 거세게 부딪쳤다. 그래도 그녀는 핸들을 잡고 익숙한 도로 위를 거칠게 질주했다. '부웅―' 거리는 승용차의 엔진소리와 더불어 덜컹거리는 차바퀴의 소음이 차 안으로 스며들었다.

　"복부에서 피가 흐르고 있는데……. 병원까지 갈 동안 괜찮겠어요?"

　"걱정하지 마십시오. 살면서 종종 겪게 되는 일이니까요. 제가 오히려 큰 신세를 지게 되었습니다. 중전마마!"

　그는 그녀가 급하게 건네준 흰 손수건을 상처가 난 복부에 댄 채, 그녀의 옆쪽에 있는 의자에 비스듬히 누웠다. 그의 손가락 사이로 단풍잎처럼 붉게 물들어가는 손수건이 보인다. 복부에선 피가 멈추지 않고 조금씩 흘러나오고 있었다.

"저는 중전마마가 아닙니다."

"허면?"

"연아가 중전마마이고, 전 모스크바의 밀정일 뿐입니다."

"중전마마께서 노서아로 망명하셨다는 말을 제 스승이신 도인으로부터 들었습니다."

"아무튼 어린 시절 제가 신륵사에서 독사에게 물렸을 때 목숨을 구해주셨으니, 그 은혜를 갚아야지요. 그리고 저를 중전마마라 하지 마시고, 그냥 연아라고 부르세요."

"예? 그래도 어떻게……."

"중전은 이미 건청궁에서 일본 자객들의 칼에 돌아가셨으니까요. 야소교에선, 조물주의 사랑과 죽은 자가 살아나는 부활을 믿는다지요?"

"예. 그리 알고 있습니다만."

"조선을 사랑한 중전이 죽어 이름 없는 밀정으로 부활을 한 거나 다름이 없답니다. 연아가 경복궁의 중전이었으니까요. 그리고 이곳에서 저는 홍매화라는 밀정의 이름을 쓰고 있습니다."

그녀가 그를 돌아보고 슬픈 눈빛으로 어색하게 웃는다.

"……."

"제조상궁으로부터 홍매화의 전설을 들은 적이 있었습니다. 그 얘기를 들어보면, 서로 사랑하는 젊은 남녀가 있었답니다. 헌데 약혼한 지 사흘 만에 여자가 큰 병을 앓다가 죽었는데, 그녀의 무덤에서 작은 꽃나무가 자라났다는 겁니다. 그게 바로 홍매화나무랍니다. 남자는 그 꽃나무를 자기 집 마당에 옮겨 심었지요. 그리고는 날마다 홍매화를 바라보면서 행복하게 살다가 죽어서 휘파람새가 되었답니다. 그 새는 홍매화나무의 곁을 떠나지 않고 행복하게 함께 살았다는 얘기입니다."

"홍매화와 휘파람새라! 참으로 아름답고도 가슴시린 사랑의 전설입니다. 저도 어렸을 때 붉은 매화꽃을 본 적이 있었습니다. 꽃이 너무도 예뻐서인지 넋이 나간 채로 한참 그걸 바라보면서 감탄을 했었지요."

그가 입안에서만 맴돌 만큼 아주 작은 목소리로 중얼거렸다. '운전대를 잡고 있는 그녀가 자영이고 진짜 중전이었던 걸까? 아니면 연아가 진짜 중전이었는지도 모를 일이 아닌가?' 하고 그가 속으로 중얼거렸다. 그는 뭐가 뭔지 알 수 없다는 듯 혼란스러운 표정으로 고개를 내저었다. 하지만 오른쪽 귀밑에 있는 팥알 크기의 갈색 점을 보면, 그녀가 자영임에 틀림이 없다는 생각이 들었다.

그 옛날 신륵사에서 만났던 소녀가 훗날 밀정 홍매화가 되었다는 확신이 생기자, 그는 두 눈을 질끈 감고 조용히 고개를 끄덕였다. '그렇다면, 자영이 홍매화이고 그녀가 중전이었다는 말이 아닌가? 그럼, 내가 만났던 연아는 정말 옥호루에서 자객들에게 살해된 걸까?' 하고 그가 속으로 중얼거렸다. 그는 자신의 추측이 맞을 것 같다는 생각이 들어서인지 안색이 더욱 창백하게 변하면서 서서히 가슴이 찢어지듯 아파왔다.

"역사가 무엇이라 생각하십니까?"

그녀가 창밖으로 쏟아지고 있는 흰 눈을 보면서 묻는다.

"글쎄요. 역사란 한 나라의 흥망성쇠와 정치적인 굵직한 사건들을 순서대로 기록해놓은 것이 아닐까요?"

복부의 통증 때문인지 그의 미간이 약간 찡그려지면서 작은 목소리로 천천히 입을 열었다.

"제 생각엔 역사란 여인의 모습을 정교하게 그려놓은 한 장의 그

림과 같다고 봅니다. 허나 사람들은 그 그림을 통해 그 여인의 겉모
습은 상세히 살펴볼 수 있겠지만, 깊은 속마음은 조금도 들여다 볼
수가 없을 겁니다. 그게 기록된 역사이지요. 조선국모시해사건도
그러한 역사 속에 한 장의 그림처럼 어딘가에 남겨져 있다가, 언젠
가는 다시 어두운 역사 속으로 말없이 사라지겠지요.”

독백을 하듯 그녀가 흰 눈을 바라보면서 길게 탄식했다.

여전히 흰 눈은 시야가 불편해질 정도로 쉬지 않고 쏟아져 내렸
다. 주변이 눈부신 설국처럼 온통 하얗게 변해가고 있었다. 함박눈
이 내리는 모스크바. 그곳엔 마치 동화 속에서나 등장할법한 아름
답고 신기하게 보이는 다른 세상이 점진적으로 전개되고 있었다.
미끄러운 눈길이라 그런지 승용차가 좌우로 흔들리는 느낌이 들었
다. 차 안에서 그는 멀거니 밖을 바라보고 있었지만, 손가락 사이로
피가 제법 많이 흘러내렸다.

차츰 그의 정신은 몽롱해져갔다. 그의 머릿속에도 온통 하얀 눈
송이들이 쏟아져 바닥에 깔리고 있었다. 그 눈밭 한 가운데에서 고
운 한복을 입고 긴 댕기머리를 한 소녀가 홀연히 나타났다. 소녀는
눈 위에 홀로 서서 빨리 오라고 그에게 가볍게 손짓을 한다. 귀여운
모습으로 활짝 웃는다. 곱고 아름다운 얼굴이었다. 소녀의 손엔 예
쁜 단풍잎 하나가 들려있었다. 그가 붉게 물든 단풍잎을 바라보고
자신도 모르게 빙그레 웃는다. 그의 눈앞에 펼쳐지고 있는 환상이
었다.

그녀가 운전하고 있는 승용차는 여전히 눈길을 달리고 있었다.
그가 신음을 내면서 힘들어하자 핸들을 잡은 그녀의 숨소리가 점차

로 거칠어져갔다. 눈길이라 그런지 달리는 승용차의 속도가 너무 느리다고 생각한 탓이었다. 어서 빨리 병원으로 가서 응급조치를 받고 수술을 받아야 한다는 한숨 섞인 그녀의 목소리가 그의 귓가를 스치고 아련하게 멀어져갔다.

그의 마음 판에 또렷이 새겨져 있었던 소녀의 이름을 그가 가만히 불러본다. '자영아~' 하고 입술을 움직이다가 곁에 있는 소녀의 손을 잡으려는 듯 자꾸만 손가락을 꼼지락 거렸다.

그녀의 도움으로 시랑은 모스크바 병원에 입원하자마자 곧바로 수술을 받았지만, 상처에 심한 염증이 생겨 장기간 병원생활을 하게 되었다. 그러다가 어느 정도 상처가 아물고 염증도 가라앉게 되자 그는 서둘러 퇴원을 했다. 너무 오랫동안 병원생활을 한 탓에 그의 정체가 낱낱이 외부로 드러나거나 혹은 노서아 황실로부터 어떤 안 좋은 눈총을 받을 수도 있다는 염려가 생긴 탓이었다. 그녀는 그의 안전을 염려하지 않을 수 없었다. 보안을 유지하면서 가급적 사람들의 시선을 피하여 그를 승용차에 태웠다. 그 승용차는 그녀의 저택으로 향했다.

그곳은 넓은 잔디밭과 오래된 커다란 연못이 있는 정원과 수목들이 일정한 간격으로 보기 좋게 심겨져 있는 넓은 궁전을 방불케 하는 곳이었다. 그는 그녀의 승용차에서 내리자마자 그 저택을 바라보고 입이 딱 벌어지고 말았다. 조선 땅에선 구경조차 할 수 없을 정도로 웅장하고 화려한 대리석 건축물이었다. 게다가 섬세한 손길로 다듬어진 조형물들과 그 저택의 분위기는 그럴듯하게 조화를 이루고 있었다. 아마도 과거에 노서아의 황실가족이나 상당한 재력을 가진 백작이 쓰던 궁궐일지도 모른다는 느낌이 들만큼 웅장한 분위기가 인상적이었다.

그 저택의 이층으로 올라가면 창문이 유난히도 큰 방 하나가 나온다. 전망이 제일 좋은 방인데, 멀리 있는 모스크바 시내가 한 눈에 들어올 만큼 시야가 탁 트인 창문이 눈길을 사로잡는다. 그 창문 앞에 서게 되면 사람의 마음을 단숨에 흡입할 만큼 아름다운 절경이 펼쳐진다. 잡념과 갈등은 어디론가 날아가 버리고, 그저 빈 마음으로 시야에 들어오는 절경과 하나가 되게 하는 신비로운 곳이었다. 그래서인지 그녀는 틈만 나면 그 방으로 올라가곤 했었다. 그는 그녀가 내어준 밀서를 갖고 조선으로 떠나기 전에, 그녀의 배려로 그 방을 쓸 수 있게 되었던 것이다.

"이곳은 전망이 제일 좋고, 제가 자주 찾는 방입니다. 조선으로 떠나기 전까지 편안한 마음으로 이곳에서 푹 쉬십시오."

그녀가 그를 그 방으로 안내하면서 길게 미소를 지었다.

"고맙습니다. 이 은혜는 평생토록 잊지 않고 마음에 간직하겠습니다."

그가 가슴이 터질 것 같은 기쁨의 감정을 감추지 못하고 순진한 아이처럼 밝은 표정으로 활짝 웃는다.

그는 평안한 마음으로 휴식을 취하면서 건강이 회복될 때까지, 그녀의 저택에 머무르게 된 것을 행운이라고 여겼다. 궁궐 같은 저택에서 지내게 된 것도 상상할 수 없는 일이었지만, 무엇보다도 매일 그녀를 가까운 거리에서 직접 바라볼 수 있다는 사실이 그에게 짜릿한 기쁨을 더해주었다.

그는 창문을 열어봤다. 어느새 춥고 긴 겨울이 지나가고 모스크바에도 활기찬 여름이 찾아온 것을 눈으로 확인할 수 있었다. 나뭇가지들마다 푸른 잎들이 수북이 달려있었고, 정원에는 화려한 꽃들이 여기저기 만발해있는 것이 한눈에 들어왔다.

그는 상처부위를 손바닥으로 살살 어루만져 보았다. 수술을 받은 흉터는 있었지만, 새살이 돋아서인지 아무런 통증이나 이상한 느낌은 전혀 없었다. 정상적인 생활을 해도 불편하지 않게 된 몸을 스스로 확인한 후에, 그는 조선으로 돌아갈 계획을 세웠다.

가만히 자신의 삶을 되짚어보면 그 저택에서 그녀를 수시로 만나볼 수 있다는 것은 기적과 같은 일이었다. 정말 깨고 싶지 않은 꿈만 같은 현실이 자신에게 주어져 있다는 것을 느낄 때마다 그저 놀랍고 고마울 뿐이었다.

오후에 그는 그녀와 함께 이층에 있는 방으로 올라갔다. 그녀는 그에게 빈 의자에 앉으라고 손짓을 했다. 처음 보는 낯선 의자 두 개와 그 앞쪽으로 작은 탁상 하나가 그 창문 쪽에 놓여있었다. 아마도 그것은 그녀가 그를 위하여 시내의 가구점에서 들여온 노서아 의자들과 탁상인 모양이었다. 그는 창가 쪽에 놓여있는 낯선 의자에 몸을 맡기듯 편안하게 앉았다. 엄마의 품에 안긴 아이처럼 부드럽고 포근한 느낌이 온몸의 피부로 스며들었다. 그것은 탄력 있는 솜과 여인의 살결처럼 부드러운 가죽으로 제조된 것으로 상당히 말랑말랑한 느낌을 주었다. 그 의자에서 발산되는 밝은 청색과 매끈한 외피도 인상적이었다.

그녀도 자연스럽게 그의 옆에 있는 의자에 나란히 앉았다. 그는 노서아 하녀가 끓여온 가비 차를 그녀와 함께 마시면서 창밖으로 펼쳐지는 모스크바의 경치를 감상했다. 여러 차례 창문을 통해 바라보곤 했던 경관이었지만, 그녀와 함께 하는 자리라 그런 걸까. 그날따라 창문 밖의 풍경은 세련된 색깔을 담은 동양화처럼 신선하고 아름답게만 보였다. 거대한 백지 위에 싱그러운 녹색과 은은한 갈색과 푸른 회색과 황금색 염료들을 조금씩 조화롭게 입힌 듯 보이는 절경이 그의 눈을 즐겁게 해주었다.

분위기에 맞게 축음기에선 잔잔한 노서아 음악이 흘러나왔다. 각설탕을 여러 개 넣어서인지 그날따라 검고 쓴 가비 차에선 달콤하고 향기로운 꽃향기가 느껴졌다. 그는 가비 차를 마시면서 창문 밖을 찬찬히 뜯어보고 작은 탄성을 흘려냈다. 정원에 있는 큰 나무들과 멀리보이는 크렘린 궁궐이 조화를 이루며 도시 속에 보석처럼 빛을 발하고 있었다. 마치 화폭에 담겨져 신비롭게 숨을 쉬는 그림처럼, 그 광경은 눈이 부실만큼 근사하고 오묘했다.

그는 김이 모락모락 피어오르는 가비 차를 한 모금씩 천천히 마시고 있는 그녀를 곁눈질로 훔쳐보면서, 호수 한 가운데에 있는 작은 바위섬 위에 선 고고한 학 한 마리를 연상해냈다. 매혹적인 그녀의 모습에 도취되어 그는 한동안 그녀의 얼굴에서 쉽사리 눈을 떼질 못했다. 크렘린 궁을 그윽한 눈빛으로 바라보고 있는 자영이 그의 곁에 앉아있다는 것이 그저 신기하고 황홀할 뿐이었다.

"저기 멀리 보이는 큰 성채가 있죠? 그게 바로 크렘린 궁입니다. 그 밑으론 백조의 모양을 한 꾸불꾸불한 강줄기를 가진 모스크바 강이 흐르고 있지요. 그 백조의 등을 타고 있는 곳이 바로 크렘린 궁궐이지요. 그 강은 한 겨울은 물론이고 봄까지도 추위로 꽁꽁 얼어붙는답니다."

그녀가 말을 마치고 가비 차를 두어 모금 마셨다.

"모스크바 강은 아이들이 썰매를 타기에 좋은 곳이겠네요. 헌데 그 옆으로 보이는 희한하게 생긴 장난감 같은 건물은 무엇입니까?"

그가 궁금증이 가득한 눈빛으로 물었다.

"그건 성 바실리 성당입니다. 노서아에서 가장 아름다운 건축물이랍니다. 헌데 그 건축가가 영국 여왕의 부름을 받아 떠나기 전에 노서아 황제는 그를 소경으로 만들었답니다."

"예에? 어찌하여 노서아 황제가 그처럼 훌륭한 건축가를 소경으로 만들었나요?"

"성 바실리 성당처럼 아름다운 건축물이 영국에 세워지는 걸 노서아 황제가 원치 않았다는 겁니다. 진위여부는 알 수 없으나 그냥 수백 년 전부터 전해오는 얘기랍니다."

"노서아 황제의 욕망도 조선을 삼키려는 일본인들과 별반 다를 것이 없군요."

"욕망이 적당하면 나라가 부강해지겠지만, 그것이 도를 넘어 과하게 되면 결국은 피를 부르고 전쟁이 일어나게 되는 법이지요. 일본이나 노서아는 큰 욕망을 가진 나라들입니다."

그녀는 무슨 생각을 하고 있는 것인지, 찻잔을 탁자 위에 조용히 내려놓고 촉촉한 눈으로 멀리 보이는 크렘린 궁을 멍하니 바라보다가 얼굴빛이 잠시 어두워졌다. 조선의 경복궁이 그녀의 마음속에서 슬픈 그림처럼 떠오르는 모양이었다.

"마마! 언제 조선으로 돌아가실 것이옵니까?"

그가 물었다.

"시랑! 마마라 부르지 않기로 약조했는데, 벌써 잊으셨습니까?"

"아! 제가 깜빡했습니다. 죄송합니다."

그는 입가에 옅은 미소를 짓고 고개를 가볍게 내저었다. 그녀를 홍매화라고 부르기 전에, 이미 중전마마라는 말이 머릿속에 깊이 각인된 탓이었는지도 모른다. 그의 눈에 새겨진 그녀의 모습은 여전히 경복궁의 중전이었다. 한 치의 흐트러짐도 없는 그녀의 반듯한 자세와 품위 있는 모습과 세련된 언행. 그러한 것들이 경복궁의 중전이라는 선입관을 쉽게 뛰어넘을 수 없도록 막고 있는 장해물일지도 모른다는 생각이 들었다. 비록 먼 타국 모스크바에서 외롭게 살고 있지만, 그녀가 오랫동안 궁궐생활을 하면서 몸에 익힌 전통적인 예절과 생활습관은 그녀의 몸에 고스란히 배어있는 것 같았다.

"저는 이미 옥호루에서 죽은 몸이 되었으니, 조선으로 돌아간들 머물 곳이나 있겠습니까? 죽은 왕비를 일본인들이 폐서인시켰는데, 이틀 후에 전하께서 억지로 다시 빈으로 책봉을 했다가 달포 후엔 왕후로 칭하기로 했다면서요? 조선 왕실이 일본의 정치적인 압박에 눌려 날이 갈수록 힘을 잃어버리는 것만 같아 마음이 늘 아플 뿐입니다."

"그래도 언젠가 조선이 일본의 영향권에서 완전히 벗어나 새로운 나라로 거듭나게 될 날이 있지 않겠습니까? 그날이 오면 다시 왕비의 자리와 명예를 되찾을 수 있으실 겁니다."

"아닙니다. 이미 지나간 역사를 연약한 인간의 힘으로 어떻게 바꿀 수 있겠습니까? 저는 이곳에서 조선을 위한 밀정으로 조용하게 살다가 생을 마치려고 합니다. 이곳에서 평화롭게 살다보니 사람을 미워하는 일이 가장 어리석은 감정이란 걸 깨닫게 되었답니다. 욕망덩어리에 불과한 사람을 미워할 것이 아니라, 조선을 더욱더 사랑하며 내 나라를 끝까지 지키려는 큰마음을 키워보려고 합니다."

미소를 머금은 그녀의 눈동자가 하늘빛을 담아놓은 연못처럼 환하게 빛났다.

그는 어쩐지 외롭고 쓸쓸하게만 보이는 그녀의 모습을 주시하다가 어렵게 입을 열었다.

"마마! 제가 조선을 다녀온 후에 홍매화를 지키는 휘파람새가 되겠습니다."

"허면, 조선에서 은가면이 해야 할 일들을 누가 대신하겠습니까? 은가면은 무너져가는 조선을 지켜야 합니다."

"마마를 지키는 일 또한 조선의 미래를 위한 일이옵니다."

"⋯⋯."

그녀는 가비 찻잔을 손에 든 채, 가늘게 한숨을 내쉬었다. 그는 그녀를 말없이 바라보면서 젖은 수건을 힘껏 뒤틀어 짜내듯 가슴이 몹시 쓰리고 아려왔다. 어쩐지 쉽게 마음의 아픔을 씻어낼 수가 없을 것만 같았다. 조선궁궐의 안주인인 왕비가 먼 나라 노서아에서 왕실을 걱정하며 홀로 힘들게 살고 있는 것 같아서였다. 그런 그의 마음을 읽어낸 그녀가 가만히 고개를 돌려 그를 바라봤다. '시랑이 조선으로 떠나기 전에, 그를 승용차에 태워 모스크바 시내와 명소들을 구경시켜주면 어떨까? 아마도 어린아이처럼 무척 좋아할 거야.' 하고 그녀는 입가에 가느다란 웃음을 머금었다.

노서아 하녀들이 가져온 음식들이 식탁에 진열되었다. 갈비찜과 닭고기와 생선을 비롯한 육류와 김치와 전과 나물 등 다양한 조선의 음식들이 식탁 위에 잔뜩 차려져서 잔치 분위기가 느껴졌다. 아마도 헤어져야 하는 날이 가까워오자 그를 위하여 마지막 만찬을 정성껏 준비한 모양이었다. 여러 날 신경을 써가며 그를 위하여 특별히 준비한 음식들이라는 생각이 들었다.

그는 활짝 웃는 얼굴로 기쁨을 감추지 못했다. 화려하고 푸짐한 조선음식들을 보면서 그는 가슴 뭉클한 감동을 받았다. 누군가로부터 그토록 큰 대접을 받아본 적이 없었던 까닭이다. 그녀가 그를 대접하기 위하여 진심으로 정성을 다하고 있다는 것을 마음으로 깨닫는 순간, 그의 눈가에 투명한 눈물이 핑 돌았다. 머지않아 그녀와 헤어지게 되면 그 이별의 아픔과 고통을 어찌 감당해야 할 것인지 그의 마음은 더욱 공허해지고 괴롭기만 했다.

그 옛날 자신이 그토록 찾아 헤매던 자영. 모스크바에서 만나게 된 그녀. 가장 가까운 거리에서 마주앉아 애틋한 마음으로 대화를 나눌 수 있었던 놀랍고도 신비로운 나날들. 아무리 생각해봐도 그건 우연을 초월한 기적이었다. 마치 꿈을 꾸고 있는 것이 아닐까, 하는 의혹이 들만큼 그의 가슴이 두근거렸다.

어느새 그는 감당할 수 없는 황홀한 분위기에 사로잡히고 만다. 아무리 숨기려고 해도 심장이 요동치고 설레는 마음으로 잔뜩 들떠 있는 자신의 모습을 감출 수가 없었다. 그는 식사를 하면서도 그녀를 자주 훔쳐보고 자신도 모르게 얼굴을 붉혔다.

그녀도 음식을 먹으면서 간간히 크렘린 궁궐 쪽으로 눈길을 옮겼지만, 은밀한 그의 시선을 의식한 듯 입가에 따뜻한 미소를 머금고 있었다. 동양인들을 거의 만나볼 수 없는 외로운 모스크바에서 유일하게 만난 조선인이 그토록 보고 싶었던 사랑이었다는 점을 그녀도 신기하게 여겼다. '운명처럼 피할 수 없는 끈끈한 인연의 줄이 진정 존재하는 걸까? 그래서 사랑이…….' 하고 그녀는 속으로 혼잣말을 하다가 멀리 보이는 회색빛 하늘에 초점을 잃은 시선을 숨겨버린다.

도쿄에 있는 사원처럼 넓은 단층집. 꽃나무들이 심겨진 정원을 지나면 여러 개의 다다미방을 가진 꽤 긴 목조건물 하나가 나온다. 그 집의 안방에서 초췌한 얼굴로 휴식을 취하며 여유로운 삶을 즐기고 있는 오카모토의 모습이 보인다. 그는 집에서 키우고 있는 사나운 투견을 어루만지거나, 녹차를 마시면서 명상에 빠지기도 한다. 때론 번쩍이는 일본도의 칼날을 꼼꼼하게 살피면서 섬세하게 손질을 하곤 했다. 그렇게 지루하게 하루하루를 보내면서 그는 출세를 위한 새로운 도약의 기회를 나름대로 준비하고 있었다.

히로시마 감옥에서 출옥한 48명 가운데, 적잖은 숫자의 인물들이 정계나 재계로 이미 진출을 한 상태였다. 하지만 그는 여전히 집안에 갇혀 무료한 나날을 보내고 있었다. 그는 삶 자체가 무척이나 버겁게 여겨져 신경이 예민해졌다. 뭔가 대단한 공을 세워 이토 총리의 신임을 얻지 못한다면, 두 번 다시 자신에게 기회가 주어지지 않을지도 모른다는 불안감에 사로잡혀 있었던 자가 오카모토였다. 그래서 그는 큰 공을 세울 목적으로 자객 요시무라를 시켜 모스크바에서 활동 중인 조선의 밀정들을 제거하도록 지시를 했던 것이다.

그러던 어느 날이었다. 그는 수하로부터 비보를 접하게 되었다. 그것은 요시무라가 조선밀정에게 총격을 받고 살해되었다는 안 좋은 소식이었다. 그 말을 듣자마자 그의 얼굴이 순식간에 무너지면서 몸의 균형이 깨졌다. 현기증이 심하게 일어난 탓인지 중심을 잃고 비틀거렸다. 그토록 독한 마음을 가진 오카모토도 정신적인 충격을 받자 금방 평정심을 잃어버리고 말았던 것이다. 빳빳했던 그의 자존심이 예리한 칼로 베임을 당한 듯 깊은 상처로 얼룩지자 그는 자신의 마음을 추스르기가 쉽지 않았다. 하찮은 조선인 따위에게 일본 최고의 무사가 패배를 당했다는 점도 도무지 믿을 수가 없었다.

자신의 꿈을 짓밟아 뭉개버린 은가면을 마음속에 떠올리다가, 그는 분노로 이글거리는 마음을 절제하지 못하고 빠드득 소리가 나도록 이를 갈았다. 마지막 남은 한 조각의 희망마저 어디론가 사라진 것 같은 비참한 절망감이 삽시간에 그의 머릿속을 세차게 휘저으며 파고들었다. 피가 거꾸로 솟아오르고 넓적다리가 흐물흐물 녹아내리듯 극심한 불안감으로 그는 양다리를 떨었다.

더군다나 다른 수하도 아니고 자신이 직접 모스크바로 파송한 요시무라가 조선의 도적인 은가면에게 죽임을 당했다는 사실에 그는 울분을 참을 수가 없었다. 일본 최고의 무사를 자처하던 요시무라. 그를 단숨에 제거해버린 은가면. 오카모토는 그에게 잔인한 복수를 하지 않고는 도저히 견딜 수가 없을 것만 같았다.

"어떻게 이런 일이 생길 수 있단 말인가? 은가면! 요시무라를 대신해서 내가 너를 척살할 날이 반드시 오게 될 것이다. 감히 내가 보낸 요시무라를 죽이다니, 넌 살아있어선 안 돼. 네가 살아있다는 것 자체가 나의 꿈을 이루는데, 큰 걸림돌이 될 뿐이니까."

그가 입에 거품을 물고 저주가 담긴 악한 말을 내뱉었다.

어떻게 해서라도 일본이 조선을 삼켜버려야 그가 꿈꾸어왔던 세상이 열릴 수 있을 거라고 그는 거듭해서 뇌까렸다. 자신과 대일본 제국의 미래를 위해서라도 반드시 은가면은 죽어야 한다고 얼빠진 수도승처럼 반복하여 주문을 외웠다.

그는 입술을 삐죽거리면서 미간을 찡그리다가 양손으로 앞머리를 자꾸만 쓸어 올렸다. 분노와 절망으로 신경이 예민해질 때마다 나타나는 독특한 증상이었다. 그는 그때까지도 들끓는 분노를 삭혀 내지 못한 채 얼굴에 심한 경련을 일으켰다. 모스크바에 있는 조선 밀정들을 제거하고 고종의 연결고리를 확실하게 끊어보려고 했던 계획이 수포로 돌아가자, 그는 삶의 의욕마저 떨어지는 모양이었다. 다른 묘수를 찾아봤지만 방법이 전무했다. 아무리 머리를 쥐어짜도 빼어난 묘책이 떠오르질 않았다.

그는 벽에 걸어두었던 일본도를 들고 미친 사람처럼 정원으로 뛰어나갔다. 순식간에 일본도를 뽑아들고 마구잡이로 허공을 향해 휘두르다가 숨이 차서 헉헉거리는 소리를 토해냈다. 기운이 딸리자 칼끝을 땅에 꽂고 한쪽 무릎을 바닥에 꿇은 채 연실 가쁜 숨을 몰아쉬었다. 그러고는 '은가면! 널 내 손으로 기필코 베고 말 것이다.' 하고 악을 쓰듯 한 맺힌 소리를 거침없이 질러댔다.

조금 열려진 대문 밖에 서서 묵묵히 오카모토를 바라보고 있었던 자가 있었다. 그는 박영효였다. 그는 고개를 내저으며 실망을 했다는 듯 길게 혀를 찼다. 그는 왕비독살 음모자로 낙인이 찍혀 일본으로 망명을 한 인물이었다. 하지만 그를 반갑게 받아주는 사람은 전무했다. 그는 혼자 고민을 하다가, 오카모토를 만나보기로 결심을 했던 것이다. 미우라 공사의 오른팔이었던 오카모토가 도와주면 조선으로 돌아갈 수 있는 어떤 명분이나 비책을 얻을지도 모른다는 막연한 기대감이 있었던 탓이다.

하지만 그는 이내 그런 마음을 접고 말았다. 은가면을 죽이지 못해 발작을 일으키고 있는 오카모토를 한참 동안 지켜보면서 그는 실망을 금치 못했다. '은가면은 조선의 혼이다. 은가면을 죽이면 또 다른 은가면이 나타날 것이고, 훗날 그들은 일본의 심장을 향해 총구를 겨누게 될 게야. 조선은 타국의 총칼로 점령되지 않는 불멸의 나라임을, 일본은 아직도 모르고 있단 말인가? 조선을 일본의 동반자로 여기지 않는 한, 일본의 대륙침략은 실패하고 말 것이다.’ 하고 박영효가 의미심장한 말을 허공에 던지고 냉정하게 돌아섰다. 허전한 마음이 앞섰지만, 인내심을 갖고 살다보면 자신의 꿈을 이룰 수 있는 기회가 반드시 올 거라고 믿었다.

박영효는 정처 없는 나그네처럼 먼 길을 떠나기로 마음을 고쳐먹었다. ‘조선왕실이 무너져야 자주개혁이 이루어질 수 있을 것인데, 참으로 안타까운 일이로다. 미국처럼 백성들이 대통령을 뽑을 수 있는 국가로 조선이 바뀐다면, 철종의 부마였던 내가 그 자리에 오르지 못할 이유가 없지 않은가? 게다가 천하의 여걸이었던 중전도 한 줌 연기로 사라지고 지금은 궁궐 안에 유약한 고종만 있으니, 이것보다 더 좋은 기회가 어디에 또 있겠는가? 참으로 안타깝고 아쉬울 뿐이로구나! 하하하!’ 하고 박영효가 호쾌하게 웃으며 텅 빈 마음을 엉뚱한 말로 위로 하려는 듯 허세를 부렸다.

고종의 환궁

고종이 노서아 공사관으로 거처를 옮긴지 거의 일 년이 되어갈 무렵이었다. 고종은 침대 밑에 부착해둔 비밀함에서 먼지가 쌓여있는 밀서를 조심스럽게 꺼내어들었다. 봉투의 겉에 솜털처럼 뽀얗게 회색 먼지가 쌓여있었다. 물에 적신 면 수건으로 봉투 겉에 묻은 먼지를 말끔하게 닦아낸 후에 잠시 호흡을 가다듬었다.

경복궁에서 노서아 공사관으로 거처를 옮기게 되면 적당한 시기에 기회를 봐서 몰래 그 밀서를 읽어보라고 했던 중전의 말을 떠올렸다. 그것은 중전이 노서아로 떠나기 전에 고종에게 남긴 마지막 밀서였다.

고종은 조용한 침실에서 마른 침을 두어 번 삼키고 그것을 천천히 펴보았다. 밀서에는 '금서각퇴, 환궁, 대한제국, 고종황제, 부국강병'이라고 적혀있었다. 그 글은 중전이 친필로 기록한 것이었다.

고종은 중전의 밀서를 읽고 나서 무슨 말인지 알겠다는 듯 고개를 여러 번 끄덕였다. '중전께선 이렇게 될 줄 미리 다 알고 계셨던 겝니까?' 하고 중얼거리면서 공허한 마음을 달래보려는 듯 작은 웃음소리를 흘려냈다.

침실의 어둠속이었지만 고종의 눈동자가 밝게 빛났다. 지난 일년 동안 노서아 공사관에서 겪었던 일들을 차분히 회상해보고 새로운 각오를 했다. 그것은 과거와는 전혀 다른 모습으로 변신을 시도하는 일이었다. 더는 노서아 공사관에 머무르지 않고 영국과 덕국과 불란서 공사관이 주변에 자리를 잡고 있는 경운궁으로 환궁하려는 결심이었다.

'이대로 노서아 공사관에만 머물러 있을 수는 없지 않은가? 여기에 더 있다가는 일본을 대신해서 노서아가 조선을 삼키려고 덤벼들겠지. 그래! 지금이야말로 새로운 변화를 요하는 시점인 게야.' 하고 고종은 속으로 중얼거렸다.

1897년 2월 20일이었다. 고종은 경운궁으로 환궁을 하게 되었다. 그 환궁이야말로 노서아와 일본의 간섭에서 벗어난 신조선의 시작을 온 세계에 알리려는 큰 행보가 아닐 수 없었다.

오래전부터 충성스러운 신하들과 유생들이 고종의 환궁을 원하는 많은 청원서를 고종에게 올렸다. 청나라처럼 노서아가 조선을 속국으로 삼으려는 분위기가 무섭게 팽배하고 있었던 시기라 그것 또한 환궁을 결정하는 일에 적잖은 영향을 미쳤다. 고종은 노서아 공사관에 그대로 머물러 있을 것인지 아니면 경운궁으로 가서 새로운 조선을 선포할 것인지를 놓고 저울질을 하며 심히 고민을 하다가 마침내 비장한 각오로 환궁을 선택했던 것이다.

고종은 환궁한 후에 국호를 '대한제국(大韓帝國)'이라 했고, 연호를 '광무(光武)'로 고쳤다. 고종도 자신을 조선국왕이 아니라 '황제(皇帝)'라 했고, 중전은 '명성황후(明成皇后)'로 칭하자고 어렵사리 결정을 했다. 일본이나 노서아와 불란서 혹은 미국 같은 나라에 밀리지 않고 떳떳하게 마주 서자는 뜻에서 그런 결행을 도모했던 것이다.

그 소식을 전해 듣고 일본과 청나라에선 코웃음을 쳤다. 쥐뿔도 없는 무력한 조선의 왕이 황제라는 말을 겁 없이 쓰고, 대한제국이라는 호칭을 거들먹거리는 꼴이 어쩐지 마음에 들지 않았던 것이다. 산 속에 사는 작은 토끼란 놈이 어디서 훔쳐온 호피를 뒤집어쓰고 무서운 호랑이 흉내를 낸들, 토끼를 호랑이로 보고 도망갈 산 짐승들이 어디에 있겠느냐고 하면서 조선을 한껏 비웃었다. 그 당시의 무력한 조선을 속속들이 들여다보면 결코 틀린 말이 아니었다.

고종은 남별궁 터에 환구단(圜丘壇)을 세우고 여러 나라의 공사들과 왕실에 관계된 외국인들을 초청하여 보란 듯이 그곳에서 제사를 지내고 황제가 되었음을 당당히 선포했다. 그리고 경운궁(덕수궁) 중화전 앞에서 화려하게 황제즉위식을 거행했던 것이다. 과거의 무력한 조선이 당당히 독립제국으로 거듭나 근대국가로 도약하게 되었음을 만국에 선포하고, 일본과 노서아와 강대국들과 어깨를 나란히 하려는 의지였다. 과연 주변의 강대국들이 인정을 해줄 것인가를 놓고 고종황제는 은근히 고민을 하면서 밤잠을 설쳐야만 했었다.

하지만 예상을 뒤엎고 노서아 황제가 축전을 보내왔고 타국의 공사들과 외교관들이 황제즉위식에 참석하여 축하인사를 하게 되었다. 그런 일이 벌어지면서 일본과 청나라의 태도도 사뭇 달라졌다. 어쨌거나 국제적으로 인정을 받은 대한제국과 고종황제를 일본이나 청나라에서도 결코 무시할 수가 없었던 까닭이다. 일단 고종황제가 선포한 대한제국은 온 세계에 알려졌고, 신조선으로 삽시간에 변신을 하는데 나름대로 큰 성공을 거둔 셈이었다.

환궁을 한 후 아홉 달이 되어가는 십일월 하순이었다. 헤아릴 수 없을 만큼 많은 백성들이 지켜보는 가운데 명성황후의 장례식이 거행되었다. 그들은 명성황후를 살해한 일본의 잔악한 만행을 떠올리고 피가 끓어오르는 분노를 금치 못했다. 궁궐 안에 거하는 국모조차도 보호할 수 없었던 무기력한 조선의 현실을 슬퍼하며 뼈가 끊어지는 아픔과 고통으로 백성들은 무너져 내리는 가슴을 쓸어안아야만 했던 것이다.

두 번 다시 이런 역사적인 비극을 되풀이 하지 말자고 많은 유생들과 뜻있는 젊은이들이 상복을 입고 꾸역꾸역 모여들었다. 그들은 명성황후의 상여를 향하여 마지막으로 큰절을 두 번 올리고 울음 섞인 피눈물을 흘렸다.

명성황후시해사건으로 말미암아 조선백성들이 힘을 잃고 무기력하게 변한 것이 아니라, 오히려 하나로 똘똘 뭉쳐지는 계기가 되었다. 일본을 대적하는 민족정신이 바위에서 터져 나오는 뜨거운 온천수처럼 힘차게 치솟아 올라왔던 것이다.

일본의 이토 총리와 일부 정치인들은 경복궁으로 들어간 자객들이 국모를 살해한 사건이 득이 되지 않고 도리어 일본의 미래에 부담스러운 짐이 되었다고 하면서 시무룩한 표정으로 혀를 차기도

214

했다.

여의주를 입에 물고 승천하는 은색용을 좌우측에 새겨 넣은 검은 천으로 꾸민 웅장한 명성황후의 상여가 홍릉(洪陵)으로 가는 것을 바라보면서, 고종황제는 지난날 당당하게 일본과 맞서 싸웠던 고독한 중전의 모습을 마음속에 가만히 떠올렸다. '중전, 그대는 그 어느 누구를 만나도 위축되거나 흔들림이 없는 당차고 지혜로운 모습으로 왕실과 조선을 지키셨소. 참으로 그리도 일찍 궁궐을 떠나게 되셨으니 마음이 아프고 허전할 뿐입니다.' 하고 고종은 눈시울을 적셨다. 중전이야말로 힘을 잃어가는 조선을 끔찍이도 아끼고 사랑했던 국모였음을 진심으로 고백했다. 고종은 잠시 눈을 감았다.

"중전! 그대는 누가 뭐래도 결코 죽은 몸이 아닙니다! 천년만년 조선백성들의 마음속에 영원히 살아계신 국모이자 불멸의 조선황후이십니다!"

흰색 깃털 장식으로 화려하게 꾸며진 황제의 모자와 산뜻한 검은색 황제제복을 입은 고종이 오랜만에 잔잔하고 평화스러운 미소를 입가에 담는다.

명성황후가 서양여인처럼 멋지게 자주색 양장차림을 하고 파마머리를 한 채 고종황제 앞으로 다가온다. 그건 고종의 눈에만 보이는 환상이었다. 너무도 그립고 보고 싶었던 얼굴. 늘 가까운 자리에서 시선을 공유하며 부담 없이 이런저런 이야기를 나눌 수 있었던 명성황후의 모습이 그의 눈동자에 선명하게 새겨졌다.

그는 놀라움과 반가움이 뒤섞인 얼굴로 그녀를 바라보고 눈을 점점 더 크게 뜬다. 근사한 서양의상을 입고 예전과는 달리 새로운 모습으로 나타난 명성황후의 환상이 그의 눈동자에 새겨져 아른거린다.

그녀를 보고 있던 고종황제가 마지막으로 얼굴이라도 봤으니 됐다는 듯 고개를 찬찬히 끄덕인다. 그러고는 침묵을 깨고 밝은 얼굴로 '신륵사의 붉은 단풍잎들을 그리도 좋아하셨는데…… 단풍잎들이 가득히 깔려있는 늦가을에 홍릉으로 가시게 되셨습니다. 이젠 평안하게 잘 가세요! 나도 이젠 그대를 놓아드리려고 합니다.' 하고 말한다.

그는 흰 장갑을 낀 오른손을 들어 그녀를 향해 가볍게 흔들어준다. 그녀가 정중하게 고개를 숙여 인사를 하고 뒤로 돌아서서 그의 시야에서 멀어져간다. 홀연히 먼 하늘로 사라져가는 그녀의 뒷모습을 바라보다가 그는 호주머니에서 단풍잎이 새겨진 금가락지를 꺼내어든다. 연실 손가락으로 그것을 어루만진다. 뭉게구름이 피어오르는 먼 하늘로 그는 천천히 시선을 옮긴다. 어디선가 바람이 스산하게 불어온다.

경복궁 안에 있는 오래된 단풍나무 위에서 자주색 낙엽들이 빙글빙글 돈다. 어지럽게 춤을 추면서 단풍나무 잎들이 가을바람을 타고 하강한다. 목덜미를 감도는 칼바람이 찬 기운을 머금고 짜릿하게 뼛속으로 스며드는 늦가을이었다.

그날 밤이었다. 고종황제는 아무도 없는 고요한 밀실에서 노서아로 파송된 밀정이 가져온 비밀서찰을 조심스럽게 펼쳐들었다. 한 자도 안 보이는 하얀 백지였다. 혹시나 하는 마음에 주변을 둘러봤다. 그곳엔 아무도 없었다.

고종은 화학비사법으로 기록된 밀서를 뜨거운 화롯불에 가까이 댔다. 종이가 점점 뜨거워지면서 서서히 흑갈색의 글자가 마술처럼 드러나기 시작했다. 노서아의 황실에서 벌어졌던 일들을 소상하게 적은 밀정의 글을 눈여겨보던 고종황제는 고개를 끄덕인다. '노서아 황실은 언젠가 일본과의 전쟁을 피할 수 없는 일로 생각하고 있다. 그 전쟁에서 이기면 곧 바로 조선을 속국으로 삼으려는 무서운 계획이 있는 것 같다.' 하고 세미한 소리로 밀서를 읽다가 그만 입을 꾹 다물었다. 섬나라에서 배를 타고 들어오는 사나운 늑대나 눈이 덮인 광활한 벌판에서 내려오는 거대한 곰이나 흉악한 야생짐승이긴 매한가지라고 하면서 불편한 심기를 드러냈다.

조선을 지키려면 부국강병을 이루어 그 힘으로 외세의 침략을 막아내는 길밖에 다른 묘책이 없음을 다시금 깨닫고 현실의 처지를 안타까워하듯이 맥없이 고개를 내저었다. 강대국의 먹이로 전락되고만 무력한 조선을 생각하니 자꾸만 무엇에 짓눌린 것처럼 가슴의 통증이 심해지고 마음이 괴로워, 고종황제는 밀서를 손에 든 채 땅이 꺼져라 길게 한숨을 토해내고야 만다.

고종황제는 다시 이어서 밀서를 소리 내어 읽다가 불현듯 안색이 창백해지는가 싶더니, 잠시 긴장한 눈빛으로 밀서의 필체에 시선을 집중했다. 그것은 붓으로 정성스럽게 공을 들여 쓴 필체였다. 꼼꼼하게 한자씩 살펴보니 상당히 눈에 익은 여인의 필체임에 틀림이 없다는 생각이 들었다. '사람의 얼굴이 각기 다르듯 필체 또한 타인의 것을 흉내를 내거나 속일 수 없는 도장과 같을진대, 이 필체는.' 하고 말끝을 흐렸다.

밀서의 필체를 의미심장한 눈빛으로 자세히 살펴보던 고종황제의 얼굴이 어쩐지 좀 의아스럽다는 듯 심각하게 일그러졌다. 한참 무언가를 골똘히 생각하더니 점점 더 밝은 미소가 온 얼굴로 하염없이 퍼져나갔다. 경악과 감당할 수 없는 기쁨이 온몸에 전율을 일으켰다. 잠시 후였다. 다시 얼굴이 서서히 일그러지고 무너지더니 갑자기 양쪽 눈가에 맑은 이슬이 동그랗게 맺혀진다.

"금가락지의 단풍잎처럼 붉고 아름다운 꽃, 홍매화라……. 그럼, 노서아의 홍매화가……."

고종황제는 회한의 눈물을 주르륵 흘리고 더는 말을 하지 못한다. 긴 침묵 속에서 오래도록 고개를 숙이고 복받쳐 올라오는 설움을 참아내지 못하고 격하게 흐느꼈다. 어둠속으로 굽혀진 그의 등이 외롭게만 보이는 적연한 밤이었다. 그는 다시 불을 밝히고 노서아로 보내는 밀서를 급히 써내려가기 시작했다.

시랑은 밤새도록 모스크바에서 겪었던 흥미로운 이야기들을 도인에게 풀어놓았다. 그는 새벽이 다가오는 줄도 모를 만큼 자기 이야기에 흠뻑 도취되어 있었다. 그래도 그는 그녀의 부탁대로 홍매화의 정체만은 비밀로 하고 그것을 가슴속 깊은 곳에 숨겨둔 채, 다른 화제로 그럴듯하게 이야기를 이끌어갔다.

사실 먼저 집으로 달려가 근심염려 속에서 나날을 살아가고 있는 모친께 잘 다녀왔다고 인사를 하고 싶었지만, 그럴 수가 없었다. 밀정은 사사로운 감정에 치우쳐선 안 되고, 오직 주어진 사명을 마지막 순간까지 감당해야 하는 존재라는 걸 의식하고 있어서였다. 스승을 통해 노서아에서 가져온 밀서를 고종황제에게 전하긴 했지만, 은밀한 곳에서 또 다른 밀명을 기다리며 대기하고 있어야 하는 존

재가 밀정이었다. 그래서 그는 스승의 집에서 하룻밤을 보내며 모
스크바에서 보고 깨달은 것들과 새로운 지식들을 낱낱이 스승에게
고했다.

그는 이른 새벽이 되어서야 비로소 잠을 청하려고 했지만, 머릿
속이 맑아지면서 잠이 달아나고 말았다. 그의 옆에서 요를 깔고 잠
을 청하던 도인도 헛기침을 여러 번 하면서 잠을 이루지 못했다. 잠
잘 시간을 놓쳐서인지 이리저리 뒤척이다가 그들은 서로 약속이라
도 한 듯 자리에서 일어났다. '시랑아! 우리 산책이나 하자!' 하고
도인이 말하자, 그도 그게 좋겠다고 하면서 집밖으로 나왔다.

찬이슬을 맞은 비릿한 수풀냄새가 코끝을 자극하는 이른 아침
이었다. 동녘에는 찬란한 태양이 어둠을 사르며 광명한 빛을 발하
고 있었다. 오랜만에 걸어보는 산 속의 오솔길이었다. 늦가을이라
그런지 약간 썰렁한 느낌이 드는 산바람이 목덜미를 스치고 지나
갔다. 하지만 살갗을 찌르고 몸속으로 깊이 파고드는 모스크바의
겨울바람에 비하면 그것은 훈풍에 불과했다. '모스크바의 눈바람
은 살갗을 할퀴는 살쾡이의 발톱보다도 매섭지.' 하고 그가 어깨
를 폈다.

모스크바에 머무는 동안 그녀가 운전하는 승용차를 타고 명승지
(名勝地)를 구경하러 다녔던 추억들을 그는 하나씩 곱씹고 있었다.
끝없이 전개되는 모스크바 강변을 걸어보기도 했고, 알렉산드라 황
후의 초대를 받아 화려한 크렘린 궁궐 안으로 들어가 파티에 동참
한 적도 있었다. 정신없이 요란하게 춤을 추는 노서아인들의 흉내

를 내다가 그만 웃음보를 터뜨리기도 했었다. 섬세하게 조각된 대리석 기둥과 궁궐의 내부를 살펴보면서 어린아이처럼 입을 다물지 못하고 감탄을 했던 일도 선명하게 떠올랐다. 조선의 건축물과는 전혀 다른 분위기를 자아내는 구조와 모양에 신선한 충격을 받은 탓이었다. 그리고 그 유명한 성 바실리 성당 안으로 들어가 내부를 샅샅이 둘러보며 경건한 마음으로 구경을 하기도 했었다. 그녀를 따라다니다가 한 번은 드넓은 극장 안에서 낯을 뜨겁게 하는 발레 공연을 감상하면서 크게 당황한 적도 있었고, 그야말로 생전 처음으로 보는 신기한 활동사진 앞에서 눈이 휘둥그렇게 변하기도 했었다. 그 모든 것들이 그에겐 새롭고 신기한 경이로움이었다. 그는 모스크바에서 지내면서 마치 무슨 별천지에 온 것 같은 새롭고 놀라운 경험들을 하게 되었던 것이다. 그러한 것들을 바라보고 자주 대하면서 그는 신지식과 문화라는 측면에서 조선이 얼마나 노서아에 뒤쳐져 있는가를 새삼 깨닫고 씁쓸한 마음으로 탄식하지 않을 수 없었다.

"세상은 하루가 다르게 급변하고 있습니다. 이젠 몸을 웅크리고 있는 조선도 어깨를 활짝 펴고 강대국을 따라잡아야 살아남을 수 있을 겁니다. 자존심이 상해도 받아들일 것은 받아들이고 배울 것은 배워야 합니다. 무엇보다 정치적인 내부갈등을 잠재우고, 온 백성이 힘을 모아 그 어느 나라도 넘볼 수 없는 강대한 조선을 세우지 않으면 안 될 것입니다."

그녀가 평상시 마음에 담아두었던 생각을 그에게 거침없이 털어놓았다.

맞는 말이었다. 그녀의 마음속엔 날마다 꿈틀거리고 살아 움직이는 무형의 응어리가 있었다. 그건 조선의 미래를 염려하면서 한숨 짓는 괴롭고 안타까운 마음에서 형성된 한이었다. 강대국들에게 짓눌려 앞으로 어떤 변화가 생길지 한 치도 알 수 없는 미약한 조선을 날마다 떠올리며, 가슴을 졸이고 속으로 애간장을 태워야만 하는 서글픈 삶이 담긴 한 자락 마음이기도 했다. 그러한 안타까움이 안팎으로 겹겹이 쌓인 모든 비극적인 상황이 그녀를 늘 버겁게 했던 것이다.

가장 시급한 과제가 있다면, 그건 조선이 홀로 우뚝 설 수 있도록 강한 힘을 키우는 일이었다. 그렇게 되려면 먼저 왕실이 강건해야 하고, 당파싸움에 휘말리지 않도록 올바른 정치를 해야 한다고 생각했다. 관료들도 스스로 나라를 염려하며 백성들을 사랑하고 성심껏 일하는 풍토가 조성되지 않으면 안 된다고 여겼다.

금상첨화로 조선이 외세를 물리칠 수 있는 강력한 신식 무기들을 대량으로 구입하고 용맹스러운 군사들을 지속적으로 길러내야 한다는 강한 의지도 여전히 변함이 없었다. 그래야 조선이 세계 강대국들조차도 쉽게 넘볼 수 없는 큰 나라가 될 거라는 믿음을 그녀는 잃지 않았다.

하지만 고종이 그러한 일들을 제대로 해낼 수 있도록 곁에서 조언자가 되어 적극적으로 도울 수 없음을 심히 안타깝게 여겼다. 조선이 아니라 먼 타국에서 왕실의 미래를 염려하고 있는 자신의 처지가 한심스럽게만 여겨질 뿐이었다.

시랑은 입을 굳게 다물고 묵묵히 오솔길을 걸어가다가, 문득 고종황제에게 전해진 밀서를 머릿속에 떠올렸다. '그 밀서 안에는 어떤 내용들이 들어있는 걸까?' 하고 그가 궁금한 마음을 금치 못했다. 빈틈없이 밀봉된 밀서라 노서아에서 조선까지 오는 동안 그는 그것을 마음대로 열어보거나 훔쳐볼 엄두를 내지 못했다.

더군다나 고종황제에게 직접 전해져야 하는 밀서라 심부름꾼이나 다름없는 밀정이 그 내용을 알아낸다는 건 불가능한 일이었다. 만에 하나 황제에게만 전달되어야 하는 밀서를 밀정이 몰래 뜯어보게 된다면, 그것은 곧 황제의 명을 어긴 대역죄로 죽음을 자초하는 일이었다. 그래서 그 밀서의 내용이 도대체 무엇인지 더욱 궁금한 마음이 들었는지도 모른다.

그녀가 무슨 글을 그 밀서에 기록했는지 그는 나름대로 상상력을 동원하여 추측을 해봤다. 실제로 정확히 알 수는 없지만, 조선의 미래를 염려하는 안타까운 글들이 빼곡히 기록되어있을 거라고 여겼다.

그녀가 노서아로 몸을 숨기지 않고 지혜롭게 위기를 잘 넘긴 후에, 고종황제를 보필하게 되었다면 어떤 변화가 일어나게 되었을까, 하는 질문을 마음속에 던져봤다. 아마도 백성들이 평안하게 잘 살 수 있도록 놀라우리만큼 강하고 활기찬 조선을 만들어냈을 거라는 확신이 들어 그는 고개를 서너 번 끄덕였다. 다른 사람이라면 몰라도 그녀라면 능히 그 일을 해낼 수 있을 거라는 믿음을 잃지 않았다.

'그래. 큰 용기와 결단력이 있는 중전마마이시니 그 모든 난제들을 잘 풀어내셨을 게야. 모스크바에서도 육혈포로 요시무라를 쓰러뜨리고 위기에 처한 나를 구해주신 대단한 분이셨으니까.' 하고 그가 바닥에 떨어진 붉은 단풍잎 하나를 주워들고 그것을 잠시 감상하는 눈빛으로 쳐다봤다.

붉은 자주 빛이 도는 아름답고 정교한 모양을 가진 단풍잎이었다. 신경을 쓰고 주변을 살펴보니 늦가을답게 오솔길 양 옆으로 처자의 댕기처럼 붉은 단풍잎들이 바닥에 잔뜩 깔려있었다. 그때 도인이 한참 망설이다가 힘들게 입을 열었다.

"시랑아! 네가 한 번 더 수고를 해야 될 것 같구나."

"그게 무슨 말씀입니까? 허면 제가……."

그가 다소 놀라는 표정을 지어냈다.

"그래! 고종황제께서 어젯밤에 밀서를 내게 보내오셨다. 모스크바에 있는 밀정 홍매화에게 속히 그걸 전해주라고 하셨어. 그리고 이것도."

도인이 붉은 단풍잎 하나가 앙증맞게 새겨져 있는 금가락지를 그에게 내밀면서 무게감이 느껴지는 점잖은 목소리로 말했다.

"이 금가락지는 무엇입니까?"

"그건 고종황제가 명성황후께 선물하신 것이라고 들었다. 그 분께서 붉은 단풍잎을 꽤 좋아하셨던 모양이다."

"그럼, 언제 제가 모스크바로 떠나야 하는 겁니까?"

그가 도인이 건네준 금반지를 유심히 살펴보고 어루만지다가 긴장한 얼굴로 물었다.

"오늘은 집으로 돌아가서 모친께 인사를 드리고 푹 자는 게 좋을 것 같다. 허나 수일 내로 서둘러 모스크바로 떠나지 않으면 안 된다. 제대로 쉬지도 못했는데, 일만 시켜서 미안하구나. 너를 모스크바로 다시 보내라고 하시는 고종황제의 엄명이시니 나도 어쩔 수가 없는 일이다."

"괜찮습니다. 스승님! 지엄하신 고종황제의 엄명을 어찌 거역할 수 있겠습니까? 제가 그 뜻을 받들어 기쁜 마음으로 속히 다녀오겠습니다.”

그의 입가에 흐뭇한 미소가 묻어났다.

그는 모스크바를 떠나면서 그녀를 영영 다시 볼 수 없을 거라고 여겼다. 눈물을 글썽이던 그녀를 뒤로 하고 마음속으로 심장이 터질 것만 같은 고통과 슬픔을 힘겹게 눌러 삭히며 모스크바를 떠났던 날이 생생하게 그의 머릿속에서 활동사진처럼 재생되었다. 아무리 씻고 털어내도 영영 지울 수 없는 문신처럼 아프게 새겨진 추억의 잔상들이었다.

천근만근 무거운 걸음을 하나씩 옮기면서 온몸의 뼈가 남김없이 단번에 무너져 내릴 것만 같아, 뒤도 돌아보지 못하고 그냥 달아나듯 속보로 그녀의 곁을 떠나지 않았던가. 그 후로 그는 칠흑 같은 절망과 심장의 근육이 잘게 찢어지는 것 같은 아픔 속에서 날마다 눈물을 삼켜야만 했다. 그렇게 그녀와 어긋난 인생길이 영원히 재개되는 줄로만 알았던 것이다. 수명이 다하여 죽을 때까지 다시 볼 수도 없고, 만날 수도 없는 그녀를 마음에 담고 평생을 그렇게 병든 어린 닭처럼 시름시름 앓으며 살아야 하는 지옥의 시작을 그는 묵묵히 수용할 수밖에 없었다.

그녀를 모스크바에서 재회할 수 있는 기회가 주어졌다는 얘기를 듣고 그는 도무지 믿기지 않았다. 모든 게 그저 깨고 싶지 않은 꿈만 같았다. ‘이게 꿈이라면 영원히 잠들고 싶다. 그냥 그대로 꿈속에 살면서 자영을 가끔 볼 수만 있다면, 진정 후회 없는 인생이 될 텐데.’ 하고 그가 입안을 맴도는 작은 목소리로 넋두리를 하듯 중얼거렸다.

하지만 곧 재회가 이루어질 거라는 그 사실 하나만으로도 그의 마음은 즐거웠고 등불처럼 밝아졌다. 캄캄한 미로의 굴속을 헤매던 탐험가가 작은 바위틈으로 들어오는 눈부신 햇살을 발견하게 된 것 같은 기쁨과 희망이 그의 마음을 끊임없이 뒤흔들고 흥분시켰다.

"아! 그리고 그 금반지는…… 네가 전하를 대신해서 직접 홍매화의 약지에 끼워주도록 해라. 고종황제의 명이시다. 내 생각엔 아마도 홍매화가……."

무슨 생각이 들었는지 도인이 고개를 저으며 말끝을 흐리고야 만다. 혹시 시랑이 만난 밀정 홍매화가 중전이었느냐고 물어보려고 하다가 그만 입을 다물었던 것이다. 설마하니 노서아로 망명한 중전이 밀정 노릇을 하고 살겠느냐는 의문이 들어서였다. 어쨌거나 그건 아닐 거라고 여기며, 신중한 마음으로 자신의 말을 아꼈다.

이름 모를 산새들이 높은 나뭇가지 위에서 목청을 한껏 열고 사랑을 고백하듯, 아름다운 새소리의 지저귐이 온통 마음을 맑게 닦아주는 한가한 가을 아침이었다. 깊은 산 속이라 그런지 공기도 좋고 잠을 깬 신선한 산의 체취가 물씬 폐부로 스며들었다. 몸 안에 오염되지 않은 산의 정기가 주입된 것 같은 느낌이 들기도 했다. 새로운 힘이 솟구쳐 음식을 먹지 않아도 배가 부르고 십리 길을 내쳐 달릴 수 있을 것만 같았다.

시랑은 노서아로 떠날 생각을 하면서 터질듯 부푼 가슴을 손바닥으로 가볍게 누르고 밑으로 쓸어내렸다. 그래도 알 수 없는 기쁨이 마음속 깊은 곳에서 쉬지 않고 부풀어 올라왔다. 설렘으로 채워진 흥분된 마음을 달래보려고 그는 먼 하늘로 시선을 옮겼다. 울긋불긋하게 단풍이 든 나뭇잎 사이로 구름 한 점 없는 맑은 청색 하늘이 눈부시게 고운 살결을 드러냈다. 청나라 푸른 비단결보다도 곱고 크렘린 궁보다도 황홀한 빛을 뿜어내는 투명하고 청명한 하늘이었다.

'아! 참으로 아름다운 조선의 하늘이로다.'

그가 하늘에 시선을 두고 마음속으로 감탄을 금치 못하고 중얼거렸다. 그의 입가엔 신비로운 야생화를 처음 발견하고 눈망울이 커다랗게 변한 소년의 얼굴처럼, 싱그러운 미소가 연실 흘러나왔다.

휘파람새

"시랑아! 난 며칠 후에 일본을 다녀와야 할 것 같구나."

도인이 머뭇거리다가 침묵을 깨고 입을 열었다.

"예? 갑자기 일본이라뇨? 무슨 특별한 연유라도 있는 겝니까?"

"음! 이노우에와 미우라 그리고 오카모토와 우범선이 일본에서 어떻게 살고 있는지, 내가 직접 찾아가서 상세히 알아보려고 한다."

"그들은 조선국모시해사건의 주범들이 아닙니까?"

"맞아! 이노우에와 미우라가 경복궁으로 들어가 조선국모를 살해하도록 자객들에게 지시를 했고, 오카모토와 우범선이 앞장을 섰지. 그들은 용서받을 수 없는 조선의 대적들이야. 시랑아! 네가 가지고 있는 은가면을 나에게 석 달만 빌려줄 수 있겠느냐?"

"예! 그리하시지요. 허면, 그 일이…… 그분의 뜻입니까?"

"그건 내 입으로 발설할 수 없으니 더는 묻지 말거라. 아무튼 내가 일본에서 석 달 안에 돌아오지 못하게 된다면, 네가 나를 대신해서 고종황제를 알현하고, 이 서찰을 드려야 한다. 그리고 각국의 밀정들을 관리하는 일을 네가 맡도록 해라. 모든 밀정에 관한 기록들은 지하실의 서재에 보관되어 있느니라."

도인은 비장한 각오를 한 듯 두 눈을 번뜩이면서 자신의 업무를 시랑에게 위임하는 서찰과 지하실의 열쇠를 그에게 건네주었다. 조선을 위한 일이라면 일본에서 피를 토하고 생명을 잃는다 해도 조금도 두렵지 않다고 여길 만큼, 담대한 정신력을 가진 자가 도인이었다. 이미 그는 모든 준비를 마친 모양이었다.

믿음직스러운 후계자인 시랑을 의지하는 마음이 있어서였을까. 도인은 한 치의 흔들림도 없는 굳건한 자세로 먼 하늘자락을 한참 바라봤다. 그러고는 속히 일본으로 들어가서 자신이 해야 할 일들을 머릿속에 하나씩 떠올리며 손가락으로 그걸 헤아리고 있었다.

그는 눈물이 고인 눈동자로 고개를 끄덕이면서 스승의 얼굴을 주시했다. 아무래도 훗날을 기약할 수 없을 만큼 위험하고 힘든 길을 가려는 스승의 굳은 의지가 엿보이는 것만 같았다. 조선국모의 시해를 주도했던 일본의 우두머리들과 배반자 우범선을 찾아간다는 것은 예사로운 일이 아니었다. 그러한 결심을 하게 된 것이 고종황제를 알현한 후였기 때문에, 더욱 불안하고 걱정이 앞섰다.

그는 자신의 예상이 거의 틀리지 않을 거라고 여겼다. 길게 심호흡을 하면서 불안한 마음을 다스리려고 나름대로 애를 써보기도 했지만 소용이 없었다. 여전히 가슴속은 단단한 솜뭉치로 채워지고 숨통이 꽉 막혀진 것처럼 고통스러웠다. 그렇다고 스승이 가는 길을 함부로 참견할 수 있는 입장도 아니었다.

은가면을 빌려 쓰고 자신의 얼굴을 가린 채, 긴 칼을 뽑아든 스승의 모습을 상상하다가 그는 굳게 입을 다물고야 만다. 감당하기 어려울 만큼 그저 마음이 쓰리고 아파올 뿐이었다. 그의 경직된 목울대에서 짧은 신음이 뭔가에 밀려 힘없이 흘러나왔다. 고종황제의 밀명을 받고 조선의 자객이 되어, 쥐도 새도 모르게 그들을 암살하려는 것일지도 모른다는 생각이 들어서였다.

그는 머릿속을 부유하는 강한 의혹을 떨쳐낼 수가 없었다. 황제의 특명을 받아 피할 수 없이 꼭 가야만 하는 밀정의 길이라면, 어쩔 수 없는 노릇이 아닌가. 부디 스승이 무탈하게 일을 잘 마치고 조선으로 돌아오기만을 마음속으로 빌었다.

그는 품 안에서 육혈포를 꺼내어 조심스럽게 스승에게 내밀었다. 모스크바에서 중전이 요시무라에게 두 번의 총격을 가했던 육혈포였다. 도인은 그것이 필요하지 않다는 듯 여러 번 손사래를 치며 사양을 했다.

하지만 뜨겁고 간절한 그의 눈빛을 쳐다보면서 더는 거부할 수가 없었던 모양인지, 나중엔 못이기는 척하고 그가 넘겨준 육혈포를 오른손으로 건네받았다. 여섯 발의 탄환이 채워져 있는 육혈포였다. 시랑은 도인에게 일본은 위험한 곳이니 신변보호를 위해서라도 그것을 소지하지 않으면 안 된다고 하면서 신신당부를 했다.

도인은 그의 진솔한 마음을 헤아리고 있다는 듯 자상한 미소를 머금었다. 깊은 눈으로 그를 주시하던 도인은 손에 쥐고 있던 권총을 허리춤에 단단히 찔러 넣었다. 제아무리 빠른 칼과 화살이라도 번갯불처럼 무서운 총알을 당할 수가 없다는 걸 도인도 이미 알고 있었다. 도인은 고맙다는 말 대신에 그를 바라보면서 입가에 굵고 짧은 미소로 답례를 하고 먼 하늘로 시선을 돌렸다.

시랑은 도인에게 큰절을 하고 헤어진 후, 가족들이 살고 있는 고향 집을 향하여 가벼운 발걸음을 옮겼다. 여전히 야소교 경전을 읽는 일에 만사를 제쳐놓고 몰입해있을 모친과 대장간에서 쇠망치질을 하면서 뻘겋게 달구어진 연장을 힘차게 두드리고 있을 형의 모습이 아련하게 떠올랐다. 그런가 하면 노송 주변을 홀로 맴돌며 날마다 야윈 얼굴로 눈이 빠지게 그를 기다리고 있을 월화의 모습이 애처롭게 그려지기도 했다.

조선은 그가 노서아로 떠나기 전이나 돌아온 후나 하나도 변한 것이 없었다. 모든 것들이 제자리에서 아무 일도 없었던 것처럼 그렁그렁 숨을 쉬며 여전히 튼실하게 살아있는 것만 같았다. 그의 발걸음이 점점 빨라지면서 눈에 익은 거리와 고풍스러운 한옥들과 초가들이 그의 시야를 가득 메워가고 있었다.

어느새 마을 어귀에 있는 커다란 해 묵은 노송이 눈에 띄었다. 그 노송도 오랜만에 보는 그를 반갑게 맞이하고 싶은 모양인지, 늦가을의 바람을 탄 가느다란 나뭇가지들을 살랑살랑 흔들며 흥에 겨운 여인처럼 푸른 춤을 추었다.

그래서였을까. 마치 하얀 손을 가슴 위로 흔들어대면서 뭐가 그리도 좋은지 연실 한쪽 손으로 입을 가린 채 몸을 꼬면서 배시시 웃고 있는 소녀의 얼굴이 떠올랐다. 신륵사에서 만났던 자영의 모습이었다. 소녀의 잔상이 앙금처럼 그의 마음속 깊은 곳으로 살며시 내려앉고 있었다.

그는 문뜩 걸음을 멈추고 노송 위로 파랗게 빛나고 있는 하늘로 눈길을 돌리고 자신도 모르게 빙그레 웃음을 흘려냈다. 티 없이 맑고 옥구슬보다도 아름다운 파랑빛깔을 가진 조선의 하늘이 그의 영혼을 부드럽게 감싸주는 것만 같았다.

모스크바에 있는 궁궐 같은 저택 안은 언제나 한결같이 포근하고 평온한 느낌을 주었다. 그 저택 안에서 일하는 노서아 하녀들은 대리석 바닥을 물걸레로 구석구석 말끔히 닦거나 저녁준비를 하느라고 바빴다.

그녀는 경대 앞에 다소곳이 앉아 여유 있게 화장을 했다. 예쁜 얼굴이 돋보이도록 깔끔하게 화장을 마친 후였다. 그녀는 작은 붓으로 오른쪽 귀밑에 동그란 흑갈색 점을 조심스럽게 그리기 시작했다. 기름이 섞인 먹물로 그려진 점이 점차 완성되어가자 만족스러운 듯 그녀는 길게 웃음을 삼켰다.

'시랑이 단번에 나를 알아볼 수 있었던 것도 귀밑에 있는 점 덕분이 아닌가. 경복궁 안에서는 대원군의 눈치를 보느라고 그 점을 한 번도 그릴 수 없었지만, 이젠 얼마든지 그 점을 그릴 수 있게 되었어.' 하고 그녀는 가늘게 뜬 눈으로 거울에 드러난 자신의 목을 이리저리 눈여겨 살펴보았다. 어린 암사슴처럼 길고 흰 목이었다.

사실 그녀가 흑갈색 점을 오른쪽 귀밑에 동그랗게 그리게 된 까닭이 있었다. 그건 대원군이 거하는 운현궁으로 불려 들어가 원치 않는 왕비로 낙점이 되는 것이 싫어서였다. 그래서 그녀는 어린 소녀시절에 일부러 흑갈색 점을 붓으로 그리고 다녔었던 것이다.

하지만 대원군은 그 점을 유심히 들여다보더니 복점이라고 하면서 무릎을 탁 쳤다. 소녀의 꾀가 그럴듯하게 여겨졌는지 대원군은 크게 '허— 허— 허—' 하고 일부러 호탕한 웃음소리를 냈다. 왕비가 되기 싫어서 어린 소녀가 그린 가짜 점이라는 걸 사전에 알고 있었던 터라, 대원군은 오히려 소녀에게 후한 점수를 주었던 것이다. 거미줄처럼 줄줄이 끈을 달고 있는 대가족이나 친족도 없는데다가 왕비가 되기를 그토록 싫어하는 소녀라면, 정치라는 돋보기로 들여다볼 때 왕비 감으로 아주 적합한 인물이라고 여겼던 것이다.

훗날 소녀가 대원군을 아소정으로 밀어내고 조선의 정치를 한 손에 거머쥔 대단한 권력을 가진 왕비로 등장하게 될 줄은 전혀 예상치 못한 일이었다. 대원군의 입장에서 본다면 흑갈색 점을 본 후에 왕비 감으로는 부적합한 처자라고 판단했어야 옳았을 일이었다.

그녀는 화장을 마치고 화려하게 반짝이는 구슬장식이 달린 자주색 양장차림을 했다. 파마머리 위에 귀여운 앵무새 깃털이 달린 검은색 모자를 쓰고 진주귀고리와 목걸이로 장식을 해서인지 얼굴이 더욱 아름답게 빛났다. 왼쪽 팔에는 회색 가죽가방을 걸쳤다. 그 가방 손잡이 끝에는 시랑이 선물로 사준 붉은 단풍잎 노리개가 달려 있었다.

맑고 고운 피부와 외국여성 못지않게 균형이 잘 잡힌 몸매가 돋보인 탓이었을까. 젊은 백작부인처럼 보이는 우아한 외모에 주변의 시선을 끌어당기는 매력까지 갖춘 그녀의 모습을 바라보고 하녀들의 입에서조차 '아―' 하고 경탄 어린 신음이 흘러나왔다.

외출준비를 마치고 그녀가 차고에 세워둔 승용차에 올랐다. '부르릉―' 하는 소리를 내면서 시동이 걸렸다. 시랑이 떠난 지 두 달이 넘었으니, 그가 고종황제의 밀서를 갖고 모스크바 가비 찻집으로 머지않아 다시 오게 될 거라고 여겼다.

그녀는 승용차를 타고 긴 정원 길을 지나 하인이 열어준 녹색 철문을 통과하여 밖으로 나갔다. 그러고는 시내로 이어지는 넓은 도로를 향해 좁고 꼬불꼬불한 길을 달렸다. 가슴을 탁 트이게 하는 신선한 가을바람이 가슴속까지 싸하게 파고들어왔다. 모스크바 찻집에서 그윽한 향이 담긴 가비를 음미하면서, 그를 기다리는 즐거움으로 긴 가을의 사색을 마치려고 하니 절로 행복한 마음이 생겨 가슴이 뿌듯해졌다.

하지만 그녀는 경운궁에 관한 소식을 전혀 듣지 못해서인지 마음 한 구석은 가끔 물이 없는 어두운 우물 속처럼 답답하게만 느껴졌다. 그녀는 고종황제의 밀서를 받게 되는 날을 손꼽아 기다리고 있었다. 그날이 언제가 될 것인지 정확히 알 수는 없지만, 그 밀서를 직접 자신의 눈으로 또박또박 읽게 되면 왠지 체증으로 막힌 속이 단번에 뻥 뚫리듯 시원해질 것만 같았다.

'가을이 끝나기 전에 시랑이 가져온 밀서를 내가 읽을 수 있을까?' 하고 그녀가 희망 어린 목소리로 중얼거렸다. 그녀는 그를 다시 만나게 되면, 자신이 단풍잎 노리개를 선물로 받고 그리도 좋아했던 연아였음을 고백하려고 단단히 마음을 먹었다. 그러다가도 당황하여 놀라는 그의 모습을 상상해보면서 그녀는 무엇이 그리도 재미있는지 장난기 짙은 웃음소리를 쿡쿡 흘려내고야 만다.

덜컹거리는 외딴 길을 벗어난 승용차가 강한 엔진소리를 길게 내면서 넓은 도로 위로 진입하자마자 힘찬 질주를 멈추지 않았다. 그녀는 양손으로 운전대를 잡은 채, 자주 들렀던 가비 찻집을 마음속에 떠올렸다. 그윽한 가비의 향이 들뜬 마음속으로 모락모락 스며드는 것만 같아 그녀는 길게 심호흡을 하면서 상큼한 미소를 입가에 머금었다.

일본 도쿄에서 모스크바까지 건너온 오카모토는 품속에 권총을 숨기고 있었다. 그의 목적은 단 하나뿐이었다. 모스크바 가비 찻집에 나타날 은가면에게 독약이 든 가비 차를 먹이는 일이었다. 만약 그 계획이 실패로 돌아간다면 근거리에서 총격을 가하여 사살하려는 악랄한 계획을 마음속에 품고 있었던 것이다. 요시무라는 실패했지만 그는 반드시 성공할 수 있을 거라는 확신을 갖고 외투 주머니 안에 든 권총을 힘 있게 움켜쥐었다.

'이번에도 실패를 하게 되면 내 인생은 끝장이다. 은가면을 제거하지 못한다면 나의 삶은 무덤 속과 다름이 없게 될 것이다.' 하고 오카모토는 두 눈이 아프도록 잔뜩 힘을 주었다. 그의 눈이 붉게 충혈 되었다.

그는 이미 가비 찻집에서 바리스타로 일하는 노서아 청년을 돈으로 매수해 놓았다. 시랑에게 독약이 든 가비 차를 먹여서 쓰러지게 한 다음에 으슥한 공터로 그 시신을 옮길 예정이었다. 그리고 아무도 모르게 미리 준비해놓은 마차에 그 시신을 싣고 사라지겠다는 당찬 계획을 세워놓았던 것이다. 그는 시랑의 사진을 꺼내어들었다. 소름이 끼치는 눈빛으로 그것을 노려보고 살기가 밴 웃음을 소리 없이 흘려냈다.

은가면을 며칠째 기다리던 그는 긴장이 풀렸는지 침을 두어 번 바닥에 뱉으며 불쾌한 표정을 지어냈다. 그가 지루한 표정으로 가로수 뒤에서 사방을 두리번거릴 때였다. 중절모를 쓰고 양복을 입은 시랑이 가비 찻집 앞에 나타났다. 그는 입가에 잔잔한 미소를 머금고 가비 찻집 안으로 들어가 창문을 바라보고 앉았다. 오카모토는 시랑의 얼굴을 다시 한 번 확인해보고는 긴장한 얼굴로 매섭게 인상을 썼다.

그날따라 가비 찻집에는 다른 손님들이 없었다. 실내에는 여전히 축음기의 스피커를 통하여 경쾌한 '백조의 호수' 가 연주되고 있었다. 그윽한 가비 향을 타고 스피커에서 흘러나오는 음률이 실내를 부유하고 있었다. 점점 더 빨라지는 커다란 시계추의 툭탁거리는 소리처럼 흥분되는 가슴을 억제하지 못하고 그는 창가 쪽으로 눈길을 고정했다.

매월 마지막 날 오후 4시에 그 가비 찻집에서 그를 기다리겠다는 그녀의 말이 머릿속에 각인되어있었던 탓일까. 그는 손목시계로 시선을 옮겼다. '약속시간이 되려면 아직도 30분 정도의 여유시간이 있다.' 하고 그는 속으로 중얼거렸다. 어쩐지 그녀가 약속시간이 되기 전에 화사한 모습으로 함박웃음을 보이며 그의 앞에 나타날 것만 같았다.

미리 약속한대로 창문 밖에 붉은 종이 한 장이 붙여진 것을 확인한 바리스타는 오카모토가 준 무색무취의 독약을 가비 차에 남김없이 털어 넣었다. 그는 긴장한 얼굴을 감추지 못하고 그것을 잘 저어 시랑 앞에 내려놓았다. 찻잔을 탁상 위에 내려놓으면서 그의 손가락들이 가늘게 떨렸다. 시랑은 고맙다는 듯 살짝 미소를 머금고 바리스타가 가져온 가비 찻잔을 한 손에 들었다. 그 가비 차를 다 마시기 전에 그녀가 나타났으면 좋겠다는 생각을 하고 그는 잠시 눈을 감았다.

신기한 일이었다. 그 가비 차에서 홍매화의 향기가 진하게 나면서 그녀의 손길이 은밀하게 느껴지는 것만 같았다. 시랑이 안심하고 가비 차를 마시는 것을 창밖에서 몰래 훔쳐보던 오카모토는 징그러운 얼굴로 기분 나쁜 웃음소리를 냈다. '독약이 든 가비 차를 마셨으니 적어도 10분 내로 넌 숨이 끊어지게 될 것이다. 은가면!
잘 가거라! 흐흐흐!’ 하고 오카모토가 승리감에 도취되어 잔인하고
추한 웃음을 입가에 드러냈다.

그때였다. 검은 색 승용차에서 내린 그녀가 황급히 가비 찻집 안
으로 들어갔다. 그녀를 발견한 시랑이 자리에서 일어나 그녀를 맞
이하면서 목례를 하고 밝은 웃음을 보였다.

“시랑! 그렇게도 손꼽아 기다리고 있었지만, 오늘 여기서 이렇게
만나게 될 줄은 미처 몰랐습니다. 설마 했는데, 오늘 이렇게 약속시
간까지 지켜주셨군요.”

그녀가 기쁨을 감추지 못하고 그에게 바싹 다가섰다.

“허억! 억! 마마…….”

시랑이 갑자기 입에서 붉은 피를 격하게 토해내며 앞으로 쓰러졌
다.

“시랑! 시랑! 정신 좀 차리세요! 대체 무슨 일이 있었던 겝니까?
어떻게 이런 일이? 시랑!”

그녀가 쓰러진 그를 일으키며 눈물 어린 얼굴로 울부짖었다.

그녀는 탁상 위에 널브러져 있는 그를 간신히 등에 업고 승용차
가 있는 쪽으로 갔다. 아무래도 어디선가 독약을 먹은 것 같다는 예
감이 얼핏 들기도 했다. 하지만 누가 독약을 먹였는지 그것을 따질
만한 시간적인 여유가 없었다. 어서 빨리 병원으로 데리고 가서 위
세척을 하고 해독제를 먹이지 않으면 생명이 위독할지도 모른다는
생각뿐이었다.

“아! 눈물겹게 고마운 일이야! 은가면의 시신을 처리해줄 여인이
생겼으니 말이다. 저 계집도 틀림없이 조선의 밀정일 게야. 은가면
의 장례식이 끝난 후에 저 계집을 권총자살로 위장하여 처리해버리

면 어떨까? 그래! 조선의 밀정들이 서로 연심을 품었다가 이루지 못할 사랑을 죽음으로 마감했다. 크아! 그럴듯하지 않은가? 이건 신문에 보도될만한 기가 막힌 사건이라니까. 흐흐흐!"

오카모토는 승용차를 타고 사라져가는 그들을 미행하려고 마차에 올라탔다. 어느 병원으로 가는지 알아둘 필요가 있어서였다. 그가 마차를 몰고 그 승용차를 따라가고 있었을 때였다. 마차 뒤쪽에서 인기척이 나더니 그에게 마차를 세우라고 하는 굵직한 남자 목소리가 들려왔다. 그는 화들짝 놀라 뒤를 돌아다보고 간담이 서늘해졌다. 육혈포가 그의 머리통을 겨누고 있었던 것이다. 그는 겁을 먹었는지 마차를 세우고 양손을 높이 들었다.

'너는 도대체 누구냐?' 하고 오카모토가 검은 중절모를 쓰고 있는 사내에게 물었다. '나는 조선민족의 이름으로 널 처단하기 위해 도쿄에서 온 은가면이다.' 하고 그 사내가 말했다. 그 사내는 중절모를 벗어던졌다. 오카모토는 너무 놀라서 심장이 터질 지경이었다. 그 사내는 은가면을 쓰고 있었다. 분명히 독약을 먹고 쓰러져 죽은 것을 두 눈으로 확인했는데, 그가 다시 은가면을 쓰고 나타난 것을 보고 도저히 믿을 수가 없었던 것이다.

'은가면! 넌 사람이 아니고 소문대로 진짜 요괴인 것이냐?' 하고 떨리는 목소리로 오카모토가 물었다. '난 죽어도 다시 부활하는 조선의 혼이다! 오카모토! 네 인생은 여기까지다! 너를 비롯하여 조선의 국모를 살해한 자들은 반드시 사죄하고 죽음으로 죗값을 청산해야 할 것이다!'

은가면은 육혈포의 방아쇠를 당겼다. 한 발의 총성이 울렸다. 오카모토는 도저히 믿을 수 없다는 얼굴로 충격을 받고 그대로 숨을 거두었다. 천천히 한 손으로 은가면을 벗은 사내는 도인이었다. 일본의 도쿄에 머물고 있었을 때, 오카모토가 은가면을 죽이러 모스크바로 떠났다는 정보를 입수하고 도인은 부랴부랴 그의 행적을 추적하게 되었던 것이다. 거의 잠을 자지 못하고 오카모토의 행방을 수소문하며 끊임없이 그의 뒤를 밟아서 그를 따라잡았지만, 안타깝게도 시랑이 독약이 든 가비 차를 마시고 쓰러진 후였다.

도인은 오카모토의 마차를 몰고 모스크바 병원으로 향했다. 오카모토를 찾는 일에 도움이 될 것 같아서 모스크바에 도착하자마자 미리 알아둔 곳이었다. 그녀가 시랑을 살리기 위하여 모스크바 병원으로 갔을 거라는 예감이 들어서, 도인은 그곳으로 급하게 마차를 몰았다.

그녀의 승용차가 모스크바 병원 앞에 당도했을 때였다. 시랑은 거친 숨소리를 내면서 그녀에게 무슨 말을 하려고 애를 썼다. 그는 그녀의 가방에 매달려있는 단풍잎 노리개를 떨리는 손가락으로 가리켰다. '아…… 아름다운 단풍잎 노…… 노리개입니다.' 하고 간신히 입을 열었다. 그녀가 눈물을 주르륵 흘리며 진실을 고백하려고 그의 차가운 손을 붙들었다. '사실은 내가…… 내가 바로 시랑이 선물로 준 단풍잎 노리개를 받았던 연아였습니다.' 하고 눈물 어린 목소리로 말했다.

'여…… 연아가 마마였음을 이제야……' 하고 말끝을 맺지 못한 채 시랑은 선한 웃음이 밴 얼굴로 조용히 눈을 감는다. 그의 얼굴이 연못에 잠긴 차가운 달처럼 창백해지더니 그만 숨이 끊어지고 말았다. 차안에서 그녀는 눈물을 흘리면서 입을 꾹 다물었다.

감당할 수 없는 슬픔 때문이었을까. 그래도 턱이 부르르 떨리고

치아들이 부딪쳐 드르륵 거리는 소리가 입안에서 저절로 새어나왔
다. 아무리 참으려고 애를 써봤지만 결국은 '하아-' 하고 한 줄기
비명에 가까운 울음소리를 토해내고야 만다. 처마 밑에서 떨어지는
빗물처럼 그녀의 눈에선 하염없이 눈물이 흘러내렸다.

　뒤늦게 나타나 그녀의 승용차 옆에서 그 광경을 지켜보고 있었던
도인은 아무 말도 하지 못하고 눈시울을 적신 채 고개를 숙이고 있
을 뿐이었다. '마마! 용서하시옵소서. 제가 조금만 일찍 당도했어도
이런 슬픔과 고통은 없었을 것이옵니다. 제가 씻을 수 없는 죄를 지
었습니다.' 하고 그는 굵은 눈물을 뿌렸다.

　도인의 도움으로 그녀가 시랑의 장례식을 무사히 마치고 난 후였
다. 그녀는 그의 시신을 저택 안에 있는 홍매화나무 옆에 묻었다.
적당한 크기의 봉분을 만들고 아담한 비석을 세웠다. 그 회색 비석
엔 '조선의 혼, 휘파람새가 된 은가면, 홍매화나무 곁에 잠들다.' 라
는 비문이 새겨져 있었다.

　햇살이 따사로운 봄날이 시작될 무렵이었다. 그의 무덤가에 있는
홍매화나무에선 흐드러지게 붉은 꽃들이 만개했다. 그녀는 노서아
하녀들이 가져온 가비 차를 마시면서 활짝 핀 꽃들을 바라보고 있
었다. 조선에서 손탁 부인이 보내준 홍매화나무가 제대로 자리를
잡은 것인지 온통 여인의 입술처럼 부드럽고 매혹적인 꽃들로 인해
시리도록 눈이 부셨다. 봄의 향취를 담은 홍매화 때문이었을까. 그
녀의 손에 들린 가비 찻잔에서도 꽃향기가 물씬 배어나왔다.

　푸른 하늘에서 작은 새의 날갯짓소리가 들리더니 휘파람새 한 마

리가 날아와 홍매화나뭇가지 위에 사뿐히 내려앉는다. 그녀는 흔들리는 나뭇가지 위에 앉은 작고 귀여운 휘파람새에게 시선을 모으고 두 눈을 동그랗게 뜬다. '휘이요- 휘이요- 휘이요우요이오-' 하고 휘파람새가 구슬픈 노래를 부른다. '마마! 제가 홍매화를 지키는 휘파람새가 되겠나이다.' 하고 말했던 시랑의 목소리가 흐르는 바람처럼 그녀의 귓가를 스치고 지나간다. 그녀는 휘파람새를 바라보면서 맑고 투명한 눈물이 눈가에 고인다.

아쉽게도 그 새는 잠시 머물다가 후르르 날아서 어디론가 사라져버린다. 하지만 그 새가 앉았던 나뭇가지에는 단풍잎이 새겨진 금가락지 하나가 덩그마니 걸려있었다. 햇살을 받아 반짝이는 금가락지를 발견한 그녀는 그것을 손에 쥔 채, 휘파람새가 사라진 하늘을 한동안 바라보더니 다물었던 입을 가만히 열었다.

"그대는 정녕 휘파람새가 된 것이옵니까?"

아름다운 그녀의 눈가엔 눈물방울이 맺혀 있었지만, 그녀는 여전히 가느다랗게 미소를 머금었다. 어디선가 들려오고 있는 애절하고 청아한 휘파람새의 울음소리. 영혼을 사로잡는 신비롭고 맑은 휘파람소리가 그녀의 귓전을 애무하듯 연실 허공을 맴돌았다.